Schwertkämpferin

»Ja, ich liebe Geschichte sehr.«
»Ich wünschte, ich könnte das auch sagen. Ich habe mich aus Pflichtbewusstsein ein bisschen damit beschäftigt, aber Geschichte erweckt bei mir nur Ärger. Hundemüde werde ich davon. All die Fehden zwischen Päpsten und Königen, die ellenlangen Seiten voller Kriege und Pestilenzen, die vollkommen verdorbenen Männer, die nichts wert sind, und fast überhaupt keine Frauen. Ein einziges Elend ...«
Catherine Morland, in *Northanger Abby* (1803)
von Jane Austen

1

Mein Vater will einen Jungen. Einen Sohn.

Die Ritter von Flandern und Brabant werden dem Säugling an der Wiege Treue schwören. Die Hauptleute der freien Städte werden das Kind innerhalb ihrer Tore empfangen und ihm Glück, Gesundheit und Weisheit wünschen. Die Händler aus dem Osten werden dem Junker zu seinem Vergnügen Wüstenmäuse und Klammeräffchen schenken. Noch bevor er sieben ist, werden die Könige von Frankreich und England ihm ihre schönsten Töchter anbieten und mit seinem Vater eine Hochzeit arrangieren. Der Papst, Gottes Schiff auf dem Meer der Menschheit, wird den Knaben in seinen Gebeten segnen. Der Sohn meines Vaters wird Graf von Flandern werden. Er wird ein Anführer sein, ein Krieger und ein Diplomat. Er wird bewundert werden wegen seiner Kenntnis der Welt und ihrer Geheimnisse. Er wird in Französisch, Flämisch und Latein singen und über die Sterne sprechen können, als habe er sie persönlich am Himmel verstreut. Er wird in vollem Galopp einem Eber das Fell abziehen können und nie eine überflüssige Frage stellen. Er wird hart sein im Krieg und weich in der Liebe. Er wird ein Mann sein. Ein Ritter.

Am letzten Tag des Jahres eintausendreihundertsiebenundvierzig fühlt meine Mutter, die Herzogin von Brabant, Krämpfe im Schlaf. Sie liegt im Frauengemach des Schlosses von Male, in einem breiten Bett, zwischen Hofdamen und Waschfrauen. Die Frauen liegen nebeneinander auf Strohsäcken und unter Decken aus Schaffell. Sie liegen Haut an Haut. Es ist ja Winter, und da darf kein Hauch Wärme verlorengehen. Es ist nicht still im Gemach. Die Frauen husten, murmeln, niesen und schnaufen. Ihre Kehlen sind rau wie Metzgerfleisch und ihre Nasen verstopft wie der Hals eines kleinen Ölkrugs. Meine Mutter fühlt plötzlich eine Welle warmer Flüssigkeit zwischen ihren Schenkeln. Erschrocken richtet sie sich auf. Sie fühlt, wie die Kälte sich auf ihren nackten Rücken stürzt. Ihr ist sofort klar, dass ich in dieser eiskalten Nacht auf die Welt kommen werde. Sie hat keine Ahnung, wie weit die Nacht fortgeschritten ist. Die Welt schwebt zwischen den Kompleten und den Lauden, nun ist die Zeit verschwommen, und die Nacht hat keinen Namen. Eine Hofdame öffnet die Augen und fragt, was los ist. Meine Mutter zittert. Nebliger Atem entweicht ihrem Mund. Sie sagt, dass das Kind kommt. Jemand stöhnt »endlich«. Es ist die Hebamme Hanne, die schon seit einem Monat mit ihrer Tochter auf dem Schloss ist, um bei der Geburt zu helfen. Einen Augenblick später wird das ganze Bett lebendig. Hofdamen und Waschfrauen stehen auf und ziehen, zitternd vor Kälte, Hemden über ihre nackten Leiber. Sie bringen meine Mutter zur Küche, wo die warmen Öfen noch nachglühen. Es ist der einzige Ort im Schloss, wo es noch ein bisschen warm ist. Mit Fußtritten wecken sie die Küchenjungen und jagen sie hinaus. Sie legen rote Kissen auf den langen Tisch, und meine Mutter legt sich darauf.

Eine Waschfrau rennt über den Innenhof zum Hauptgebäude. Sie klopft an die Tür des Schlafgemachs meines Vaters.

»Es ist so weit, Herr Graf!«, ruft sie.

Ein Knurren und Stolpern dringt aus der Kammer. Einen Augenblick später geht die Tür auf. Mein Vater ist nackt. Die Waschfrau wendet die Augen ab.

»Lass den Chirurgen wecken«, knurrt er.

Die Waschfrau schaut meinen Vater erstaunt an. Sie zögert. Sie möchte sagen, dass eine Niederkunft Frauensache ist, aber sie wagt es nicht.

»Worauf wartest du noch, Frau, doch nicht auf ein Zeichen Gottes?«, schnauzt mein Vater, während er sein Hemd von einem Stuhl nimmt und sich über den Kopf zieht. Die Waschfrau rennt zu den Schlafgemächern der Männer, um den Chirurgen zu suchen.

Mein Vater, der Graf von Flandern, zerschlägt mit der Faust das Eis im Waschkrug. Er spült Wasser über sein Gesicht und spürt, wie seine Wangen rot werden. Er zieht ein schwarzes Wams an, einen Gürtel, eine Strumpfhose und einen Kapuzenmantel. Er geht über den Innenhof zu den Küchen. Er sieht seine Frau auf der Seite liegen. Er grinst und lässt seine rauen Finger über ihre Wangen gleiten. »Ich liebe Euch, mein Brabant«, flüstert er ihr ins Ohr. Sie nimmt seine Hand, lächelt und sagt: »Ich liebe Euch auch, mein Flandern.« Dann bekommt sie eine Wehe, die so heftig ist, dass sie mit ihren Nägeln den Arm meines Vaters aufreißt. Sie schnappt nach Luft und jammert. Die Hebamme Hanne und ihre Tochter Beatrijs haben beide muskulöse Arme, kräftige Finger und große Köpfe mit dicken Wangen. Sie sind Mutter und Tochter, aber sie sehen sich so ähnlich, dass die Leute sie für Schwestern halten. Beatrijs macht ein Feuer auf dem Küchenherd an. Sie zerbricht die Eisschicht auf der Wassertonne, füllt einen Kessel mit Wasser und hängt ihn über das Feuer.

Der Medicus Wirnt van Obrecht betritt den Raum. Er ist einer der besten Chirurgen Flanderns. Er ist klug und alt, bestimmt vierzig Jahre, und außerordentlich geschickt im Behandeln einer durchbohrten Schulter oder im Einrenken eines zerschmetterten Kiefers. Er hat jedoch keine Ahnung davon, was in dem harten Bauch einer Frau während einer Geburt vor sich geht. Das ist für ihn ein göttliches Mysterium geblieben. Während der Schwangerschaft hat der Medicus van Obrecht der Gräfin täglich beruhigende Mohnsäfte verordnet, und da nun der Tag der Befreiung herangekommen ist, überlässt er die Arbeit der Wöchnerin. Hanna lässt ihre Hand in den Bauch meiner Mutter gleiten. Das wild flackernde Herdfeuer ist die einzige Lichtquelle im Raum, und die Ecken der Küche bleiben im Schwarz der tanzenden, geisterhaften Schatten unsichtbar.

»Ich habe heute Abend noch die Sterne befragt«, sagt der Medicus van Obrecht zu meinem Vater. »Sie stehen sehr günstig für die Entbindung. Sehr günstig. Und außerdem ist Neumond. Neumond!«

»Ein gutes Vorzeichen?«, fragt mein Vater hoffnungsvoll.

»Ein ausgezeichnetes Vorzeichen«, bestätigt der Medicus fachkundig. »Und heute Morgen noch haben meine Lehrjungen den Urin der Gräfin probiert, und er war sauer!«

»Sauer?«, fragt der Graf besorgt.

»Ja, auch ein ausgezeichnetes Vorzeichen. Und dann noch die Farbe, Herr Graf.« Er flüstert jetzt. »Die Farbe!«

Wirnt van Obrecht greift nach dem Leinenbuch, das an seinem Gürtel hängt. Er knöpft die Kordeln auf, die die hölzernen Seiten zusammenhalten. In diesem Buch sind Leinenstreifen in hellgelben bis tiefschwarzen Farbtönen festgebunden. Der Medicus nimmt einen tieforangefarbenen Stoffstreifen und hält ihn triumphierend meinem Vater unter die Nase, als würde die Farbe alles erklären.

»Gut?«, fragt mein Vater nervös.

»Es könnte nicht besser sein, Herr Graf.« Wirnt van Obrecht nickt bedeutungsvoll. »Es könnte wirklich nicht besser sein.«

Da fängt meine Mutter an zu schreien. Die Hebammen geben ihr einen Leinenpfropfen, auf den sie beißen kann. Ihre Wangen glühen durch die Wärme des Feuers. Der Schweiß perlt über ihr Gesicht. Sie schiebt den Pfropfen weg.

»Es ist so heftig«, stöhnt sie, »so schrecklich heftig.«

»So gehört es sich, Frau«, sagt mein Vater zufrieden, »das wird ein kräftiges Kerlchen.«

Hanne zieht ihre Hand aus dem Leib meiner Mutter und macht ein Kreuzzeichen. Sie dreht sich zu meinem Vater um.

»Herr Graf«, sagt sie ruhig, aber ernst. »Ich rate Euch, Messen lesen zu lassen. Und zwar sofort. Die Gräfin kann heute Nacht jede Hilfe brauchen …«

»Was meint Ihr, Frau?«, unterbricht sie der Medicus. »Alle Vorzeichen sind günstig. Der Mond, die Sterne …«

»Das Kind liegt quer«, sagt Hanne, »und daran können die Sterne und der Mond nichts ändern. Nur Gott kann uns noch helfen.«

Mein Vater schaut erst den Medicus an, dann Hanne und schließlich meine Mutter. In ihren Augen sieht er die Angst aufsteigen. Mein Vater stürmt aus der Küche, rennt die Treppen hinunter und verflucht alle Heiligen, die seit Petrus auf der Erde gewandelt sind, und alle Heiligen, die noch kommen werden. Er verflucht den Himmel, die Hölle, die Erde und das Fegefeuer, aber als er die Kirche betritt, schlägt er ein Kreuz, kniet vor dem Altar und bittet um Vergebung für sein leichtsinniges Fluchen. Er lässt die Glocken läuten, trommelt alle zusammen – die Ritter, die Schildknappen, die Soldaten, die Waschfrauen, die Küchenjungen, die Stallknechte und die Mistschaufler – und schickt sie in die Kapelle. Er nimmt Kaplan Johannes van Izeghem zur Seite. Der Mann zittert vor Kälte und schaut zu meinem Vater hoch, der zwei Köpfe größer ist als er.

»Ich will jeden beten hören«, zischt mein Vater, »bis sie keinen Speichel mehr im Mund haben. Und mach, dass Gott euch hört!«

Der kleine Mann nickt und rennt zitternd vor Kälte wieder in die Kapelle. Mein Vater steigt die Treppen zur Außenmauer hinauf und geht an den Zinnen entlang. Die Kälte friert ihm die Nasenlöcher zu. Der Wind zerrt an seinen Barthaaren. Er zieht sich die Kappe über die Ohren, schiebt die Hände unter den Mantel und ballt sie zu Fäusten. Warum stellt Gott ihn auf die Probe? Er betrachtet im Licht des Mondes die matschigen Schneefelder, die sich um das Schloss erstrecken. Ein Gefühl von Angst nagt an seinen Eingeweiden. Ist es wahr, was die Leute sagen? Dass Gott die Menschheit für ihre Sünden mit einem ewigen Winter straft? Morgen ist es schon Ostern, der erste Tag des neuen Jahres. Und der Tau bleibt einfach aus. Der Winter hält die Welt fest in seinem mörderischen Gebiss aus Eis. Noch vorige Woche hat ein Eisberg, so groß wie ein Kirchturm, eine Karavelle im Hafen von Sluis gerammt. Außerdem gehen die Vorräte zur Neige. In der großen Scheune von Lissewege, wo ein Zehntel der Ernte der Bauern aufbewahrt wird, verkaufen die Mönche das letzte verschimmelte Korn gegen Wucherpreise. In Kwaadkerken hat ein Ehepaar aus purer Not seine eigenen Kinder aufgegessen. In Gistel hat man die Leichname von Gehenkten von den Galgen geholt, um sich mit ihnen zu ernähren. In Brügge, wo das Eis auf den Grachten so dick ist, dass Wagen darüberfahren können, kommen die Menschen jeden Morgen zur Sint-Donaas-Kerk, um dort, auf dem kalten Kirchenboden kniend, um Vergebung zu bitten. Sie sind alle da. Die Geistlichen, die Adligen, die Gildemeister und sogar der Pöbel. Beim Halleluja richten sie die Augen zu dem Deckengewölbe, dessen Abschlusssteine mit Blumen geschmückt sind, um die Menschen an das biblische Versprechen zu erinnern, dass nach jedem Winter ein Frühjahr kommt. Aber so sehr sie auch beten, so fest sie auch mit zitternden Händen Kreuze umklammern, so viele Kerzen sie auch vor dem Bild des gekreuzigten Heilands anzünden, der Frühling kommt nicht. Noch nie ist ein Winter so streng gewesen. Noch nie hat ein Winter so lange gedauert. Das sagt sogar Morva, eine uralte Frau, deren Alter niemand kennt. Alte Bauern aus der Gegend erzählen, dass sie Morva in ihrer Jugend gekannt haben und dass sie damals schon uralt war. Man munkelt, Morva habe mit dem Teufel geschlafen und dadurch das ewige Leben bekommen. Das glaubt mein Vater nicht. Aber er weiß, dass sie ein einzigartiges Wissen von den Dingen des Himmels und der Erde und von den Geheimnissen der Kräuter hat. Hier stockt meinem Vater der Atem. Seine Gedanken werden hart. Warum denkt er an Morva? Ist es ein Zeichen? Ist es ein Gedanke, den Gott ihm eingegeben hat? Zweifel schießen ihm durch den Kopf, aber dann weiß er es genau. Morva ist die Einzige, die seiner Frau bei der Niederkunft helfen kann. Er bekreuzigt sich und rennt die Treppe hinunter.

Morva ist eine steinalte Frau und wohnt in Plathoeke, einem Gehöft bei Moerkerke, wo vor allem Rohrschneider und Entenjäger leben. Der Graf lässt seine besten Pferde vor eine Karosse spannen, um Morva zu holen. Er hofft, dass seine Pferde auf den gefrorenen Wegen sich nicht die Fesseln brechen. Dann geht er zur Kapelle, die sich inzwischen gefüllt hat. Dutzende dampfender Münder murmeln Gebete in der beißend kalten Kapelle, in der sogar das Weihwasser gefroren ist. Der Kaplan schwenkt kräftig das Weihrauchgefäß. Aber bis in die Kapelle hört der Graf seine Frau schreien, und bei jedem Schrei scheint es, als reiße das Kind ihr den Bauch auf.

Das Wasser kocht im Kessel über dem Herd. Hanne hängt ein Leintuch über einen Stock und hält es über den aufsteigenden Dampf, um es zu säubern. Beatrijs zündet die geweihte Kerze Unserer Lieben Frau an, und sogar der Medicus van Obrecht weiß, dass eine Niederkunft vorbei sein muss, bevor die Kerze abgebrannt ist. Wenn nicht, wird das Kind tot zur Welt kommen. Hanne gibt der Gräfin einen Zweig Basilikum in die linke Hand und eine Schwalbenfeder in die rechte. Im Schloss werden Türen und Schränke geöffnet, um im Bauch meiner Mutter die Öffnung zu vergrößern, durch die ich auf die Welt kommen muss. Fünf Soldaten schießen auf dem Innenhof mit Pfeilen nach den Wolken, um die Geburt zu beschleunigen. Es ist alles Aberglaube, und die Kirche ist dagegen, aber ein Kind, das falsch liegt, so sagt Hanne, kann jede Hilfe brauchen.

Die Nacht schleppt sich fort, und die Kerze von Unserer Lieben Frau verbrennt langsam. Beatrijs befeuchtet ständig die Stirn meiner Mutter mit Wasser, in dem Rosenblätter treiben. Schließlich ist die Öffnung groß genug, und Beatrijs und Hanne drücken mit aller Kraft auf den harten Bauch, um mich nach draußen zu stoßen. Meine Mutter schreit vor Schmerzen. Das Einzige, was nach draußen kommt, ist mein Hinterteil.

Hanne schlägt ein Kreuz, denn sie weiß, dass ich zum Tod bestimmt bin. Sie schöpft mit einem Becher von dem Rosenwasser und gießt es über mein Hinterteil. So taufen sie meinen Hintern im Namen des Vaters, des Sohnes und des Heiligen Geistes. Nun kann mir nichts mehr geschehen. Nun wird meine kleine Seele nicht ewig im dunklen Wartesaal des Himmels und der Hölle seufzen, die man Fegefeuer nennt. In diesem Augenblick erscheint die alte Morva in der Kammer. Sie hat lange Finger, einen kleinen Mund mit fünf Zähnen im Unterkiefer und ein dunkles, eiterndes Loch, wo früher ihr linkes Auge gewesen ist. Die Hebammen starren sie verblüfft an, und sogar dem Medicus stockt der Atem. Morva braucht nur ein paar Sekunden, um die Lage zu überblicken. An der Kerze von Unserer Lieben Frau sieht sie, wie lange die Niederkunft schon dauert, und beim Anblick meines herausragenden Hinterteils erkennt sie, dass ich am Ersticken bin. Morva krächzt, dass sie allein mit den Frauen bleiben will. Ihre Stimme knarrt durch den Raum, und die Nackenhaare meines Vaters sträuben sich. Und meine Mutter, erschöpft von Schmerz und Trauer, jammert und weint.

Wirnt van Obrecht nimmt den Grafen an der Schulter und flüstert ihm zu, dass man dieser Zauberin nicht trauen könne. Man nennt sie »die Hexe vom Moerland«, sagt er. Sie ist des Teufels. Sogar wenn das Kind lebend auf die Welt kommt, wird es verflucht sein, flüstert er. Mein Vater nimmt die kneifende Hand des Medicus von seiner Schulter. Er betrachtet Morva mit ihrem einen, gelblichen Auge und sagt, dass das Leben seines Sohnes in ihren Händen liege. Darauf wiederholt Morva, man solle sie mit den Hebammen allein lassen. Mein Vater packt den Medicus am Handgelenk, stößt ihn aus dem Raum und macht die Tür hinter sich zu. Meine Mutter hört den Medicus auf dem Gang rufen. Dass der Graf sein Wissen verspotte, dass er mit dem Oberhaupt der Gilde darüber sprechen werde und dass das Kind zum Unglück geboren werden wird.

Mein Vater zweifelt. Hat er richtig gehandelt? War es ein Zeichen von Gott? Er ist bei Morvas entstelltem Aussehen auch erschrocken. Vor zehn Jahren, während der Epidemie der gefürchteten Kornseuche, die gesunde Menschen innerhalb einer Nacht in sterbende Wracks verwandelte, gaben die Menschen von Plathoeke der alten Morva die Schuld an der Krankheit. Man sagte, sie habe das Korn vergiftet. In einer Nacht am Ende des Erntemonds umzingelten sie ihre Lehmhütte und steckten sie in Brand. Irgendwie überlebte Morva den Brand, doch sie sah danach erschreckend aus. Ihre Haare sind versengt, und an ihrem Schädel sind Teile des Fleisches weggebrannt. Die Flammen haben auch ihr linkes Auge schmelzen lassen. Ihr Gesicht mag wohl entstellt sein, aber ihre Hände sind verschont geblieben. Es sind ihre geschickten Finger, die mich zurückschieben in den Bauch. Ihr Unterarm verschwindet vollständig im Leib meiner Mutter. Ich bin ein Spielball in Morvas Fingern. Sie dreht mich im warmen Bauch meiner Mutter um. Die Kerze flackert, und die Hebammen erschrecken. Auch Morva hat es gemerkt. Die Zeit drängt. Morva kreischt den Hebammen Befehle zu. Dass sie Zwiebeln kochen müssen und dass sie rote Leinentücher über das dampfende Wasser hängen sollen. Meine Mutter verliert ab und zu das Bewusstsein. Sie stöhnt und jammert auf Französisch. Und dann zieht Morva endlich den Arm aus dem Bauch meiner Mutter zurück. Sie nimmt ein Fläschchen aus ihrer Gürteltasche und stößt ihren Zeigefinger hinein. Als sie ihn herauszieht, tropft eine dunkelrote Flüssigkeit herunter. Zum Entsetzen der Hebammen malt sie seltsame, heidnische Kreise auf den Bauch meiner Mutter. Die knochige Hand auf dem gespannten Nabel, murmelt sie etwas Unverständliches in einer Sprache, die längst tot sein müsste. Die Hebamme Hanne steht auf und macht ein Kreuzzeichen auf die Stirn meiner bewusstlosen Mutter. Dann schlägt Morva meine Mutter ins Gesicht. Die alte Frau zischt, dass das Kind noch lebt, doch nun müsse die Gräfin ihre ganze Kraft einsetzen. Und meine Mutter presst mit der letzten Kraft, die sie noch im Körper hat. In ihrem Gesicht platzen von der Anspannung Dutzende von Äderchen, während die Hebammen mit aller Kraft auf ihren harten Bauch drücken. Meine Mutter brüllt, während mein Kopf endlich in Morvas Hände gleitet.

Es ist Morva, die mich als Erste im Arm hält. Sie gibt mir einen Klaps auf den Po. Ich schnappe nach Luft und schreie. Doch mein Schreien ist leise, viel zu leise. Morva beißt die Nabelschnur durch, während die Kerze Unserer Lieben Frau verlischt. Ich bin noch gerade rechtzeitig geboren worden, aber ich sehe aus wie ein hundertjähriges Erdmännchen. Ich habe Runzeln und bin so mager, dass die Hebammen denken, ich könnte jeden Augenblick in der Mitte durchbrechen. Morva presst die gekochten, weich gewordenen Zwiebeln mit der Hand aus und reibt meinen kleinen Körper damit ein. Die Zeit geht vorbei, während die Hebammen geduldig warten. Die Gräfin fällt in Schlaf, und draußen bricht der Tag an. Zum Schluss übergibt mich Morva Hanne und Beatrijs, die meinen Körper mit lauwarmem Rosenwasser abspülen. Ich sehe schon weniger runzlig aus. Ich bin gelb und grün wie jedes Neugeborene. Beatrijs und Hanne wickeln mich in rote Tücher, die mich gegen Kinderkrankheiten und böse Geister schützen sollen. Die Gräfin wird wach und fragt, ob ich am Leben bleiben werde. Beatrijs und Hanne schauen zu Boden. Sie haben schon so viele Neugeborene in den ersten Wochen nach der Geburt sterben sehen. Morva schaut die Gräfin mit ihrem gelblichen Auge an, und auf ihrem entstellten Gesicht zeigt sich ein Lächeln.

Morva dreht sich um und geht zur Tür. Im Schloss ist es still geworden. Sie stolpert durch den Gang und weckt meinen Vater, der auf einer Bank döst. Sie sagt ihm, dass das Kind lebt. Mein Vater fragt, wie er sie für ihre Dienste belohnen könne. Er solle ihr jeden Winter, beim ersten Schnee, einen Stapel trockenes Holz bringen lassen, damit sie während der kalten Monate ihren Schornstein am Rauchen halten könne. Dann fragt sie, ob er ihr zur Karosse helfen wolle. Während Morva am Arm meines Vaters davonwankt, fragt meine Mutter sich, ob der Medicus van Obrecht wohl recht hat. Ob Morva wirklich mit dem Teufel geschlafen hat und ihr Kind für ein Unglück geboren ist. Sie bekreuzigt sich und murmelt »Gegrüßet seist du«, während Beatrijs rasch die heidnischen Zeichen von ihrem Bauch wäscht. Bevor mich meine Mutter in die Arme nimmt, untersucht sie ängstlich meinen Körper. Vielleicht ist ein Zeichen des Teufels an mir zu sehen. Ein Klumpfuß oder ein großes Muttermal in Form eines Tierkopfes. Aber sie sieht nur meinen offenen Mund, meine kleinen Kiefer und meine Finger, die an ihr Halt suchen. Sie beschließt, dass ich nicht für ein Unglück geboren sein kann, und sie flüstert mir zu, dass alles gut werden wird, dass ich von den Grafen von Flandern und den Königen von Frankreich abstamme. Ich bin gesegnet, und ich werde, genau wie sie, von sechsundzwanzig Engeln beschützt. Es kann mir nichts passieren, flüstert mir meine Mutter ins Ohr, überhaupt nichts. Ich bin für die Liebe geboren, für Wohlstand und Glück. Genau wie sie.

Meine Mutter wird aus ihren Gedanken gerissen, als ihr Mann in die Kammer bricht. Er betrachtet mein kleines Gesicht und das Körperchen, das seine Frau mit roten Tüchern abgedeckt hat. Meine Mutter lächelt. Mein Vater glüht vor Glück.

»Er sieht mir ähnlich«, ist das Einzige, was er sagt.

Da erstarrt das Lächeln meiner Mutter, und sie schlägt die Augen nieder. Mein Vater lüftet beunruhigt eine Ecke des roten Tuchs. Seine Lippen fangen an zu zittern, als er meinen Unterkörper sieht. Er starrt meine Mutter an, und aus seinen Augen sprühen tausend Vorwürfe. Er bekommt vor Enttäuschung fast kein Wort heraus.

»Es … es ist … ein Mädchen«, stottert er. Dann dreht er sich um und schlägt die Tür hinter sich zu.

2

Ich bin fünf. Ich trage ein rotes Schleppkleid aus Naturseide, bestickt mit Goldbrokat. Es ist mein erstes richtiges Kleid, und meine Hofdamen sagen mir ständig, dass ich meine Röcke anheben muss, damit der Saum nicht über den Boden schleift und an den Pferdeäpfeln auf dem Innenhof des Schlosses von Male hängen bleibt. Ich trage eine Halskette aus Rubinen aus den alten Minen von Syrakus. Sie haben die Farbe von Taubenblut. In meine Haare sind viele bunte Bänder geknüpft. Ich kann es gar nicht erwarten, mich meinem Vater zu zeigen. Ich renne zu dem großen Saal, wo er sich für das Turnier fertig macht. Ich laufe in den Saal hinein und schaue zu den alten Holzporträts der Grafen von Flandern hinauf. Sie schauen starr und unerbittlich vor sich hin. Sie sind alle tot. Außer meinem Vater. Er steht mitten im Saal, umringt von vier Schildknappen, die fieberhaft hin und her rennen. Er ist kein breitschultriger Fleischklumpen, der sich auf seine plumpe Kraft verlässt, um den Gegner zu erdrücken. Er ist ein geschmeidiger Mann mit drahtigen Armen. Seine Jochbeine stoßen spitz aus seinen Wangen, seine Adlernase bestimmt sein Profil, sein Bart bildet immer ein perfektes Dreieck. Er hat rotbraune Haare und schmale Augen. Es gibt Menschen, die ihn »Fuchskopf« nennen, aber nie in seiner Anwesenheit. Er lächelt, als er mich in meinem Kleid sieht. Ich mache eine tiefe Verbeugung. Mein Vater lächelt und nickt elegant. Er trägt eine lederne Hose und ein ledernes Hemd, die ihm zu klein sind. Ein Junge nestelt die Schnüre des Hemdes am Rücken meines Vaters, während ein anderer einen Eimer mit Schweinefett nimmt und das Leder einreibt. Mein Vater steht niemals still. Er will immer in Bewegung sein. Als hätte er eine volle Blase und fände keinen Ort, um sich zu erleichtern. Sogar beim Essen bewegt er sich, und bei einem Schachspiel läuft er dauernd durch das Zimmer und denkt über den nächsten Zug nach. Auch jetzt beugt er ständig die Arme und Beine, um zu fühlen, ob das Leder nicht zu fest sitzt. Die Jungen fetten schnell ein Panzerhemd ein. Mein Vater stellt sich zwischen zwei Hocker. Die Jungen klettern jeder auf einen Hocker. Mein Vater streckt die Arme in die Luft, und die Jungen, auf den Hockern stehend, lassen das schwere Hemd aus eisernen Ringen über den Körper meines Vaters sinken. Das Eisen beschützt seine Brust, seinen Bauch und den Schritt. Dann schleppen die Jungen den Harnisch herbei. Sie befestigen die vier Oberschenkelplatten an der ledernen Hose, und dann schnallen sie hastig die Beinschienen und die Knieschützer fest. Mein Vater wirft mir einen Blick aus seinen blauen Augen zu. Sie liegen tief in seinem Gesicht, und um sein rechtes Auge zieht sich eine Narbe. Die Narbe sieht aus wie ein Finger, sodass man den Eindruck bekommt, eine geballte Hand halte sein Auge fest. Ich schaue ihn an, und unsere Blicke treffen sich. Dann wendet sich mein Vater ab. Er schreitet zum Fenster, und die Jungen müssen auf Knien hinter ihm herkriechen, um die letzten Schnallen zu schließen. Und es kommt noch mehr Eisen dazu: für die Oberarme, die Unterarme, die Schultern und die Ellenbogen. Mein Vater zieht selbst seine Panzerhandschuhe an und das Panzerkäppchen, den *coif*, über den Kopf. Er nimmt seinen Turnierhelm mit den schmalen Schlitzen, die seine Sicht einschränken, aber seine Augen gegen die Lanzen seiner Gegner schützen. Der ganze Harnisch wiegt fast fünfzig Pfund. Das Sonnenlicht blitzt in dem polierten Metall. Mein Vater sieht aus wie ein Krieger aus den Legenden. Das Eisen quietscht und klirrt, während er den Raum verlässt. Die Jungen, erschöpft, wie sie sind, rennen vor ihm her, um sein Pferd zu holen. Ich renne zu meiner Mutter, die auf einer Tribüne sitzt. Mein Vater bindet den Schal meiner Mutter um den Arm. Das Volk von Male jubelt und wirft mit Blumen, während mein Vater und sein Gegner im Schritttempo auf ihre Schildknappen zureiten, die ihnen die erste stumpfe Lanze reichen. Fanfaren werden geblasen. Die Streithengste schnauben ungeduldig, und ihre Reiter treiben sie zu einem gestreckten Trab an. Nach ein paar Metern gehen die Pferde in Galopp über. Sie stürmen aufeinander los. Immer schneller. Jedes an einer Seite der Holzpalisade. Matsch spritzt auf, und die drei Meter langen Lanzen werden gesenkt. Mit einem enormen Stoß zersplittern die Lanzen auf den Schilden. Scharfe Splitter fliegen durch die Luft. Die Menschen in der ersten Reihe bücken sich und halten die Arme schützend vor die Augen. Mein Vater bleibt wie ein Fels im Sattel sitzen, aber sein Gegner wird aus dem Sattel geworfen und schlägt ein paar Meter weiter mit einem dumpfen Knall auf den Boden. Er steht nicht mehr auf. Mein Vater ist der Sieger. Ich reiße mich von meiner Mutter los, springe von der Tribüne hinunter und renne über das Feld auf ihn zu. Ich trete auf den Saum meines Kleides und falle vornüber in den Schlamm. Menschen lachen. Jemand ruft, ich müsse schon noch ein bisschen üben, bis ich eine edle Jungfrau werde. Eine Hofdame hilft mir hoch, aber ich reiße mich los. Stolz gehe ich auf meinen Vater zu. Ich wische mir den Schmutz von den Ärmeln. Mein Vater wirft die Reste seiner Lanze weg und nimmt seinen Helm ab. Er sieht mich vor seinem Pferd stehen. Er hält sich am Vorderteil seines Sattels fest und lässt sich zur Seite kippen. Mit dem rechten Arm, seinem Schwertarm, hebt er mich hoch. Ich finde keinen Halt am Harnisch und schlage die Arme um seinen Kopf. Ich fühle die eisernen Ringe des *coif* an meiner Wange. Mein Vater riecht nach Schweiß, nach Pferd, feuchter Erde und Schweinefett. Sein Gesicht ist verschwitzt. Ich gebe ihm einen Kuss. Sein Bart kratzt mich an der Wange. Die Menschen jubeln. Ich knöpfe den Schal von seinem Arm los und winke damit meiner Mutter zu. Sie steht von der Tribüne auf. Unter ihrem prachtvollen blauen Kleid ist ihr runder Bauch deutlich zu erkennen.

Mein Male ist das schönste Schloss von Flandern. Es ist aus roten Backsteinen erbaut. Es ist ein kriegerisches Schloss mit Türmen und verstärkten Wällen, doch zugleich ist es ein gräflicher Palast, dessen Schönheit und geschmackvolle Ausstattung von den Chronisten besungen wird. Es gibt große Gartenanlagen, in denen sich Käfige befinden, mit Vögeln aus fernen Ländern, hohe Türme, auf denen unsere Fahnen wehen, und einen großen Saal, der jeden Monat entfloht und mit einem frischen Teppich aus getrockneten Blumen bedeckt wird. Vom Schlossturm aus kann ich Brügge sehen, und wenn der Wind vom Westen kommt, recke ich die Nase in die Luft. So rieche ich den salzigen Wind, der vom Meer her weht. Das Land um das Schloss ist so flach, dass die Wolken an den Baumwipfeln hängen zu bleiben scheinen, und überall, so weit ich sehen kann, erstrecken sich Weiden und Äcker, die mit Deichen umsäumt sind, und da und dort sieht man eine Mühle. Die Deiche entlang stehen Kappweiden, schief vom Westwind.

Die Hofdame, die mir immer widerwillig Zöpfe flicht, heißt Constance Bouvaert. Sie kommt aus der Provence, dem Land der

Troubadoure, irgendwo im Süden. Eigentlich heißt sie Boúúaert, aber sie hat ihren Namen nach der neuesten Mode flämisch gemacht, um bei den flämischen Männern auf dem Heiratsmarkt als ehefähige Partie bessere Chancen zu haben. Es nützt nicht viel, denn Constance ist als Kind mit voller Wucht gegen eine provenzalische Mauer gerannt, wodurch ihr die Hälfte ihrer Zähne ausgefallen ist, und ein Auge bleibt bis heute halb geschlossen. Sie wird kaum von liebeshungrigen Edelleuten belästigt und hat also genug Zeit, um mir die feinsten Manieren beizubringen: wie ich kerzengerade gehen muss, wie ich mich jede Woche waschen muss. Sie zeigt mir die aromatischen Öle von Lavendel, Honig und Mandeln, die ich mir vorsichtig auf den Nacken tropfen muss, damit sie an meinem Rücken nach unten gleiten. Sie lehrt mich, dass die Nägel einer Frau nie zu lang sein dürfen, dass ich Duftkissen in meine Kleiderkiste legen muss, zwischen meine Satinkleider, wie ich meine braunen Haare mit Taubenmist bleichen kann und wie schlampig es aussieht, wenn mir Haarsträhnen über die Stirn fallen. Je höher eine Stirn ist, umso eleganter sieht es aus, deshalb lässt meine Mutter meine Augenbrauen und die Haare am Stirnansatz auszupfen. Das tut wirklich weh, aber meine Mutter sagt, echte Schönheit würde aus Schmerzen geboren. Constance lehrt mich auch, wie ich vor Gott knien und mich vor meinen Eltern verbeugen muss. Und wie das Volk mich mit einem Kniefall zu grüßen hat, mit einer Verbeugung oder zumindest mit einem Kopfnicken. Sie bringt mir bei, dass ich die Augen niederschlagen muss, wenn mich ein Edelmann anschaut, und dass ich bei Tisch ein Vorbild sein soll, indem ich auf den Boden spucke und nicht auf die Tischdecke – vor allem dann nicht, wenn ein Priester neben mir sitzt – und wie ich die kleinen Fleischstücke vom Knochen zupfe und mit

Daumen und Zeigefinger zu meinem Mund führe. Fleisch mit den Zähnen vom Knochen zu reißen, das ist etwas für den hungrigen Pöbel oder für hinterwäldlerische Edelleute aus England.

Constance hat den Auftrag, mich den ganzen Tag im Auge zu behalten, und ich wette mit mir, ob ich es schaffe, ihrer Aufmerksamkeit zu entwischen. Ich laufe oft auf dem Innenhof herum, wo ein lebhaftes Treiben herrscht. Da gibt es einen Schmied, der Ferre heißt. In seinen Ohren wachsen Haare, und unter dem Fell auf seinen Armen ziehen sich Adern, die wie dicke Seile aussehen. Das Flämisch quillt in dicken, vollen Stößen aus seinem großen Mund. »Schau, kleine Dame«, donnert er, während er auf das offene Feuermaul seiner Schmiede deutet. »Weißt du, was das ist?«, fragt er, und ich betrachte die glühenden Kohlen und die lodernden Flammen, die eine schreckliche Hitze verbreiten. Ich schüttle den Kopf. »Schau genau hin«, sagt er. Ich trete noch einen Schritt weiter nach vorne. Ich fühle die glühende Hitze am ganzen Körper. »Es ist der Spalt des Satans«, zischt er mir ins Ohr. Das Feuer brummt. Ich trete erschrocken einen Schritt zurück und stoße gegen Ferres harten, ledernen Bauch. Er lässt den Blasebalg los, mit dem er das Feuer angefacht hat, um mich zu erschrecken, und bricht in Gelächter aus. Ich bin böse und trommle mit den Fäusten gegen seinen Bauch. Er fängt meine Fäuste mit seinen dicken, fleischigen Händen auf. »Wenn du mal groß bist, kleine Dame«, sagt er beruhigend, »dann schmiede ich ein Schwert für dich.« Er lässt mich los und holt mit zwei Zangen ein rotglühendes Schwert aus dem Feuer. Er schlägt es mit einem Hammer in Form. Es dauert lange. In der Schmiede scheint es zu donnern. Die Funken sprühen nach allen Seiten. »Das ist meine Arbeit, kleine Dame«, ruft er über seine Schläge hinaus, »ich breche die Blitze, um ein Schwert für deinen Vater zu machen.« Ich nicke und sage, dass ich es gar nicht erwarten kann, groß zu werden, damit ich ihn an sein Versprechen erinnere. Er nimmt die Zange und legt das Schwert ins Wasser. Es zischt und brodelt. »Welches Versprechen?«, fragt er neckend. »Dein Versprechen, ein Schwert für mich zu machen«, erinnere ich ihn. Er schnaubt laut und sagt, er habe nur einen Witz gemacht. »Frauen und Schwerter, das passt nicht zusammen, kleine Dame«, brummt er und verbrennt sich die Finger an einer der Zangen, mit denen er das Schwert aus dem Feuer geholt hat. Er verflucht fünf Heilige auf einmal. »Das ist deine Schuld«, ruft er. Ich grinse.

Ich treibe mich auch in den Küchen von Male herum, wo ich mich mit den Küchenjungen unterhalte, die Hühner rupfen, Gemüse hacken und Teig kneten. Sie lehren mich, auf Flämisch zu schimpfen, denn wenn man schimpfen will, gibt es keine bessere Sprache als Flämisch. Fluchen darf man eigentlich nicht. Für einen Fluch oder ein »maledictum« kann man in der Hölle brennen. Dennoch fluchen alle. Sogar die Priester, die Mönche, die Klosterschwestern. Sogar der Papst, so munkelt man, benutze den Namen Unseres Lieben Herrn auf eine Art, die man zumindest leichtsinnig nennen könne. Auf Fluchen und Schimpfen stehen übrigens strenge Strafen, denn Claes de Mollenpiepere aus Dudzele wurde auf eine Bittfahrt nach Rom geschickt, weil er zu meinem Vater gesagt hatte, seine Abgaben seien so hoch, dass sogar Unser Lieber Herr darauf pissen würde. Ich selbst gebe mir Mühe, so wenig wie möglich zu fluchen, außer wenn es wirklich notwendig ist. Also nicht mehr als zehn, fünfzehn Mal am Tag. Die Küchenjungen nennen mich »Dämchen Wiesterkapelle«, weil sie finden, dass ich, trotz meiner Manieren und meines französischen Tonfalls, nicht wie eine Dame aussehe. Eine Kapelle ist nämlich immer nach Osten gerichtet, und eine, die nach Westen steht – eine Wiesterkapelle –, steht falsch. Sie finden, ich sei ein halber Junge, und ich nenne sie die sieben »Plärrer«, weil immer einer von ihnen am Heulen ist. Die Küchenjungen sind so ungeschickt, dass sie sich jeden Tag wieder in die Finger schneiden oder sich die Hände am Spieß verbrennen. Und man sagt, dass diese kleinen Tölpel später Schildknappen und vielleicht sogar Ritter werden sollen. Der Küchenmeister Aelbrecht hat so viel damit zu tun, ihre Wunden mit seiner besonderen »Apostelsalbe« zu versorgen – so genannt wegen der zwölf Inhaltsstoffe, die sie enthält –, dass er kaum dazu kommt, ein neues Menü zusammenzustellen.

Im Sommer lungere ich an der Wassermühle an der Südseite unseres Schlosses herum. Ich habe Blasen an meinem rechten Fuß. Ich lasse meine Füße im Wasser aufweichen. Ich pflücke ein bisschen Beifuß und stopfe die Blätter in meinen Holzschuh, um die Schmerzen zu lindern. Auf der anderen Seite der Mühle höre ich das Geplapper der Waschfrauen. Sie lachen und plaudern, während sie die zusammengerollten Tücher auf den Steinen am Ufer trockenschlagen. Auf einmal höre ich, dass es um »den Grafen« geht. Ich schleiche mich näher und schaue ihnen bei der Arbeit zu. Einige spülen Tischtücher in der Gracht, andere haben Leinentücher auf den Knien liegen und reiben die Flecken mit Bimsstein heraus. Eine der Frauen sagt, dass »der Graf« es doch schaffe, den Bauerntöchtern Söhne zu machen, warum schaffe er es dann nicht bei seiner eigenen Frau? Eine andere behauptet, dass der Graf sie oft besuche und dass an seiner Gerätschaft nichts falsch sei. Ich springe auf und schreie, dass sie lügen.

Die Waschfrauen erschrecken, und das Miststück, das diese Bemerkung über die Gerätschaft meines Vaters gemacht hat, wird rot bis unter ihr Kopftuch. »Ihr müsst etwas falsch verstanden haben, *Ma Dame*«, stottert die Frau, die Greet heißt. Sie ist so verwirrt, dass sie die nasse Wäsche auf ihren Schoß tropfen lässt. Ich laufe auf sie zu und versetze ihr mit dem Holzschuh einen Tritt gegen die Brust. Die Frau fällt beinahe über den Rand ins Wasser, und im nächsten Augenblick fühle ich die Arme von Constance, die mich fortziehen. »Du verbreitest Lügen über meinen Vater«, schreie ich die Waschfrau an. »Du lügst.« Die Tränen laufen über meine Wangen. Ich schaue mich nach Constance um und schreie, dass die Waschfrauen gemeine Höllenweiber sind, die Lügen erzählen. Die Frauen machen sich davon, während Constance mich beruhigt. »Du hast bestimmt etwas falsch verstanden, Mädchen«, murmelt sie. »Ganz bestimmt. Warum sollten die Frauen etwas Schlechtes über deinen Vater sagen?« Ich heule Rotz und Wasser, und mein ganzer Körper bebt vor Zorn.

Ich erzähle meiner Mutter nichts von diesem Vorfall. Ich kann meine Augen nicht von ihr lassen. Alles an meiner Mutter ist fein. Sie hat dünne Lippen, graue Augen, eine kleine Nase und eine fast milchweiße Haut, durch die man ihre blauen Adern sehen kann. Sie hat schmale Finger und kleine Füße. Sie ist immer ruhig und elegant, eine klassische Schönheit. Ihr azurblaues Gewand ist mit Fuchsfell gesäumt, ihre dunkelbraunen Haare hängen in langen, mit roten und blauen Bändern geschmückten Zöpfen herunter. Das Einzige, was an meiner Mutter nicht fein und zart ist, ist ihr Bauch. Der ist immer dick. Sie ist immer guter Hoffnung.

Wir sitzen in einer Kutsche auf dem Weg nach Brügge. Die zwei Hofdamen, die uns Gesellschaft leisten, wischen mir mit einem nassen Tuch die schwarzen Streifen aus dem Gesicht. Sie flüstern sich auf Flämisch zu, dass sie mich nicht sauber halten können. Eine von ihnen seufzt, wie schade es doch sei, dass ich meiner Mutter nicht ein bisschen ähnlicher bin. Ich verstehe, was sie sagt, versetze ihr einen Tritt und zische auf Französisch: »Ich bin meiner Mutter doch ähnlich!« Meine Mutter hört es, sie schaut mich an und lächelt. »Natürlich, mein Schatz«, flüstert sie mir zu, und ihre warmen Hände streichen über mein Gesicht. Die Kutsche fährt langsamer, als sie das Kreuztor erreicht, wo die Wächter mit den Soldaten sprechen, die uns eskortieren. Kurz darauf fahren wir in die freie Stadt ein. Die Geräusche von Brügge schlagen über uns zusammen. Das Klappern von Pferdehufen auf den Pflastersteinen, das Knarren der Aushängeschilder der Handelshäuser, das Gerassel der Leprakranken, das Gejaule herumstreunender Hunde und das Jammern der Kinder, die am Hafen arbeiten. Auch die Gerüche von Brügge dringen in die Kutsche. Wir riechen den alles beherrschenden Geruch von Schweinehäuten, die auf der Straße von Gerbern abgesengt und dann an den Ufern der Grachten mit Schwefel saubergeschrubbt werden. Der Gestank des verfaulenden Tierfettes auf dem Wasser sticht mir in die Nase, als wir über eine Brücke fahren. Schließlich bleiben wir am Belfort stehen. Meine Mutter steigt aus. Ich fühle die Hände der Hofdamen auf meinen Schultern. Ich darf nicht weglaufen. Das blaue Gewand meiner Mutter wird fast von der wimmelnden Menschenmenge verschluckt. Sie dreht sich zu mir um und sagt: »Komm mit, Marguerite.« Ich stoße die Hände der Hofdamen von meinen Schultern und renne zu meiner Mutter. Ich schaue an ihr hoch und sehe, dass sie mir zulacht. Ich sehe die Grübchen in ihren Wangen, die Zähne in ihrem kleinen Mund, das Vergnügen in ihren Augen. Sie zieht mich mit, denn sie hört die Straßenhändler, die Honig und Kräuter verkaufen, die Quacksalber, die Wundermittel gegen Blutgeschwüre anpreisen, die Ausrufer, die verkünden, wer heiratet, wer getauft wird, wer gestorben ist, welche Kinder vermisst sind und welche Häuser versteigert werden. Ich höre die Eselstreiber, die sich gegenseitig als Schweinekopf oder Ochsenschwanz beschimpfen, weil der Verkehr in den Gassen zum Stillstand gekommen ist, und ich höre die Fischverkäufer schreien, dass ihre wuselnden Hechte und ihre wimmelnden Garnelen lebendig und frisch sind. Ich sehe die Italiener mit ihren großen Schnurrbärten, die in den Banken arbeiten, die portugiesischen Seeleute, die Käfige mit wilden Tieren ausladen, die Mohren, die ihre Spezereien ausstellen, die Russen, die Säcke mit Salz aus Riga auf dem Rücken schleppen, und den blinden Bettelmönch, der behauptet, im fernen Osten einen Blick auf den Garten Eden geworfen zu haben und dafür von einem Engel mit Blindheit geschlagen worden zu sein. Am Schluss sehe ich die Frauen von Brügge mit ihren langen, grellbunten Gewändern, mit ihren Hüten in mehreren Stöcken und ihren Halsgehängen aus Edelsteinen. Sie sehen aus wie Königinnen. Die Frauen von Brügge sind die schönsten der Welt.

Meine Mutter zieht mich durch die Gassen, sie wimmeln von Aushängeschildern von Badehäusern, Rosenkranzknüpfern, Bogenmachern, Kerzengießern, Seifensiedern, Korbflechtern, Barbieren, Flachswebern, Zeugmachern und was weiß ich noch. Es gibt nicht viel auf der Welt, was man in Brügge nicht kaufen könnte. Wir suchen unsere Lieblingsplätze auf: das Atelier von

Mattheus de Botereter, Goldschmied und Juwelier, die Schuhmacherei von Isenbrant Naeghel, die Hutmacherei von Cornelius Gillekin und die Buchbinderei von Augustijn van Ivorie, dem Mann, der seine Bücher mit Stoffen einbindet, die mit goldgeränderten Wolken durchwebt sind, mit Silberstreifen und Tränen von Palladium, dem edelsten aller edlen Metalle, vergossen von der göttlichen Jungfrau selbst. Wir trinken einen Krug warmen Kräuterwein in der Herberge »Das trächtige Seepferd« auf dem Eiermarkt, wo immer wieder ein Sänger auftritt, der sich auf der Laute begleitet und traurige Liebeslieder singt, von Rittern, die große Taten vollbringen, und von Jungfrauen, die sie nicht bekommen können. Ich sitze kaum, da frage ich auch schon die Hofdamen, ob sie mir nicht meine Zöpfe neu flechten können, damit sie genauso aussehen wie die meiner Mutter. Eine der Hofdamen seufzt und sagt, dass meine Haare so widerborstig sind, dass es keinen Sinn hat. Ich keife sie an, sie müsse es trotzdem tun. Sie steht auf, löst die Schleifen, kämmt meine rotbraunen Stachelhaare und flicht sorgfältig zwei lange Zöpfe mit grünen und blauen Bändern darin. Als sie fertig ist, setze ich mich auf den Schoß meiner Mutter. Jetzt sehen wir uns ähnlich. Sie drückt mich gegen ihren dicken Bauch. Ich fühle etwas treten. »Diesmal wird es bestimmt ein Brüderchen«, flüstert sie. Ich spüre, wie weich sie ist. Ich rieche ihren Duft nach Lavendel. Ich lache sie an, und sie lacht mich an. Es ist das letzte Mal, dass ich sie lachen sehe.

3

Ich tue, als würde ich schlafen, und belausche die Gespräche der Frauen. Sie sprechen über meine Mutter. Sie machen sich Sorgen über die nahende Geburt. Eine von ihnen sagt, dass mein erster Bruder tot geboren wurde. Er war von der Nabelschnur erwürgt worden. »Nicht rechtzeitig getauft«, flüstert eine der Frauen, und ich höre, wie ihre Hände über ihre Kleider streichen, während sie ein Kreuz schlagen. Dann sprechen sie über die Geburt meines zweiten Bruders, ein Jahr später. »Der Graf wollte wieder die alte Morva holen lassen«, höre ich Constances gackernde Stimme. »Diesmal fanden die Soldaten nur ihre leere Hütte mit einer ausgemergelten schwarzen Katze. Morva war in diesem Winter gestorben, als sie im Dorf Brennholz holte. Sie hatte sich erschöpft am Wegrand hingesetzt und war nicht mehr aufgestanden. Wochen später saß sie immer noch dort, auf einem umgefallenen Baumstamm, ganz steif gefroren, und wartete auf das Frühjahr. Ich habe sie gesehen: ein glasig gewordenes Häufchen Mensch.« Alle werden still nach Constances Geschnatter. Die einzige Kerze im Frauengemach erlischt flackernd. Es wird ganz dunkel. Jemand röchelt und spuckt. »Der Graf hat sein Versprechen an Morva nicht gehalten«, lispelt die alte Hofdame Gwenna. »Sie hat mit dem Teufel geschlafen«, zischt eine andere Frau, »und Gott weiß, was für Höllenkreise sie damals auf den Bauch der Gräfin gemalt hat.« Vielleicht war es ein Glückszeichen«, widerspricht die alte Gwenna. »Ein Glückszeichen«, ruft Greet, »sei nicht so dumm, das Geschlecht des Grafen ist verflucht!« Im Raum wird es still. »Wenn ich an den zweiten Jungen denken«, seufzt Constance. »Er steckte im Bauch seiner Mutter so fest, dass sie ihn nicht herausbekamen. Und was haben die Hebammen gezogen und gezerrt. Das Kind riss auseinander wie ein altes Kleidungsstück. Es war schrecklich. Sie haben jedes Stück des noch warmen Kindes getrennt getauft.« Die Hände rascheln wieder beim Bekreuzigen. Ich fühle eine Faust in meiner Kehle und beiße mir auf die Lippen, um nicht zu weinen. Meine rechte Hand tastet nach dem Kreuz, das ich um den Hals hängen habe. Ich umklammere es. »Und was wird nun sein?«, fragt die Waschfrau Greet. »Es ist fast so weit.« Niemand wagt zu antworten. »Diesmal kann nichts schiefgehen«, sagt Constance, aber in ihrer Stimme liegen Zweifel. »Die Gräfin hat sich jeden Tag eine Stunde unter die Glocke der Sint-Donaas-Kerk gesetzt, um das aufblühende Leben in ihrem Leib nicht zu verlieren.« Greet, die sich auf den Nachttopf gehockt hat, fragt: »Wird das helfen?« Das Geräusch ihres Urins plätschert durch das Gemach. »Wenn das nicht hilft, gibt es immer noch den heiligen Nagel«, schlägt Gwenna vor. Ich verstehe nun, da die Stimmen im Raum verebben, warum mein Vater für einen ungeheuer hohen Betrag an Goldstücken einen der drei Nägel gekauft hat, mit denen Jesus Christus ans Kreuz genagelt wurde. »Ist es wirklich eine echte Reliquie?«, fragt Greet laut und kippt den Nachttopf, ohne zu schauen, aus dem Fenster. »So ein rostiger, abgeblätterter Nagel mit einem viereckigen Kopf. Sie verkaufen einem heutzutage alles. Ich habe einmal einen Bulgaren gesehen, in Brügge, der hat Stroh aus der Krippe des Jesuskinds verkauft. Du lieber Himmel, was war das für ein Betrüger! Der Bulgare wurde von den Bürgern der Stadt beschimpft, und jemand hat die Soldaten des Vogts geholt. Schließlich ließen sie dem Bulgaren die Zunge herausreißen, weil er Lügen verkauft hat. Dieser heidnische Gauner!« »Der Nagel ist echt«, zischt Constance. »Ich war dabei, als ihn der Kurier brachte. Der Nagel lag in einem seidenen Tuch, und Kaplan van Izeghem sagte, der Nagel komme geradewegs aus Avignon und sei vom Papst selbst geschickt worden. Er zeigte dem Grafen einen Brief, in dem der Heilige Vater schrieb, dass der Nagel wirklich aus dem Holz gezogen wurde, aus dem einzigen und wahren Kreuz, das unser Erlöser auf den Hügel von Golgatha getragen hat.« Das lässt die Frauen verstummen. Mein Vater hat den Nagel in eine Glaskugel legen lassen und die Kugel in die Mitte eines goldenen Kreuzes geschmolzen. So hängt der Nagel über dem Altar der Kapelle von Male. »Jeden Tag der Schwangerschaft hat der Graf den Nagel um einen Sohn angebetet«, bekräftigt Gwenna, »und angesichts der Tatsache, dass der Nagel aus dem wahren Kreuz stammt und eine der stärksten Reliquien der Menschheit ist, werden seine Gebete zweifellos im Himmel widerhallen. Er muss einen Sohn bekommen. Es geht nicht anders.«

Es ist in den ersten Tagen des Schnees, als mein Brüderchen geboren wird. Er wiegt nicht mehr als ein nasses Geschirrtuch, hat ein Mäulchen aus Marzipan und sieht aus wie ein Engel. Mein Vater tauft ihn Boudewijn nach dem ersten Grafen von Flandern, der »Boudewijn mit dem eisernen Arm« genannt wurde. Dieser Vorvater war ein Waldhüter, der seinen Adelstitel vom deutschen Kaiser bekommen hatte, weil er, so wird erzählt, mit einem kleinen Heer die Wikinger geschlagen hatte. Mein Vater träumt schon vom ersten Harnisch, den er seinem Sohn anmessen lässt, und von dem Moment, in dem sie gemeinsam in der vordersten Linie des Ritterheers stehen. Auf ihren Streithengsten mit silbernen Hufeisen werden Vater und Sohn gleichzeitig die

Visiere ihrer Helme niederlassen und auf den Feind losstürmen. Der Anblick ihrer funkelnden Harnische und ihrer flatternden Fahnen wird den Feind in Panik davonstieben lassen. Mein Vater und sein Sohn werden Ketzer, Barbaren und Engländer wie Rohrweihen auf ihren Speeren aufspießen. Nach dem Sieg werden sie, ihre Harnische triefend von heidnischem Blut, einander in die Arme schließen. Die Augen meines Vaters werden feucht. Ein Sohn. Ein Ritter. Ein Erbe. Das ist sein größter Wunsch. Aber der kleine Boudewijn schafft es nicht.

Ich fühle nun, Jahre nach seinem Tod, noch immer seine Fingerchen, die sich um meinen Daumen schließen. Der kleine Boudewijn trinkt kaum von der Muttermilch und scheint immer nur zu schlafen, dort in seinen fein gewebten seidenen Laken in seiner Wiege in der Form eines Pelikans, eines göttlichen Vogels, der seine Brut mit seinem eigenen Blut nährt. Mein Vater lässt die Luken des Entbindungsraums bis drei Wochen nach der Geburt geschlossen halten, um zu verhindern, dass böse Geister aus dem Nordmeer die Seele des Kindes stehlen und zum anderen Ende der Welt bringen könnten. Meine Mutter ist beunruhigt, weil das Kind kaum trinkt und selten oder nie weint.

Es ist der Medicus van Obrecht, der Meister der durchbohrten Schultern und des zerschmetterten Kiefers, der hinzugeholt wird. Nachdem er den Urin des kleinen Boudewijn ausführlich studiert und die Sterne zu Rate gezogen hat, sagt er, das Kind müsse mit Lebertran, Selleriebrei, Rosmarin und gerührten Eidottern gefüttert werden. Die Gräfin hält dem Jungen die Nase zu und löffelt ihm die Sachen in den offenen Mund. Kurz darauf spuckt der kleine Boudewijn alles wieder aus. Die Gräfin legt das Kind an ihre volle Brust, aus der die Milch tropft. Das tut sie

Stunde um Stunde, Tag um Tag. Sie streichelt dem Jungen über den Kopf und fleht ihn an zu trinken. Und es geschieht in dem dunklen Raum mit den geschlossenen Luken, in den Armen meiner Mutter, dass der kleine Boudewijn verlischt wie eine Kerze.

Später wies man meinen Vater auf die Vorzeichen hin. War es nicht am Tag des heiligen Thomas, dass Bischof Lievin de Beveland ohne eine nachweisbare Ursache starb? Zwei Mönche brachen die Tür seines Schlafgemachs auf und sahen seinen entseelten Körper da liegen. In seinem Mund saß eine Fledermaus. Wusste jemand, wie das Unglückstier in die abgeschlossene Zelle geraten war? Und war es nicht am Tag des heiligen Alexius, dass ein enormer Walfisch in der Zwin angespült wurde? Der Hafenmeister ließ das Tier zum Marktplatz von Sluis schleppen, wo es von drei Fischern unter den Blicken der Bewohner der Stadt aufgeschnitten wurde. Aus dem Bauch des riesigen Tiers quollen dutzende und aberdutzende von Aalen, Schnecken und Maden. Die Menschen von Sluis schrien beim Anblick des teuflischen Ungetiers laut auf. Kinder rannten nach allen Seiten, und eine alte Frau stürzte an Ort und Stelle tot zu Boden. Während die Satanstiere auf schleimigen Bäuchen durch die Straßen von Sluis krochen, strömten die Leute in die Kirche. Man bekreuzigte sich, man ließ Rosenkränze durch die Finger gleiten, und der Weihrauch dampfte. Erst als der Tag zu Ende ging, wagten sich die Menschen nach Hause. Und hatte man übrigens in den Tagen vor und nach der Geburt nicht bemerkt, wie Elstern über dem Schloss von Male kreisten? Die Wachmänner hatten versucht, die Unheilsvögel zu töten, aber kein Bogen war stark genug, um sie herunterzuholen. Hatte mein Vater all diese Vorzeichen nicht gesehen?

Die Luken der Kammer der Gräfin werden nicht mehr geöffnet. Sie weigert sich wochenlang, die Kammer zu verlassen. Die schicksalhaften Schwangerschaften der vergangenen Jahre haben sie vollkommen erschöpft. Und eines Nachts wandert sie nackt durch das Schloss. Die Wächter, die sie im Mondlicht sehen, glauben, sie sei ein Geist. Sie redet mit sich selbst, mit erhobenem Zeigefinger, und bemerkt nicht einmal die Hofdamen, die sie wieder zum Frauengemach führen.

»*Non compos mentis*«, lautet das Urteil des Medicus van Obrecht. »Ihr Verstand hat gelitten.«

»Sag doch gleich, dass sie verrückt ist«, ruft mein Vater. »An dem Tag, an dem sie mir einen lebenden männlichen Erben schenkt, werden die Hühner den Vespergottesdienst halten und die Mönche im Mist scharren.«

»Herr Graf«, wehrt sich der Medicus, »das Leiden Eurer Frau ist vorübergehender Art. Sie ist erschöpft und verzweifelt und …«

»Warum tut Gott mir das an?«, ruft mein Vater dem Kaplan van Izeghem zu, der nervös zum Heu auf dem Boden hinunterstarrt. »Habe ich hier in meiner Kapelle nicht einen Nagel vom heiligen Kreuz hängen? Habe ich nicht genug Messen lesen lassen? Bin ich denn kein Freund seiner Kirche gewesen? Habe ich denn nicht genug Almosen an die Blinden, die Krüppel und die Aussätzigen von Brügge verteilt? Ich muss doch nicht höchstpersönlich auf einen Kreuzzug gehen und gegen die Tore von Jerusalem stürmen und die vergilbten Knochen der heiligen Melisende küssen, um einen männlichen Erben zu bekommen?«

Einen Moment lang wird es still. Der Kaplan schlägt drei Kreuze, und auch der Medicus van Obrecht drückt das Kreuz an seine Brust, um das Böse abzuwehren. Ich habe erschrocken zugehört. Meine Ohren rauschen.

»Herr Graf«, sagt der Kaplan und schnauft mit seiner Mäusenase, um die Strenge seiner Worte zu unterstreichen, »Gottes Wege lassen sich nicht von Sterblichen wie uns ergründen. Ihr müsst Geduld haben. Ich werde Gott um Vergebung für Eure unbedachten Worte bitten.«

»Ich verdiene das nicht«, ruft mein Vater und läuft davon. Erst da sieht er mich an meinem üblichen Ort sitzen, zwischen den Holzblöcken neben dem schwelenden Herdfeuer. Mein schönes Kleid hat schmutzige Streifen, und meine langen, widerborstigen Haare stehen nach allen Seiten ab. Er starrt mich an. Ich fühle die Ohnmacht, die seinen Körper erfüllt. Ich sehe die Glut des Feuers, die sich auf seinem Gesicht zeigt. Ganz kurz scheint es, als wolle er etwas sagen, aber er starrt mich nur weiter an. Ich wage nicht, meinen schmalen Körper aufzurichten. Ich wage es kaum, ihm in die Augen zu schauen. Mein Vater dreht sich zum Kaplan und zum Medicus um.

»Wenn Gott jemanden vernichten will«, flüstert er, »dann macht er ihn erst verrückt.«

Der Kaplan bekreuzigt sich. Mein Vater geht mit großen Schritten davon. Ich mache mich so klein wie möglich in der Ecke des Herds. So klein, dass niemand mich sehen kann, sogar Gott nicht. Ich will so klein sein wie ein Insekt und mich für immer zwischen den Ritzen der Steine verbergen, damit ich nicht an diesem Leben voller Leid, Schmerz und Angst teilhaben muss. Der Medicus und der Kaplan verlassen den Raum. Sie scheinen mich nicht zu sehen. Ich bin unsichtbar.

Die Wundärzte versuchen meine Mutter zu heilen, indem sie ihr Blutegel an den Hals legen, die den Nebel aus ihrem Kopf ziehen sollen. Sie geben ihr einen Brei aus Fuchsgehirnen, der ihr die

Klarheit zurückbringen soll. Sie hängen sie mit dem Kopf nach unten an einen Balken, damit die bösen Stoffe aus ihrem Gehirn laufen. Nichts hilft. Meine Mutter hat ein Flakon mit einem Extrakt aus Belladonna, den sie sich manchmal bei Banketten in die Augen träufelt. Die Tropfen sorgen dafür, dass ihre Pupillen sich weiten und sie buchstäblich strahlend aussieht. Aber an einem Abend trinkt sie das ganze Fläschchen leer. Mitten in der Nacht – ich schlafe im Frauengemach zwischen Constance und der Waschfrau Greet – fahre ich hoch, als ich meine Mutter schreien höre. Doch es ist nicht meine Mutter, die schreit, es ist etwas anderes. Ein böser Geist, der im Fläschchen war, hat sich nun in meiner Mutter festgesetzt und stößt schreckliche Schreie aus. Meine Mutter liegt zuckend und krampfend auf dem Boden, und vier Frauen sind nötig, um sie festzuhalten. Constance legt mir die Hand über die Augen, damit ich meine Mutter nicht sehen kann. Ich höre nur ihre Schreie. Ihre schrecklichen Schreie.

Am nächsten Tag werde ich zu meinem Vater gerufen. Seine rechte Hand zittert, und er schiebt sie unter den Oberarm, um das Zittern zu verbergen.

»Im Kopf deiner Mutter sind kleine Löcher«, fängt er an. »Das sagt der Medicus. Man kann die Löcher nicht sehen, sie sind zu klein. Aber sie sind da.«

Er hüstelt und starrt zu Boden, als frage er sich, ob er nicht schon genug gesagt habe. Er wirft mir von der Seite einen Blick zu. Ist es das? Muss ich jetzt schon weg?

»Ihr Geist hat sich verwirrt«, fügt er ungeduldig hinzu. »Doch die Mönche des Klosters von Ten Duinen werden sie gut versorgen. Dort wird sie die beste Pflege erhalten. Verstehst du das, Tochter?«

Ich nicke und beiße mir auf die Lippen, um nicht loszuweinen.

»Ich werde sie besuchen«, sage ich.

»Das Kloster ist anderthalb Tagereisen von hier entfernt.«

»Dann werde ich bei ihr bleiben, im Kloster, bis sie …«

»Du kannst nicht bei ihr bleiben«, unterbricht er mich. Ich schweige. Seine Worte sind zu schwer für mich, um sie einfach wegzuschieben.

»Du wirst hier bleiben. Der Medicus van Obrecht sagt, dass deine Mutter sechs Monate der Ruhe, der Einsamkeit und der Gebete braucht. Die werden ihr helfen, den Nebel aus ihrem Kopf verschwinden zu lassen.«

»Sechs Monate …«

»Sie bleibt bis Weihnachten im Kloster. Wenn sie wieder gesund ist, kommt sie zurück.«

»Das will ich nicht«, jammere ich.

»Es geschieht, wie ich es beschlossen habe.«

Ich schaue meinen Vater an, seine mächtige, herausgeputzte Gestalt, seine nervösen Hände und seinen kantigen Kopf. Ich fühle Disteln in meiner Kehle, ich fühle Tränen von meinem Gesicht tropfen. Ich will zu meiner Mutter. Mama, möchte ich schreien, geh nicht weg, bitte. Sattle mein Pferd, und ich werde in den magischen Wald reiten, wo Elfen und Kobolde leben, die blinde Eidechsen aufziehen, aus deren Schwänzen Tränke gemacht werden, die die schlimmsten Krankheiten heilen. Gib mir ein Schiff und lass mich in den Osten fahren, zum Garten Eden, um den Brunnen zu suchen, an dem sich das Eichhorn labt, denn dort wächst das geheime Kraut, das Menschen von allem reinigt, was böse und schlecht ist. Bring mir einen Pilgerstab und zeig mir den Weg, der zum heiligen Gral führt, denn wer aus dem

Becher trinkt, aus dem Christus getrunken hat, wird ein neuer Mensch werden und weder Krankheit noch Entbehrung kennen.

»Vater«, ist das Einzige, was ich herausbringe, und ich will, dass er mich in den Arm nimmt, wie damals beim Turnier. Aber er tut es nicht.

»Was habe ich Gott angetan, um ein Geschöpf wie dich in mein Leben zu bekommen?«, zischt mein Vater, und es verschlägt mir den Atem. Er nimmt einen Stuhl und wirft ihn auf den Boden. Das Holz splittert.

»Ich bin kein Geschöpf«, höre ich mich sagen, »ich bin Eure Tochter.«

Mein Vater geht auf mich zu.

»Du bist mein Unglück«, tobt er und schaut hinaus zur Sonne, die hoch am Himmel steht. »Wenn du dich beeilst, kannst du noch Abschied von deiner Mutter nehmen.«

»Abschied?«

»Sie werden jetzt wohl bald losziehen«, sagt er.

Ich springe auf, mache eine schnelle Verbeugung und renne die Treppenstufen hinunter. Im Frauengemach finde ich meine Mutter. Sie haben sie in ein ledernes Korsett geschnürt und auf einen Stuhl gesetzt. Ihre Arme sind am Rücken festgebunden. Ihr Mund ist voll mit getrocknetem Blut, weil sie sich ein Stück ihrer Zunge abgebissen hat. Sie versucht zu sprechen, und ich halte mein Ohr an ihren Mund. Ich spüre ihren warmen Atem auf meiner Wange. Sie spricht mühsam, als bekomme sie kaum Luft. Sie soll sagen, dass ich mir keine Sorgen zu machen brauche. Dass wir bald wieder zusammen zum Markt nach Brügge fahren. Dass wir in der Herberge »Das trächtige Seepferd« wieder ein Glas Wein trinken, dass wir wieder für die Liedersänger klatschen. Aber das sagt sie nicht. »Sorge dafür, dass mein kleiner Boudewijn gut isst«, sagt sie langsam und mit Mühe, mit einer Stimme, die ich kaum erkenne. Ihre Worte sind wegen ihrer verletzten Zunge nur halb geformt. »Und er soll sich warm anziehen, wenn die Blätter fallen und der Winter kommt. Du weißt schon, den Mantel aus Fuchsfellen, den ich schon für dich habe machen lassen. Der ist dir jetzt viel zu klein. Aber für deinen kleinen Bruder ist er gerade richtig. Wirst du es nicht vergessen?« Ich nicke, und mein Kopf fühlt sich an wie unter Wasser. Kurz darauf wird meine Mutter von den Knechten des Medicus van Obrecht fortgetragen. Meine arme Mutter mit ihrer warmen Stimme und den Händen wie kostbare Seide. Sie sitzt auf ihrem Stuhl wie eine Stoffpuppe mit einem Mund voller Blutkrusten. Ich schniefe meine Tränen weg und fühle, wie Rachegefühle meinen Körper erzittern lassen.

Ich laufe zur Kapelle von Male. Ich knie vor dem Kreuz auf dem Altar. Das Kreuz des heiligen Nagels. Ich bitte um die Genesung meiner Mutter. Ich flehe Unseren Lieben Herrn an, sie zurückkommen zu lassen. Ich flehe meine sechsundzwanzig Schutzengel an, die Nebel aus ihrem Gehirn zu vertreiben. Ich bete ein Vaterunser nach dem anderen, ein Sei-gegrüßt nach dem anderen, den ganzen Nachmittag lang. Meine Knie sind steif und schmerzen, als ich mich vom Boden erhebe. Ich schnalle meine Holzschuhe an, und es ist so still in der Kapelle, dass sogar das Geräusch der Schnallen von den Wänden zurückgeworfen wird. Ich frage mich, ob mich jemand dort oben im Himmel gehört hat. Ob mein Gebet nicht verlorengegangen ist im heulenden Wind der Gebete, die immer um das heilige Jerusalem wehen. Ein Wirbelwind, der durch die zehntausende verzweifelter Beter angefacht wird, die ebenfalls um Gnade flehen. Sogar Gott kann so viele Stimmen nicht auf einmal hören. Es hat keinen Sinn, denke ich, niemand dort oben hört mich. Ich frage mich, welche Reliquie, welcher Schrein oder welcher geweihte Boden mächtiger sein kann als der Nagel vom Kreuz. Ich lasse den Blick durch die Kapelle schweifen und finde das Bildnis Unserer Lieben Frau. Plötzlich weiß ich, wohin ich gehen muss.

Zwei Meilen von Male entfernt liegt das Moerland. Es ist ein sumpfiges Marschgebiet mit Deichen und Streifen Treibsand, so ausgedehnt, dass einmal ein Bauer mit Pferd und Wagen einfach weggesackt ist, ohne dass man ihn je wiedergefunden hat. Das ganze Moerland ist durchzogen von Wasser und wird oft vom Meer her überschwemmt. Um die Bauernhöfe herum stehen knorrige Weiden, die die Feuchtigkeit aus dem Boden ziehen. Und überall wächst Schilfrohr. Ich renne über die Deiche und die schmalen Brücken. Der Wind rast über das flache Land, und meine Ärmel flattern. Der Boden ist sumpfig vom Frühjahrsregen. Mein Kleid, meine Holzschuhe und meine Strümpfe sind voller Schlamm, als ich keuchend und schwitzend an meinem Ziel ankomme. Zwischen den Wasserlachen liegt eine alte, von Wind und Wetter gezeichnete Kapelle. In der Kapelle steht eine Marienstatue, die schwarz ist vom Rauch. Die Statue hat keine Hände mehr. Warum das so ist, weiß keiner, aber alle vermuten, dass der Teufel etwas damit zu tun hat. Das Gras um die Kapelle herum ist trocken und schmutzig, als schäme es sich, dort in ihrem Schatten zu wachsen. Gegen Abend kann man ab und zu eine Frau in die Kapelle schlüpfen sehen. Manchmal ist es ein junges Mädchen, das vor dem tyrannischen Vater davongelaufen ist, dann wieder eine alte Frau, die von ihrem Mann verprügelt wurde. Es können sowohl Frauen aus dem Volk als auch Frauen vom Adel sein. Eines haben sie gemeinsam: Sie erflehen mit ihrem Gegrüßet-seist-du-Maria den Tod jenes Mannes, der ihnen das Leben unerträglich macht und den sie aus der dunklen Tiefe ihres Herzens hassen. Darum nennen die Leute in der Umgebung die Statue in der Kapelle »Unsere-Liebe-Frau-vom-Hass«. Ich starre auf das beschädigte Gesicht des Marienbildes. Von der Haube und der Aureole sind Stücke abgebrochen. Und schließlich, während sich die Nacht über Flandern senkt und ich vor Kälte und Müdigkeit zittere, verfluche ich meinen Vater. Ich verfluche ihn, weil er meine Mutter nicht liebt und weil er mit den Bauerntöchtern und Dienstmägden Kinder zeugt. Ich verfluche ihn, weil er mich mit harten, blauen Augen anschaut, in denen sich Missachtung verbirgt. Gebt mir meine Mutter zurück, flehe ich den Himmel an, gebt sie mir zurück und nehmt Euch stattdessen meinen Vater. Niemand wird ihn vermissen. Ich bete um den Untergang meines Vaters. Und diesmal erhört mich der Himmel. Denn ein paar Wochen später kommt der Krieg.

4

Die französischen Reiter tauchen im Erntemonat auf. In dem Monat, in dem das Schloss verlassen ist. In dem Monat, in dem alle draußen mithelfen, das Korn einzubringen. Es sind glückliche Wochen. Ich nehme mir jeden Tag vor, nicht glücklich zu sein und stundenlang in der Kapelle für das Wohlbefinden meiner Mutter zu beten. Aber das Lachen und Jubeln der Kinder, die jeden Tag in die Felder rennen, ist ansteckend. Ich fühle mich glücklich, trotz meines Unglücks. Ich renne mit den anderen Mädchen hinter den Landarbeitern her, und ich bringe ihnen Krüge mit kühlem Brunnenwasser, sodass sie sich ein bisschen erfrischen können. Mit Sensen und Sicheln mähen sie in der prallen Sonne die Halme. Die Frauen binden die Halme zusammen. Lerchen steigen singend zum Himmel, um sich dann, am Rand einer einsamen Wolke, wie ein Stein nach unten fallen zu lassen. Alle sind lieb zu mir. Die Bauern geben mir Süßholz, und die Soldaten lassen mich auf ihren Pferden reiten. Am letzten Abend der Ernte wird ein Fest gefeiert, und ich werde als Erntekönigin gekrönt. Meine Krone ist aus Klatschmohn und blauen Kornblumen geflochten. Der Schildknappe Jan van Vere bindet für mich einen Strauß Kornhalme zusammen und flicht Pfauenfedern hinein. Das sei mein Zepter, sagt er. Die Bauern zünden Freudenfeuer an. Jemand verkleidet sich als Strohteufel, um uns, den Kindern, Schauer über den Leib zu jagen. Ich darf den Strohteufel mit meinem Zepter verjagen. Er flüchtet in den Wald hinein, verfolgt von dutzenden kreischender Kinder. Wir lachen, wir johlen, wir tanzen, und wir trinken. Die Erntefeuer brennen hoch, und tausende Feuerteufelchen klettern hinauf zu den Sternen. Wir tanzen im Kreis um die Flammen, und der Erntemeister spielt auf seinem Dudelsack. Wir, die Kinder, dürfen von dem Met probieren, der aus Honig gemacht ist. Junker Willem, einer der Küchenjungen, trinkt viel zu gierig seinen Becher leer, macht drei Schritte und fällt dann mit dem Gesicht ins Gras. Auch ich spüre, als ich mein Glas ausgetrunken habe, wie sich die Erde unter mir bewegt. Ich lasse mich, wie die anderen Kinder, ins Gras fallen. Wir halten uns an den Ärmeln fest. Wir kichern. Wir schauen hinauf zu den Sternen und sehen sie auf einmal doppelt. Zum ersten Mal in meinem Leben bin ich betrunken.

Es ist Constance, die mich ins Schloss zurückschleppt. Ich sehe Licht im großen Saal und schaue durch das offene Fenster hinein. Im Schein einiger Kerzen erkenne ich drei Ritter, die um meinen Vater stehen. Ihre Kleidung ist staubig und schmutzig, und ihre Gesichter sind unrasiert. Als hätten sie tagelang zu Pferd gesessen. Sie kommen aus Paris, denn sie haben Lilien auf ihren Schilden. Sie ziehen in den Krieg. Sie werden die Engländer ein für alle Mal schlagen. Und sie kommen, um meinen Vater zu holen.

Der Krieg ist meine Schuld. Das muss so sein. Meine sechsundzwanzig Schutzengel haben meine Gebete erhört und das Problem vor Gott, Christus und den Heiligen Geist gebracht. Und wenn sie die Dinge in die Hand nehmen, in ihrer heiligen Dreifaltigkeit, dann muss es sofort etwas Großes werden. Der Graf von Flandern soll vor die Hunde gehen? Dann gleich richtig, in einem Krieg. Nein, nicht einfach bei einem dummen Reitunfall oder durch eine gewöhnliche Fiebererkrankung. Soll er doch als Held in einem Krieg fallen. Das müssen Gott, Christus und der Heilige Geist in ihrer endlosen Güte beschlossen haben. »Aber das ist ein Missverständnis«, bete ich in jener Nacht. »Mein Vater muss nicht sterben. Ja, natürlich soll er einen kräftigen Schlag abbekommen. Aber dass er sterben soll, ist, im Nachhinein bedacht, doch ein bisschen heftig von mir gewesen.« Ich träume in der Nacht, dass Jesus Christus von seinem Kreuz steigt und mich fragt: »Sag mal, meine Dame, was willst du eigentlich? Soll er nun sterben oder nicht, dein Vater? Ich habe allmählich genug von deinen Gebeten! Mit den Frauen ist es immer das Gleiche! An einem Tag hü, am anderen hott! Mein Vater war vielleicht ein wenig übermütig, als er die Frau erschuf.«

Zwei Tage nach der Ernte macht mein Vater sich bereit, um in den Süden zu ziehen. Er geht mit Ritter van Sindewint, dem Vater von Junker Willem, und dem Waffenmeister Jan van Vere über den Innenhof. Sie begutachten die sieben Schildknappen, die mit in den Krieg ziehen sollen. Der jüngste Knappe ist zwölf, der älteste fünfzehn. Mein Vater lässt Ferre, den Schmied, rufen, und dieser kommt mit sieben Schwertern in den Armen. Es sind frisch geschmiedete Anderthalbschwerter, die man sowohl mit einer als auch mit beiden Händen benutzen kann. Die Schildknappen strahlen vor Stolz, als sie jeder ein Schwert in Empfang nehmen. Ich frage Ferre, wann er für mich ein Schwert schmieden wird. Er lacht ein bisschen töricht und sagt, dass ein Schwert so schwer und scharf ist, dass ich mir nur meine eigenen Zehen damit abhacken würde. Ich seufze und laufe zu meinem Vater, mit einem Knoten in den Eingeweiden. Ich kann nicht anders, als ihm die Wahrheit zu sagen.

»Vater«, sage ich laut, »der Krieg ist meine Schuld. Ich habe um Euren Untergang gebetet. Wegen dem, was Ihr meiner Mutter angetan habt. Ich bitte Euch, mir zu vergeben.«

Mein Vater schaut mich erstaunt an. Die Schildknappen auf dem Innenhof hören auf zu reden. Mein Vater zeigt kein Gefühl, er zieht sein Schwert und legt es an meinen Hals. Ich spüre das kühle Metall an meiner Haut und schaue erschrocken in seine kalten Augen. Die Angst sticht in meinen Därmen. Er grinst.

»Dann danke ich dir, Tochter, denn ich habe Lust auf Krieg. Mein Schwert juckt. Es hat zu lange stillgelegen. Es sehnt sich nach englischem Blut.«

Die Soldaten und die Knappen auf dem Innenhof lachen, aber mein Vater zieht sein Schwert nicht zurück. Er hält es weiter an meinem Hals.

»Ich vergebe dir, Tochter«, sagt mein Vater laut. »Küsse mein Schwert.«

Er zieht die Spitze des Schwerts von meinem Hals und hält es an meine Wange, sodass ich die Klinge auf der unscharfen Seite küssen kann.

»Ich soll Euer Schwert küssen?«, frage ich entsetzt.

»Ja, damit ich Glück im Kampf habe.«

»Vater, ich habe gedacht, ich bin Euer Unglück«, stammele ich.

Plötzlich ist das Schwert weg, im nächsten Augenblick fühle ich es flach auf meinem Kopf. Der Schlag kann nicht hart gewesen sein, dennoch fange ich an zu taumeln. Die Schildknappen lachen. Mein Vater grinst und dreht sich um. Er läuft zu einem Holzblock, in dem senkrecht Schilfrohre festgeklemmt sind. Die Rohre stehen in einer Reihe. Es ist eine der schwierigsten Übungen, die Schildknappen und künftige Ritter einüben. Sie müssen mit ihrem Schwert mit einem Schlag einen aufrecht stehenden Stängel in der Mitte spalten können. Man braucht große Treffsicherheit, um das zu schaffen. Meist stehen die Schildknappen lange Zeit vor dem Stängel, um ihn dann in völliger Ruhe und mit angehaltenem Atem zu spalten. Oft gelingt es ihnen nur zu einem Teil, aber fast nie ganz. Mein Vater braucht sich noch nicht einmal zu konzentrieren. Er läuft auf den Stängel zu, schwingt sein Schwert scheinbar achtlos über dem Kopf, lässt es dann mit einer wilden Bewegung auf den Stängel fallen und spaltet ihn genau in der Mitte, bis hinunter zum Holzblock. »Ihr seid noch immer der beste Kämpfer von Flandern, Herr Graf«, ruft Jan van Vere. Die Ritter und Schildknappen jubeln. Ich juble nicht, ich laufe weg.

»Wo gehst du hin, Tochter?«, ruft mein Vater mir nach.

»Englisch lernen«, rufe ich zurück.

Ritter van Sindewint, Waffenmeister Jan van Vere und mein Vater ziehen mit den Schildknappen und mit sechs Packpferden los, die mit Waffenrüstungen und Zelten beladen sind. Der alte Ritter Craenhals van Wijnendaele, der seine langen, grauen Haare immer in einem keltischen Knoten zusammenbindet, übernimmt die Regentschaft von Flandern. Er begleitet meinen Vater bis Bonen*, wo die Grafschaft Flandern früher an die Picardie grenzte. Der Herbst beginnt, und es wird schnell kälter. Ich schlage die Zeit tot. Ich treibe mich an den Feuern des Küchenmeisters Aelbrecht herum. Er lässt mich seine Gerichte probieren, und ich muss raten, welche Kräuter noch fehlen, ob das Essen zu lang oder zu kurz auf dem Feuer gestanden hat,

* Bonen ist das heutige Boulogne in Nordfrankreich

warum das Gericht ausgewogen ist oder nicht. Es geschieht in der Küche, mit dem warmen Feuer im Rücken, dass Constance Bouvaert dem Gesinde die Briefe meines Vaters vorliest.

In seinem ersten Brief erzählt er, wie er mit Ritter van Sindewint und seinem Gefolge in Sint-Omaars* von dreiundzwanzig Rittern aus Flandern erwartet wurde, von fünfzig Schildknappen, zweihundert Waffenknechten und einer Karawane mit Kriegsmaterial. Im folgenden Brief erzählt er, wie sie nach Chartre geritten sind, wo sie in der ersten Septemberwoche das Heer des französischen Königs Jean des Guten verstärkt haben. Unter der strahlenden Spätsommersonne, so liest Constance vor, funkeln die Harnische, die Lanzen und die Kampfhelme des Ritterheeres, das mindestens zwanzigtausend Mann stark ist. Über dem Heer flattern die Fahnen aller Herzogtümer, der Grafschaften und Baronien von Frankreich. Und natürlich auch der Löwe von Flandern. Es ist eines der größten Heere, die in der Christenheit je zusammengestellt wurden, und es wird die Engländer, die tätowierten Barbaren, die behaupten, Frankreich gehöre ihnen, zerschlagen wie Mistkäfer und ein für alle Mal auf die armselige Insel zurücktreiben, von der sie kommen. Das französische Heer ist unbesiegbar, schreibt mein Vater, der Kampf ist schon gewonnen, die Zukunft beschlossen.

Danach hören wir lange Zeit nichts mehr. Bis ein Botschafter mit einem Pferd kommt, das so erschöpft ist, dass es noch in derselben Nacht zusammenbricht und nicht mehr aufsteht. Der Eilbote berichtet, dass alles verloren ist. Viele flämische Ritter und

* Sint-Omaars ist das heutige Saint-Omer

Schildknappen sind in der Schlacht von Poitiers gefallen. Das große französische Heer wurde von den Engländern besiegt. Die Niederlage ist so groß, so schändlich und so niederschmetternd, dass Frankreich fast keine Ritter mehr hat, um das Land zu regieren. Der französische König und sein jüngster Sohn wurden gefangen genommen und nach Kales* gebracht worden, von wo aus sie nach England verschifft werden. Der Graf von Flandern, berichtet der Kurier, ist ernsthaft verwundet, aber es ist ihm gelungen, sich hinter den Mauern von Poitiers zu verschanzen. Ritter van Sindewint ist gefallen. Und Willem, der arme Willem, kann es nicht glauben. Er sagt nur immer, sein Vater wird auf seinem Streithengst zurückkommen. »Ihr werdet es sehen«, ruft er mit Augen voller Tränen, »er kommt zurück. Er kommt zurück!«

In den ersten Tagen des Dezembers, am Tag der heiligen Eloise, kehrt mein Vater aus dem Krieg zurück. An diesem Abend bete ich in der Schlosskapelle, zusammen mit den Junkern, den Dienstmädchen und den Leibeigenen. Ich bete für das Seelenheil von Ritter van Sindewint, Freund des Grafen von Flandern und Vater von Willem. Und während der Vesper werden alle in der Kapelle durch lauten Hörnerklang und Lärm auf dem Innenhof aufgeschreckt. Ich unterbreche mein Gebet und stehe vom Boden auf. Und dann krachen die mit Nägeln beschlagenen Eichenholztüren auf, und ich sehe meinen Vater hereinkommen. Sein Gesicht ist grau wie der Tod, sein Harnisch ist verrostet, und seine Beinschienen sind voller Schlamm. Seine Sporen klirren auf dem Kapellenboden, und sein wilder Blick ist auf das Kreuz auf dem

* Kales ist der ursprüngliche Name von Calais

Altar gerichtet. In der Mitte des Kreuzes, gefangen in einer gläsernen Glocke, befindet sich noch immer der Nagel, mit dem Christus ans Kreuz genagelt war. Mein Vater sieht aus wie ein lebender Toter mit seinen blutunterlaufenen Augen und der starren, mühsamen Art, mit der er sich zum Altar schleppt. Sein Oberschenkel und seine rechte Schulter sind mit dunkelbraun verfleckten Seidenstreifen umwickelt. Vor dem Altar stürzt er auf die Knie, bevor er sich der Länge nach ausstreckt. Das Gesicht gegen die marmornen Bodenfliesen gedrückt, breitet er die Arme aus wie ein Märtyrer. Wir halten die Luft an. Es wird mäuschenstill. Das einzige Geräusch kommt von den zischenden Fackeln und dem Regen, der gegen das einzige bunte Glasfenster der Kapelle schlägt. Es stellt Unsere Liebe Frau dar. Ich danke ihr und meinen sechsundzwanzig Schutzengeln dafür, dass sie meinen Vater sicher nach Hause gebracht haben.

Nach einer halben Stunde steht mein Vater auf und geht an uns vorbei zu seiner Kammer. Er gönnt mir keinen Blick, kein »Guten Tag, Tochter«. Keine raue, schwielige Hand, die über meine Wange gleitet. Willem hat vergeblich nach seinem Vater gesucht, und einer der fünf Schildknappen, die den Kampf überlebt haben, hat Willem dessen zerbeulten Helm gegeben. Ich nehme Willem mit zur Küche, wo Aelbrecht das Feuer angesteckt hat, mit Sträuchern von Heidelbeeren, die die Feuchtigkeit aus der Luft vertreiben. Unser seeländischer Waffenmeister Jan van Vere setzt sich ans Feuer. Sein Gesicht ist um die Nase herum verbunden. Aelbrecht hat einen Kapaun in Bier angewärmt. Der Geschmack von Zimt und der Geruch brennenden Heidelbeerkrauts werden mich immer an jenen Abend erinnern. Willem sitzt da, den zerbeulten Helm an die Brust gedrückt. Ich sitze auf den Knien des Küchenmeisters Aelbrecht. Und alle Menschen von Male stehen, sitzen oder kauern um uns herum und lauschen dem Bericht Jan van Veres.

»Die Engländer hatten sich auf einem Hügel ein paar Meilen vor den Toren von Poitiers eingegraben«, erzählt Jan van Vere. »Unser Heer war beeindruckend. Es waren unzählig viele Ritter und dutzende von Anführern, Franzosen, Flamen, Schotten, Schweizer und sogar ein paar Iren. Wir würden die Engländer für immer schlagen können.«

Jan van Vere seufzt und nagt das Fleisch vom gebratenen Hähnchen ab. Seine Augen verengen sich zu Schlitzen, als das Fleisch durch seinen Hals rutscht, und er lächelt den Küchenmeister dankbar an. »Der französische König Jean der Gute und seine drei Söhne grübelten tagelang, wie sie die Engländer angreifen sollten«, fährt er mit vollem Mund fort. »Im Zelt des Königs stritten die Edlen viele Stunden darüber, wie der Angriff geplant werden solle. Die Kundschafter brachten die widerstreitendsten Berichte darüber, wie und wo sich die Engländer verschanzt hatten. Sicher war, dass sie nicht mehr als siebentausend Mann sein konnten und dass nur fünfhundert davon Ritter waren. Der Rest des Heeres bestand aus Fußvolk und Bogenschützen.«

Jan van Vere holt zwei Pfeile aus seiner Satteltasche. Wir bekommen große Augen. Englische Pfeile. Es waren die verfluchten englischen Bogenschützen, die in der Seeschlacht bei Sluis und in der Feldschlacht bei Crécy in der Picardie für den Sieg gesorgt haben. Mein eigener Großvater ist im Wald bei Crécy von englischen Pfeilen niedergestreckt worden. Die Engländer sind die Einzigen in Europa, die den langen Bogen benutzen. Die

Kunst des Bogenschießens wird den englischen Leibeigenen von Kindheit an beigebracht, und alle anderen Leibesübungen sind verboten, alle außer Bogenschießen. Der lange Bogen ist weniger genau als unser Kreuzbogen, aber man kann weiter damit schießen, und man kann ihn schneller bedienen. »Einige Ritter«, fährt Jan van Vere fort, »darunter unser Graf, fanden, wir sollten die Engländer auf ihrem Hügel aushungern. Andere Anführer meinten, dass mit solch einer Taktik kein Ruhm zu ernten sei. Sie argumentierten, dass sie die ersten Linien von Bogenschützen mit einer schnellen, unaufhaltbaren Attacke von fünfhundert geharnischten Rittern wegmähen würden. Ein Ritter aus Eisen auf einem großen Kriegsross, das durch die Linien bricht, könne ein schreckliches Schlachten veranstalten, ganz zu schweigen von der Angst, die er verbreiten würde. Die meisten Anführer versuchten den französischen König davon zu überzeugen, dass mit einer Attacke große Ehre zu gewinnen sei. Denn bei einer Attacke könne ein Ritter zeigen, wie mutig und unbesiegbar er war. Der schottische Ritter William Douglas fügte hinzu, ein Ritter würde doch nicht vor einem Haufen Bauern mit Bogen zurückweichen, vor allem nicht, wenn der Ritter geharnischt auf seinem Pferd sitzt und im vollen Galopp auf die Bauern losdonnert. Wenn auch nur einer dieser Rüpel beim Anblick unserer Attacke fliehen würde, würden ihm die anderen Bogenschützen wie Hasen hinterherlaufen. Dann könne die Schlacht beginnen. Die französischen Ritter jubelten, und die Anführer beschlossen eine Attacke. Eine Attacke mit fünfhundert Rittern.«

5

Jan van Vere leckt sich die Finger ab. Es ist still in der Küche. Alle scheinen sich zu bemühen, lautlos zu atmen. Im Kessel über dem Feuer brodelt der Wein, der mit Thymian, Zucker und getrockneten Zitronenschalen gewürzt ist. Jan van Vere bekommt den ersten Becher und trinkt genüsslich. Uns entgeht keine seiner Bewegungen. Wir können den Blick nicht von ihm wenden. Er kratzt am Verband an seiner Nase, schaut hoch und erzählt weiter: »Am Abend vor dem Angriff wurden Hirsche und Wildschweine gebraten. Ganze Fässer Wein wurden leer getrunken. Und am Morgen des 19. Septembers bestiegen die fünfhundert Ritter ihre Pferde. Sie waren alle geharnischt und ritten auf großen Hengsten, die durch Lederdecken geschützt waren. Alle trugen lange Lanzen, die sie im letzten Augenblick, beim Nahen der Feinde, benutzen würden. Ihre Attacke würde durch die englischen Linien brechen und Angst und Schrecken verbreiten. Ich führte, zusammen mit den Schildknappen, die Pferde von Graf Lodewijk und Ritter van Sindewint vor. Beide nahmen an der Attacke teil. Ich hielt ihnen Sattel und Zügel, als sie, in schepperndes Metall gehüllt, auf ihre Pferde stiegen. Ritter van Sindewint ließ sich mit seinem Harnisch am Sattel festbinden, sodass die Engländer ihn nicht hinunterstoßen könnten. Graf Lodewijk tat das nicht. Wir haben dann die Pferde zur ersten Linie geführt. Es war ein unglaublicher Anblick. Die Sonne stieg über dem Hügel auf, und da standen fünfhundert geharnischte Ritter in einer Linie. Die Priester rannten hin und her und segneten die Ritter noch ein letztes Mal. Jeder der fünfhundert Harnische wurde mit Weihwasser besprüht. Gott war auf unserer Seite. Und dann begann die Attacke.«

Ich fühle, wie sich meine Finger zu Fäusten ballen, als Jan van Vere erzählt, wie das französische Banner von goldenen Flammen erhoben wurde und wie der Kampfschrei *Montjoie Saint Denis!* aus fünfzehntausend Kehlen erklang. Mein Vater und Ritter van Sindewint ritten nebeneinander. Die Ritter schlugen den Pferden die Sporen in die Flanken. An ihren Seiten hingen große Schwerter mit prachtvollen Griffen. In jedem der fünfhundert Griffe steckte eine Reliquie aus dem Osten. Ein Fingerglied vom heiligen Josef, ein Strohhalm aus der Krippe des Jesuskindes oder zwei Haare von Maria. Die Ritter trugen heilige Waffen, und sie hatten am Morgen die Hände um die Griffe gelegt und um den Sieg gebetet. Kein Zweifel: Gott hatte sie erhört. Gott war mit ihnen. Die aufsteigende Sonne ließ die fünfhundert Harnische aufblitzen wie Spiegel. Die Reiter ritten erst in gestrecktem Trab, noch immer in einer Linie, zum Hügel, wo sich die Engländer wie Hasen hinter Dornenhecken und Zweigen versteckt hatten. Die Pferde würden mühelos durch die Hecken brechen. Nun fingen die Pferde an zu galoppieren, und tausende Pfund Stahl donnerten auf die Engländer los. Erdklumpen flogen durch die Luft. Der Stahl klirrte unaufhörlich. Durch die Visiere sahen die Ritter die Hügelkuppe näher kommen. Dann sausten ihnen die ersten englischen Pfeile entgegen.

»Wir begriffen es zuerst nicht«, sagte Jan van Vere. »Ich stand beim Rest des Heeres am Fuß des Hügels, und wir sahen, wie die Pfeile durch die Luft flogen, scheinbar gar nicht auf die anstürmenden Pferde und die Ritter gerichtet. Wir sahen einfach eine

Wolke aus Holz hoch in der Luft. Es waren so viele Pfeile, dass es schien, als verdüstere sich der Himmel. Die Pfeile fielen senkrecht auf die Ritter. Erst zeigten sie kaum eine Wirkung. Da und dort erklang schmerzhaftes Wiehern, wenn Pfeile sich in die ungeschützten Kruppen der Pferde bohrten. Einige drangen in die Panzer der Ritter, aber die fünfhundert tapferen Angreifer stürmten weiter, wie schnaubende, eiserne Ungeheuer aus der Hölle. Es schien, als könnten die Pfeile nicht viel ausrichten. Als wäre die Hecke aus Stahl undurchdringlich. Als würden das Fingerglied des heiligen Josef, der Strohhalm aus der Krippe des Jesuskindes und Marias Haare sie schützen. Dann stürzte die zweite Salve von Pfeilen auf die Ritter nieder. Die ersten Pferde fielen. Und der Himmel blieb verdüstert, weil die dritte und vierte Salve gleichzeitig in der Luft waren. Und noch bevor die dritte Wolke von Pfeilen die Ritter senkrecht traf, sauste eine fünfte Salve los, und die Bogenschützen legten schon den sechsten Pfeil an.«

Jan van Vere zeigt uns einen Pfeil. Die Gänsefedern am Ende des Pfeils sind fest ineinander verflochten. Der Pfeil hat eine Stahlspitze in der Form eines rechtwinkligen Nagels. »Diese Pfeile werden benutzt, um Pferde zu töten«, sagt Jan van Vere, »und diese, um unsere Panzer zu durchbohren.« Er zeigt uns einen ähnlichen Pfeil, doch diesmal mit einer glatten Spitze. »Dieser Pfeil hat im Kampf meine Nase durchbohrt«, sagt Jan van Vere und betastet seinen Verband, der seinen Kopf in eine obere und eine untere Hälfte teilt. »Die Bogen, mit denen diese Pfeile abgeschossen werden, sind höher als ein Mensch.« Ich halte den Pfeil in der Hand. Er misst mindestens einen Meter. »Aber wie kann solch ein Pfeil durch einen stählernen Harnisch brechen?«, fragt der Schmied Ferre. »Wenn die Pfeile richtig abgeschossen werden«, erklärt Jan van Vere, »und wenn er im richtigen Winkel auf den Harnisch trifft, dann bohrt er sich nicht nur durch den Harnisch, sondern auch durch das Panzerhemd und das Leder darunter, dann durch das Hemd, durch Fleisch und Knochen. Darum werden die Pfeile in die Luft geschossen. Sie fielen als senkrechte Stachel auf uns nieder. Ich sah Ritter zu Pferd in sich zusammensinken. Wie lebende Nadelkissen. Die schwingenden Enden von dutzenden von Pfeilen steckten in ihren Harnischen.«

Ich lasse meine Finger über die Pfeilspitzen gleiten. Wir bekreuzigen uns. Küchenjungen weinen. Ferre schüttelt den Kopf. Kaplan van Izeghem betet unhörbar. Niemand von uns kann es glauben. So viele unüberwindliche Ritter. Fünfhundert Helden. Niedergestreckt durch Holzstäbe mit eisernen Spitzen. »Es war die achte Salve, die unsere Attacke brach«, fährt Jan van Vere fort. »Palframand, der Streithengst des Grafen, wurde in den Hals getroffen. Er stürzte. Der Graf wurde abgeworfen und schlug so hart auf den Boden, dass es ihm die Luft genommen haben muss. Als er, eine ganze Weile danach, die Kraft fand, sich aufzurichten, sah er um sich herum nur noch Chaos. Ritter lagen zerschmettert unter ihren getroffenen Pferden, die im Todeskampf um sich traten. Andere Pferde, verrückt vor Schmerzen, versuchten zu fliehen und zertrampelten ihre eigenen Herren. Und viele Ritter, die auf dem Rücken gelandet waren, konnten sich wegen ihrer schweren Rüstung nicht aus dem schlüpfrigen Matsch erheben, sie konnten nur noch auf den Tod warten, der, von Federn getragen, vom Himmel fiel und sie auf den Boden nagelte. Die Pfeile flogen weiter. Drei englische Pfeile bohrten sich durch den Panzer des Grafen. Einer in die Hüfte, einer in seinen Oberschenkel und ein dritter in seine Brust. Es war der letzte Pfeil, der den größten Schaden verursachte. Der vordere Teil des Harnischs, das Plastron, hatte die Geschwindigkeit des Pfeils gemindert, aber die Stahlspitze steckte tief in seinem Fleisch. Nichtsdestoweniger richtete er sich auf, genau wie andere Ritter. Sie hielten ihre Schilde fest, aber die Pfeile schlugen so fest auf die Schilde, dass manche Ritter durch den Aufprall umfielen. Dann hörten die Bogenschützen auf. Der Graf nahm seinen Helm ab. Da hörte er den Kampfruf: »Für England und den heiligen Georg!« Die Engländer kamen hinter ihren Hecken hervor. Viele Fußsoldaten rannten wild auf das geschlagene Heer zu und schrien Verwünschungen in einer Sprache, die niemand verstand. Sie kamen, um die Ritter zu verwunden und um sie gefangen zu nehmen. Jeder gefangene Ritter würde ein Lösegeld an Goldstücken bringen. Der Graf hatte keine Zeit, um die Enden der Pfeile, die in seinem Körper steckten, abzubrechen. Er kniete nieder und hackte die Spitze seiner geharnischten Schuhe ab, um sich besser bewegen zu können. Der Schmerz raste durch seinen Körper. Er richtete sich wieder auf und sah einen übermütigen englischen Krieger mit einem genagelten Kampfknüppel auf sich zurennen. Solche Situationen hatte er seit seiner Kindheit geübt, wie von selbst machte er einen Schritt zurück, hob das Schwert in die Höhe der Schultern und schwang es von rechts oben nach links unten. Der anstürmende Soldat hatte keine Chance. Der Graf zerschlug ihn in der Mitte. Das Blut spritzte über seinen Harnisch.«

Ich bejubele meinen Vater, genau wie alle anderen in der Küche. »Dann kamen eine Handvoll englischer Ritter zu Pferd hinter der großen Hecke hervor«, erzählt Jan van Vere schnell weiter.

»Es war der englische Ritter Geoffrey von Kent auf seinem Hengst, den der Graf ins Visier bekam und der auf seinem Streithengst auf ihn zuritt. Später hörte ich, dass Geoffrey von Kent sehr erfahren war in der Kriegsführung. Er trug einen Helm in Form eines Drachen und hatte schon die Schlacht bei Crécy mitgemacht. Er wusste, dass er, wenn es ihm gelingen würde, den verwundeten flämischen Grafen gefangen zu nehmen, ein märchenhaftes Lösegeld verlangen konnte. Der Graf sah Geoffrey von Kent wie einen Rammbock auf sich zukommen. Der englische Ritter schlug seinem Pferd die Sporen in die Flanken und sprang über die Leichen von Pferden und Menschen direkt auf den Grafen los. Der war so gut wie verloren. Es gab niemanden, der ihm helfen konnte. Aber unser Graf hatte nicht vor zu sterben. Er tat etwas, was der englische Ritter nicht erwartete. Er schlug seine Lanze in der Mitte durch, sank im letzten Moment in die Knie und steckte das Ende seiner verkürzten Lanze in den Boden. Einen Augenblick später spießte sich der Streithengst Geoffreys in der blattförmigen Spitze der Lanze auf. Das Geheul des Pferdes ging einem durch Mark und Bein. Seine Hufe verpassten den Grafen um Haaresbreite. Jeder Ritter hätte sich bei einem solchen Fall den Hals gebrochen, aber Geoffrey von Kent landete auf der Schulter, ließ sich seitlich abrollen und richtete sich wieder auf. Er kochte vor Wut und ging mit erhobenem Schwert auf unseren Grafen los. Dieser starrte ihn ehrfürchtig an. Er schien vergessen zu haben, sein Schwert zu ziehen. Inzwischen erschallten die Trompeten, und ich rannte mit dreitausend Mann Fußvolk den Hügel hinauf. Aber wir würden zu spät kommen. Die gefallenen Ritter waren fast eine dreiviertel Meile von uns entfernt. Dort stand Graf Lodewijk mit seinem kleinen, hölzernen Schild. Die Rentierhaut, die den Schild bedeckte, war bei seinem Sturz aufgerissen. Geoffrey schritt auf ihn zu. Und noch immer zog er sein Schwert nicht.«

Jan van Veres Kopf bewegt sich auf und nieder, als er den Becher Kräuterwein in einem Zug leertrinkt. Jemand schneuzt sich die Nase. Jemand keucht. Das Feuer prasselt. Ich fühle meinen Kopf glühen und meine Augen groß werden. Mein ganzer Körper schreit nach der Fortsetzung. »Der Schild des Ritters«, erklärt Jan van Vere, »ist der ehrenhafteste Gegenstand seiner Ausrüstung. Er wird unter keinen Umständen losgelassen. Mehr noch, die Erbeutung eines Schilds wird als großer Sieg betrachtet und bedeutet Schande für den Verlierer. Geoffrey von Kent schrie, als er sein Schwert hob, um den Grafen damit niederzuschlagen. Noch hatte der Graf sein Schwert nicht gezogen. Dann tat er etwas, was Geoffrey nicht hatte erwarten können. Er zog ungesehen seinen Arm aus dem Schild und schleuderte ihn gegen den Drachenhelm des anstürmenden Engländers. Dieser konnte den Schild mit seinem Kampfarm abwehren, sodass er ihn nur streifte. Er war nur einen Augenblick abgelenkt, aber das reichte. Als Geoffrey von Kent wieder hinunterschaute, konnte er gerade noch sehen, wie sich der Graf auf seinen Bauch stürzte und einen langen, eisernen Dolch unter seinen Harnisch stieß, der dort sein schreckliches Werk vollbrachte.« Der Rest ist nicht schwer zu erraten. Der ungläubige Ausdruck auf dem Gesicht Geoffrey von Kents muss mit dem Ausdruck eines schneidenden, flammenden Schmerzes zusammengefallen sein. Van Vere grinst. »Der Graf ist die Schlauheit in Person. Man nennt ihn nicht umsonst Fuchskopf.« Die Menschen in der Küche lachen, aber nicht lange, denn der Rest der Geschichte ist traurig. »Ich kam mit dem Fußvolk näher und hörte wieder die Posaunen erschallen«, erzählt der Waffenmeister. »Zwei Bataillone von je tausend Rittern marschierten hinter uns den Hügel hinauf. Die englischen Soldaten rannten zurück zu ihren geschützten Positionen. Der Graf und die übrig gebliebenen Ritter stießen erneut ihren Streitruf *Montjoie Saint Denis!* aus und schlugen auf die zurücklaufenden Engländer ein. Doch da kamen auch schon die englischen Pfeile. Wieder und wieder und wieder.«

Ich lausche atemlos dem Bericht vom Kampf, der für die französischen Truppen zu einer Katastrophe wurde. Denn jeder Angriff wurde von tausenden von Pfeilen zurückgeschlagen, und als die Engländer keine Pfeile mehr hatten, benutzten sie Steine oder rannten zu den gefallenen Pferden und Rittern, um die Pfeile aus den Kadavern zu reißen und sie wiederzuverwenden. Der Prinz von England brauchte noch nicht einmal sein Schwert aus der Scheide zu ziehen.

Wir halten den Atem an, als der Schildknappe Jan van Vere erzählt, wie er meinen Vater vom Schlachtfeld trug und nach Poitiers brachte und wie er die Leiche von Ritter van Sindewint, niedergestreckt durch mehr Pfeile, als zwei Hände zählen können, nach Ablauf des Kampfes von seinem toten Pferd losschneiden musste. Ritter van Sindewint wurde neben hunderten von französischen Rittern in der Kathedrale von Poitiers aufgebahrt. Das helle Licht von tausenden von Kerzen ließ die grell bemalten Wände aufleuchten. Und draußen, am Fuß der Kathedrale, deren Steine die Farbe von Honig hatten, drängten sich die Bewohner der Stadt zusammen und klagten und jammerten über den Verlust so vielen edlen Bluts. Der französische König und sein jüngster Sohn sind gefangen genommen worden. Sie sind Geiseln der englischen Krone. Es wird ein entsetzlich hohes Lösegeld für sie verlangt, aber auch für alle anderen gefangenen Ritter wird Lösegeld verlangt. Das französische Volk wird jahrelang unter harten Steuern leiden müssen, um die Freiheit seines Königs und seiner Edlen zurückzukaufen.

Alle Küchenjungen haben Tränen in den Augen. Sogar der harte Klotz Ferre lässt seinen Tränen freien Lauf. Junker Willem schluchzt leise über dem zerbeulten Helm seines toten Vaters. Ich fühle Constance Bouvaerts Hände auf meinen Schultern. Ich höre, wie der Küchenmeister Aelbrecht einen letzten Krug Kräuterwein aus dem Kessel schöpft. Ich höre das Holz der Kelle über den Boden des Eisenkessels schaben.

»Ich gehe zu meinem Vater«, flüstere ich Constance ins Ohr, und sie nickt.

Ich gehe über den Innenhof zum Turm, wo sich die Kammer meines Vaters befindet. Ich renne die Wendeltreppe hinauf und bleibe vor seiner Tür stehen. Unter der Tür tanzt die Glut des Kaminfeuers. Ich mache die Tür auf. Ich sehe ihn vor dem Feuer sitzen. Vor ihm liegt der große Jagdhund Rufus. Er ist ein langhaariges, dunkelbraunes Tier mit trüben Augen. Mein Vater dreht sich zu mir um und krümmt sich wegen der Wunde in seiner Seite. Das eine Knie ist gebeugt, das andere Bein, das verletzte, gestreckt. Sein Gesicht glänzt vor Schweiß, denn er sitzt zu dicht am Feuer. Ich sehe nicht den mächtigen Ritter, der in den Krieg gezogen ist. Er ist nicht mehr der Mann aus Feuer und Kraft und Stahl. Etwas in ihm ist zerbrochen. Das rotbraune Haar ist an den Schläfen grau geworden, das wilde Fleisch der Narben um sein rechtes Auge sieht dicker und röter aus, und in seinem Mund fehlen ein paar Zähne. Er ist noch nicht mal dreißig Jahre alt, aber ich kann den alten Mann in ihm schon ahnen.

»Was willst du, Tochter?«, fragt er. Er starrt mich mit zusammengekniffenen Augen an, als müsse er sich anstrengen, meine kleine Gestalt überhaupt zu sehen.

Ich sage nichts. Er schaut mich an, ich schaue ihn an. Ich brenne. Ich möchte zu ihm gehen, aber ich kann mich nicht bewegen. Bitte, lass ihn etwas sagen. Lass ihn bitte sagen, dass ich zu ihm kommen soll. Mach, dass er mich in die Arme nimmt. Mach, dass er mich an seine Brust drückt. Ich will seine schwieligen Hände spüren. Das Kratzen seines Barts. Die wulstigen Narben in seinem Gesicht. Ich will seinen Geruch nach Schweiß, Pferd, nasser Erde und Schweinefett riechen. Ich will meinen Vater.

Er wendet die Augen von mir und stochert mit einem Eisenstab im Feuer. Funken sprühen auf. Der Jagdhund wechselt schnell den Platz. Was passiert, wenn ich tue, als ob ich ohnmächtig wäre, denke ich, dann muss er mich doch in den Arm nehmen. Dann kann ich meine Arme um seinen Hals legen und …

»Ich habe auf dem Rückweg deine Mutter besucht«, sagt er schließlich.

Die Luft wird aus meinen Lungen gedrückt. Mein Magen sackt nach unten. Ich wage meine Frage kaum zu stellen.

»Kommt sie an Weihnachten?«

Meine Stimme überschlägt sich fast.

»Ja, an Weihnachten. Aber danach kehrt sie ins Kloster zurück.«

Mit einem Mal verschwindet die Wärme aus meinem Gesicht. Meine Nackenhaare richten sich auf.

»Was meint Ihr damit?«, frage ich.

»Sie wird nicht mehr gesund werden.«

Ich fühle meine Därme wie Aale in meinem Bauch schwimmen. »Das glaube ich nicht«, stammele ich.

Er reagiert nicht.

Tränen steigen in mir auf. »Meine Mutter ...« Ich kann nur stottern.

»Es sieht aus, als würde deine Mutter mir nie einen Sohn gebären«, fährt mein Vater fort, »und das bedeutet, dass du, meine Tochter, meine Titel von Flandern, Rethel und Nevers erben und an den Prinzen oder Edelmann weitergeben wirst, den ich für dich bestimme.«

»Ich will meine Mutter«, murmele ich, aber mein Vater hört mich nicht mehr.

»Du bekommst auch das Herzogtum von Brabant von deiner Mutter und bestimmt auch ein paar andere Besitztümer von deiner Großmutter«, sagt mein Vater. »Du wirst Gräfin und mehr Länder und Provinzen besitzen als all deine Vorfahren.«

»Es ist mir egal, was ich mal werde«, schreie ich, und meine Knie zittern. »Lass mich in Ruhe mit deinem Flandern. Ich brauche es nicht. Auch nicht das elende Brabant. Ich will meine Mutter!«

Es ist das erste Mal, dass ich meine Stimme gegen meinen Vater erhebe. Er steht auf und stolpert auf mich zu. Er beißt sich auf die Lippen bei dem Schmerz, der in seinem Körper klopft. Sein Gesicht ist dicht vor meinem. Er keucht. Seine Sätze kommen in Stößen heraus.

»Meine Familie«, sagt er, »die Väter der Väter meines Vaters, haben dieses Land vom Kaiser selbst bekommen. Wir sind die Herren von Flandern. Wir haben die Wikinger geschlagen, wir haben mit unserem eigenen Blut eine Grenze zwischen dem französischen und dem deutschen Reich errichtet. Wir haben das Meer zurückgetrieben und Land gewonnen. Wir haben unsere Titel und unsere Größe weitergegeben, vom Großvater auf den Vater, vom Vater auf den Sohn. In den vergangenen dreihundert Jahren ist es jedem Grafen gelungen, einen Erben zu zeugen, der seinerseits einen Erben zeugte, der wiederum für einen Erben sorgte. Ich habe eine Tochter gezeugt.«

Kein einziges Wort dringt zu mir durch. Es sind nur Klänge, die über mich hinwegströmen. Ich starre seinen Körper an, der zittert vor Hilflosigkeit und Wut. Er steht hoch über mir.

»Was soll ich mit dir tun, du Erbin von Flandern, wie sollst du in Gottes Namen eine Gräfin werden? Die Welt wird dich in Stücke reißen.«

In meinen Ohren rauscht es. Er steht nun dicht vor mir. Ich rieche den Wein in seinem Atem. Er schiebt mir mit der Hand einen Zopf aus dem Gesicht. Ganz kurz berühren seine rauen Finger meine Wange.

»Jedes Mal, wenn ich dich sehe«, sagt er leise, »sehe ich Gott, der mich auslacht. Denn das ist es, was du bist. Ein Witz. Ein Witz Gottes.«

In diesem Moment sehe ich wieder die Kapelle und das beschädigte Marienbild ohne Hände, und der Rachedurst wallt in mir auf wie die Wellen einer Brandung.

»Warum seid Ihr nicht tot?«, rufe ich, während die Tränen aus meinen Augen springen. »Warum haben Euch die Pfeile verfehlt? Warum haben die Engländer euch nicht auf dem Schlachtfeld in Stücke gehackt?«

Ich drehe mich um und renne hinaus.

6

Ich sehe meine Mutter am Tag vor Weihnachten wieder, und sie ist nur noch ein Schatten der stolzen Gräfin von Brabant. Sie ist mager geworden, und ihre Augen scheinen sich in den Höhlen zu verstecken. Sie riecht nicht mehr nach Lavendel, und ich weiß nicht, ob sie mich erkennt. Sie geht, isst und ruht wie eine, die sich nur aufgrund eines unglücklichen Schicksals noch unter den Lebenden befindet. Ich glaube, dass ihr Geist schon im Fegefeuer herumirrt und auf den Körper wartet, der seine Reise hier auf Erden noch nicht beendet hat. Mein Vater bleibt an Weihnachten in seiner Kammer. Im großen Saal werden die Feuer nicht angezündet. Jeder hat eine Entschuldigung, um zur Küche zu gehen, wo das Feuer immer brennt und es nie kalt wird. Der Medicus van Obrecht reinigt die eiternden Wunden meines Vaters und legt einen sauberen Verband an. Er hofft, dass die Wunden bis zum Sommer geheilt sein werden.

Ich habe wenig Zeit, um mich allein auf der Welt zu fühlen. Ich wache morgens kaum auf, da sorgt Constance dafür, dass ich schnell angekleidet und gekämmt bin und zur Kapelle gehen kann. Kaplan van Izeghem, der jedes Jahr ein bisschen mehr zusammenschrumpft, wendet mit wollenen Handschuhen die Seiten der Bibel um. Er liest die Abschnitte auf Lateinisch vor, mit einer Stimme, die so eintönig ist, dass er sogar einen Werwolf bei Vollmond in den Schlaf wiegen könnte. Seine Stimme zieht die Sätze hinter sich her, und die letzten Worte fallen wie Staub auseinander. Außerdem ist er erkältet, und seine Predigten werden von langanhaltenden Niesanfällen unterbrochen. Es kann passieren, dass wir noch vor dem Ende seiner Predigt, während er sich noch die Nase mit dem Ärmel seiner Soutane putzt, aus voller Brust das Halleluja singen, damit es uns ein bisschen wärmer wird. Kaplan Izeghem besteht auch darauf, dass alle Mädchen beim Betreten der Kapelle die Ohren bedeckt halten, denn es ist unwiderruflich bewiesen, dass die Befruchtung der Jungfrau Maria durch den Heiligen Geist über den Ohrgang geschehen ist. Will man, dass der Kaplan beim Evangelium den Faden verliert, braucht man nur die Mütze abzunehmen und sich mit dem Finger im Ohr zu bohren. Der Kaplan hat auch eine biblische Furcht vor der Zahl dreizehn. Wenn wir, die jungen Damen, bei ihm beichten, geben wir uns große Mühe, so oft wie möglich die Zahl Dreizehn oder ein Vielfaches von ihr zu benutzen. Ein Mädchen hat dem Kaplan erzählt, sie habe geträumt, dass Christus *dreizehn* Apostel hatte. Ich sprach von meinen *sechsundzwanzig* Schutzengeln und fragte ihn, ob ich deshalb gesegnet oder verflucht sei. Ein anderes Mädchen sagte, es seien *neununddreißig* Menschen in der Kapelle anwesend. Jedes Mal, wenn er die verfluchte Zahl hört, wendet er sich nach Osten und betet ein Vaterunser. Wir halten uns beim Beichten den Bauch vor Lachen.

Der schönste Augenblick der Morgenmesse ist die Kommunion. Ich liebe es, wenn der Körper Christi auf meine Zunge gelegt wird, ich liebe es, den kalten Boden unter meinen Knien zu spüren und die Augen und Ohren zu schließen. Ich liebe es, mit Ihm in meinem Körper zu sprechen und zu fragen, warum ich so geprüft werde mit einer Mutter, die eine lebende Tote ist, und einem Vater, für den ich nicht existiere. Dann kommt der Segen am Ende, *in Nomine Patris et Filii et Spiritus Sancti*. Wir verlassen in Frieden die Kapelle, kämpfen uns durch den Schnee und den Matsch auf dem Innenhof. Die Jungen folgen dem Waffenmeister oder dem Kaplan zum Unterricht. Wir folgen den Hofdamen. Wir sind kaum in einem Saal angekommen, da ziehen wir vor dem Feuer schon unsere Röcke hoch. Wir spüren die Wärme an unseren kalten Beinen und Oberschenkeln. Etwas Herrlicheres gibt es nicht. Jede junge Dame hat eine Gouvernante, die ihr folgt wie ein Schatten. Ich schleppe mich durch den Winter mit Unterricht in Musik, in Dichtkunst, in Geometrie und Algebra und in Zeichnen. Ich lerne Harfe spielen und sticken. Ich lerne das schöne Französisch und das alte Latein von meinen Hofdamen. Das saftige Flämisch bekomme ich durch die Leibeigenen im Schloss mit.

Erst in den späten Nachmittagen steigt die Leere in mir auf. Es ist, als würde ich Luft einatmen, ohne dass ich sie ausatmen kann. Ich sehe, wie die Dienstleute mit einem Planwagen nach Brügge zurückkehren und wie die ersten Fackeln angezündet werden. Ich starre die geschlossenen Luken der Kammer meines Vaters an. Ich gehe zu den Ställen und klettere in die Balken. Ich sitze oben unter dem Dachfirst zwischen den leeren Schwalbennestern. Die Schildknappen füttern und bürsten die Pferde. Sie lassen mich in Ruhe. Ich grüble darüber nach, was alles geschehen ist. Das Schnauben der Pferde und das Scharren der Hufeisen über Stein und Stroh beruhigen mich. An solch einem Abend findet mich Jan van Vere. Er schickt die Schildknappen weg.

»Was macht Euch unglücklich, Dame Marguerite?«, fragt er.

»Ich bin nicht unglücklich«, antworte ich beleidigt. Er nickt. Jan van Vere ist älter als mein Vater, aber er ist immer ein Schildknappe geblieben, weil er kein Geld für einen Harnisch hat. Er sagt, er sei ein echter Seeländer, denn in seinen Ohren wächst blondes Haar. Er ist stolz auf seine Herkunft, und jeder in Flandern empfindet Achtung vor den Seeländern. Es war schließlich der seeländische Kriegsherr Jan van Renesse, der vor über fünfzig Jahren die Bürger von Flandern und eine Handvoll Ritter anführte und das ganze französische Heer in der Schlacht der goldenen Sporen schlug.

»Man hat den Streithengst deines Vaters zurückgebracht«, sagt er nun. »Er wurde in Poitiers gepflegt. Er bekam fünf Pfeile in den Leib. Ich habe versucht, ihn zu reiten, aber es geht nicht mehr. Der Hengst erträgt keinen Reiter mehr auf dem Rücken.«

Erst jetzt bemerke ich den großen Hengst Palframand. Ich sehe die Vertiefung an seinem Hals, da, wo der Pfeil gesteckt hat. Er hat auch Flecken an der Flanke und an der Kruppe, wo die Haare wegrasiert und die Wunden genäht wurden.

»Er wird nie mehr in einem Turnier oder in einer Schlacht kämpfen«, sagt van Vere. »Ein Streithengst zieht auch nur einmal in einen Angriff. Das Schlimmste für ein Pferd ist bei einer Schlacht nicht der Anblick von so viel Eisen und toten Menschen. Es ist der Geruch von Pferdeblut, der ihm für immer bleiben wird. Das macht ihn verrückt. Der Graf will das Pferd nicht mehr sehen. Ich soll es schlachten lassen.«

»Nein«, rufe ich, »ich will ihn. Ich werde für ihn sorgen.«

Ich klettere vom Balken hinunter und springe auf den Boden, genau vor Palframand. Das Tier erschrickt. Jan van Vere hält die Zügel fest.

»Ich weiß nicht, ob Euer Vater …«

»Es ist mir egal, was mein Vater meint«, rufe ich.

Jan van Vere nickt, gibt mir Palframands Zügel und dreht sich um. Er geht zum Tor, zögert aber, bevor er hinausgeht.

»Er schämt sich«, sagt van Vere. Ich schaue hoch, sehe aber nur van Veres Rücken. Er hat sich nicht umgedreht, es ist, als spreche er zum Tor.

»Er ist ein Ritter, und ein Ritter kann seine Würde nur im Krieg beweisen«, spricht van Vere weiter. »Es ist besser, auf dem Schlachtfeld zu sterben und sogar gefangen genommen zu werden, denn als halber Krüppel zurückzukehren, als armseliger Rest eines Kämpfers.«

Einen Moment lang wird es still. Die Worte hallen in meinem Kopf nach. Die Pferde schnauben. Van Vere schlägt mit der Faust gegen einen Balken und geht hinaus.

Ich füttere Palframand jeden Tag sorgfältig. Eine Woche lang gewöhne ich ihn an meine Anwesenheit. Ich singe für ihn und kraule sein Fell. Dann arbeite ich den ganzen Winter mit ihm. Nach zwei Monaten reite ich ihn zum ersten Mal. Von da an verändert er sich schnell. Seine Art, sich zu bewegen, verändert sich. Seine Art zu ruhen verändert sich. Sein Trab und seine Sprünge verändern sich. Er wird ein elegantes Pferd, ein schönes Pferd, und an Ostern überlässt er sich mir schon ganz. Ich brauche mich nur vor ihn hinzustellen, und er macht eine Verbeugung. Ich liebe ihn, und er liebt mich.

Jan van Vere beschäftigt sich immer mit den Schildknappen. Er beschimpft sie als verwöhnte Muttersöhnchen, vertrocknete Nonnen und feige Feldmäuse. Er schreit, sie würden kämpfen wie Bauernlümmel. Am Ende ihrer Winterausbildung legt van Vere mit Seilen einen Kampfplatz fest. Die Jungen müssen mit bloßem Oberkörper im Schnee Duelle ausfechten. Ich sehe, wie die Jungen zittern – und nicht nur vor Kälte –, wenn sie die stumpfen Schwerter gegeneinander heben. Sie wagen es kaum, die Schwerter zu kreuzen, aus lauter Angst, getroffen zu werden. Der Waffenmeister feuert sie an und wirft mit Schneebällen, wenn ein Junker zu weit zurückweicht.

Junker Willem hält sich für den Besten. Er will wie sein Vater sein, Ritter van Sindewint. Anfänglich gelingt ihm das auch. Willem drängt Junker Hendrik, Sohn des Ritters von Ostende, in eine Ecke des Kampfplatzes und schlägt ihm das Schwert aus den Händen. Dann nimmt er es gegen Godfried auf, der aus Sluis kommt. Godfried ist ein schweigsamer Kerl mit einem dunklen Gesicht. Er ist sehr vorsichtig und pariert Schlag um Schlag, ohne selbst in Angriff zu gehen. Willem wird ungeduldig, er versucht, mit wilden Schlägen Godfrieds Verteidigung zu durchbrechen. Godfried geht plötzlich in die Knie und schlägt sein Schwert seitwärts gegen Willems ungeschützte Schienbeine. Willem taumelt zur Seite in den Schnee und fällt mit der nackten Brust gegen einen der vier Pfähle, die den Fechtplatz markieren. Der Pfahl bricht, und Willem bekommt einen großen Splitter in die Seite. Blut spritzt aus der Wunde. Das Blut macht rote Löcher in den Schnee. Waffenmeister van Vere flucht und fragt, wer diese angefaulten Pfähle in den Boden geschlagen hat. Er ruft nach dem Medicus. Jan van Vere nimmt einen Schwamm, der mit einem Brei aus heilkräftigen Kräutern und Mohnsamen getränkt ist. Er drückt ihn auf die Wunde. Willem heult, und Jan van Vere sagt, dass es wieder gut wird. Er wendet sich an seine Schildknappen und sagt, dass ein Kampf wie dieser beweise, dass Kraft nicht alles sei. Godfried habe den Kampf durch Schlauheit und Geduld gewonnen. Der Medicus van Obrecht kommt heran. Er gießt Wein über die Wunde, um sie zu säubern. Willem schreit auf. Dann näht der Medicus die Wunde mit einer Nadel und Katzendarm. Die Winterausbildung der Junker ist vorbei.

Am Abend kommt Jan van Vere in die Ställe, um zu sehen, wie es mir mit meinem Hengst geht.

»Herr van Vere«, sage ich, »wenn der Schwertkampf nicht nur durch rohe Kraft entschieden wird, warum kann ich dann nicht kämpfen lernen?«

Er schaut mich überrascht an und sucht nach Worten.

»Ich habe keine Zeit für träumende Mädchen«, brummt er schließlich, dann lacht er. »Aber wenn du es wirklich willst ...«

Mit einem Ruck zieht er das Schwert aus der Scheide und nimmt es an der Schneide, dicht am Griff, wo es nicht so scharf ist. Ich packe den Griff mit beiden Händen. Er lässt los. Die Spitze des Schwerts fällt sofort auf den Boden. Ich versuche, es hochzuheben, aber es gelingt mir nicht. Ich drehe mich um meine eigene Achse. Die Spitze rutscht über die Steine. Funken springen auf, und ganz langsam hebe ich, dank der Drehbewegung, das Schwert vom Boden. Jan van Vere springt zur Seite.

»Vorsicht!«, ruft er.

Ich drehe mich ein zweites und drittes Mal um meine Achse, und das Schwert saust durch die Luft.

»Halt, lass es nicht los«, ruft Jan van Vere.

Ich stemme meinen Fuß in den Boden und höre auf, mich zu drehen. Das Schwert zieht an meinen Händen, meinen Handgelenken, meinen Armen. Es wirft mich zu Boden. Ich schramme über die Steine, aber ich lasse den Griff nicht los. Mein Kinn schabt über eine Stufe. Ich fühle, wie mein ganzer Mund vor Schmerz anfängt zu klopfen. Jan van Vere gibt mir die Hand. Er zieht mich hoch. Das Blut tropft von meinem Kinn.

»Ihr sollt die Gräfin von Flandern werden, nicht Hippolyta, die Königin der Amazonen.« Er grinst und drückt den Schwamm gegen mein Kinn. Ich fühle, wie der Schmerz langsam verebbt.

»Die Jungen üben doch auch mit hölzernen Schwertern, warum ich nicht?«

Jan van Vere seufzt.

»Der Graf braucht es nicht zu wissen«, dränge ich. »Es bleibt unser Geheimnis.«

Er holt tief Luft und schaut mich an. Wir hören die Glocke, die zum Abendessen ruft. Er lächelt. Ich schiebe den Schwamm zur Seite und drücke ihm einen Kuss auf die verformte Nase. Ich renne hinaus. Ich habe Flügel.

Jan van Vere lehrt mich in den Ställen fechten, bei Sonnenaufgang, vor dem ersten Gottesdienst, wenn nur die Küchenjungen, die Waschfrauen und die Mönche wach sind und alle Edelleute noch schlafen. Niemand wird es wissen. Jan van Vere leiht mir ein Schwert aus Walfischknochen. Es ist poliert, mit Öl eingerieben und so hart wie Stein. Er lehrt mich angreifen und verteidigen, stechen und schwingen. Das Schwert aus Walfischknochen ist viel leichter als ein echtes Schwert, aber auch nicht zu leicht, sodass ich meine Bewegungen mit einer gewissen Schnelligkeit und Genauigkeit üben kann. Wenn der erste Lärm aus dem Schloss dringt, hören wir mit dem Unterricht auf.

Die Tage werden länger. Ich kann den Frühling schon fast in der Luft spüren. Ich lerne, mit Ölfarbe auf Holz zu malen. Jede Dame muss einen Menschen malen können, der für ein Porträt sitzt. Ich male meinen Vater. Er sitzt vor dem offenen Fenster und darf sich nicht bewegen. Er wird ständig von Fliegen und

Mücken belagert und schlägt mit einem Fächer aus Reisig nach dem Ungeziefer. Es ist ein Bündel aus harten, grünen Zweigen abgebrochenen Schilfs. Er schaut mich an, und ich studiere jede Linie seines Gesichts. Ich begreife, wie ähnlich ich ihm sehe. Ich sehe so wenig weiblich aus mit meinem schmalen Gesicht, der großen Nase und den rotbraunen Haaren. Ich weiß, was in den Küchen von Male und in den Straßen von Brügge geflüstert wird. Dass ich nicht die Schönheit meiner Mutter geerbt habe. Dass ich einen Mann bekommen werde, der mich wegen meines Erbes heiratet. Dass ich der lebende Beweis dafür sein werde, dass Geld nicht glücklich macht. Denn wer könne schon einen missglückten Jungen lieben, der den Fuchskopf seines Vaters geerbt hat? Ich bin nicht schön wie die Gesellschaftsdame Alais, die auch auf dem Schloss lebt. Selbst die Mücken werden still, wenn sie in all ihrer Schönheit durch das Schloss schreitet. An all diese Dinge denke ich, als ich das mürrische Gesicht meines Vaters male. Ich habe erst ein paar Holzkohlenstriche gemacht, da kommt er schon auf mich zu.

»Mit welcher Hand zeichnest du?«, fragt er.

»Mit der linken«, stammele ich.

Er schaut zu Constance hinüber, die sofort den Kopf senkt.

»Warum lasst Ihr meine Tochter mit der linken Hand zeichnen, Dame Bouvaert?«

Constance ist verwirrt und wagt nicht zu antworten.

»Ich schreibe und male mit der linken Hand, weil ich das so will, Vater«, antworte ich herausfordernd.

»Zeig mir deine linke Hand«, sagt mein Vater.

Ich zögere und strecke meine linke Hand aus. Er schlägt mich sofort mit dem Reisigfächer. Ich fühle, wie die Zweige Striemen in meine Finger reißen. Ich schreie.

»Du schreibst, du isst, du stickst und malst mit der rechten Hand«, erklärt er.

Ich schiebe die linke Hand unter meinen Arm. Sie klopft von dem Schlag.

»Zeig mir deine Hand!«

Ich zögere.

»Deine Hand.«

Ich halte ihm meine zitternde Hand hin, und sofort folgt noch ein Schlag. Diesmal schreie ich nicht. Ich lege die Hand auf die Brust.

»Ab jetzt, Frau Constance, werdet Ihr jedes Mal, wenn sie einen Stift, einen Pinsel oder auch nur einen Stock mit der linken Hand ergreift, dieses Reisigbündel benutzen.«

Er wirft ihr das Reisig auf den Schoß.

»Und such dir jemand anderen, um ihn zu porträtieren.«

Im nächsten Moment ist er verschwunden.

Zwei Wochen nach Ostern bekommen wir, unter strenger Aufsicht unserer Gouvernanten, einige Tage lang Unterricht von Vater Zannekin, einem reisenden Franziskaner. Er hat eine Bettelkutte an, und sein Bart reicht beinahe bis zu seinem Nabel. Außerdem stinkt er wie Schweinemist. Die Mädchen finden ihn schrecklich, aber ich finde ihn spannend. Er lehrt uns Sternenkunde, die edelste unter allen Wissenschaften. Er erzählt, dass ein fallender Stern ein gefallener Ritter ist, der über den Himmel zu seinem letzten Ruheplatz reitet. Er lehrt uns auch, dass die Erde ein Ball ist, um den sich die Sterne bewegen. Ein Mensch kann um die Erde reisen, wie eine Fliege um einen Apfel fliegt. Wir haben Mühe, das zu glauben, und manche Mädchen lachen.

»Ich habe es selbst gesehen«, ruft Zannekin böse und kommt

auf uns zu. Sein Bart wird so wild hin und her geschüttelt, dass Brotkrumen herausfallen. Wir schrecken vor seinem unangenehmen Geruch zurück. »Ich stand am Deck eines Schiffes, als ich nach England reiste«, erklärt er. »Wir sahen vom Heck aus das Festland verschwinden, aber der Matrose, der oben auf dem Mast saß, der sah das Festland noch immer! Das ist der Beweis, dass die Erde rund ist und nicht flach.«

Die Mädchen werden still.

»Wie weit sind die Sterne von uns entfernt?«, frage ich.

»Wenn du auf einem Stern stehen und einen Stein fallen lassen würdest«, antwortet er, »dann würde dieser Stein hundert Jahre brauchen, um die Erde zu erreichen.«

»Hundert Jahre fallen«, murmele ich.

»Ja, und das gilt für jeden Stern«, bestätigt er.

»Aber wo ist Gott?«, frage ich dann. »Ist er noch weiter entfernt als die Sterne?«

»Nein«, sagt er, und nun scheint er nur mit mir zu sprechen. »Gott ist hier.«

»Hier?«, frage ich.

Die Mädchen seufzen. Vater Zannekin grinst.

»Das Leben, werte Dame«, sagt Zannekin und kämmt sich mit den Fingern den Bart, »ist nicht nur eine Reise durch die Welt der Menschen. Es ist auch eine Reise in unser Innerstes.«

Ich starre ihn an. Er schnäuzt sich in den Ärmel seiner Kutte. Ein Mädchen kichert albern.

»Gott liegt nicht auf einer Wolke hinter den Sternen«, sagt Zannekin, »und sein Bart ist nicht so lang wie meiner. Gott ist in dir selbst.«

Zanniken deutet auf mein Herz.

Es wird still. Die Mädchen kichern nicht mehr.

»Es gibt nur ein Wesen, dem du in die Augen zu schauen wagen musst«, flüstert er.

Ich könnte eine Nadel fallen hören. Er dreht sich zu einem Tisch um. Auf dem Tisch liegt etwas, mit einem Tuch darüber. Er bringt es zu mir. Ich kann nicht sehen, was es ist.

»Es gibt nur ein Wesen, dem du verantwortlich bist. Und eines, das du nicht anzuschauen wagst.«

Ich fühle mein Herz gegen meine Rippen schlagen. Ich frage mich, ob er unter dem Tuch das Porträt meines Vaters versteckt hat. Ich schiebe mich näher. Ich fühle den Rand meines Stuhls unter meinem Gesäß. Da nimmt Zannekin das Tuch weg. Und ich sehe mich selbst in einem silbernen Spiegel. Ich sehe meine rotbraunen Haare, meine dünnen Lippen, meine blauen Augen und meine viel zu große Nase. Ich werde rot und merke, dass mich die Mädchen anstarren.

»Du betrachtest die Welt und die Sterne, aber nicht dich selbst«, brummt Zannekin in seinen Bart.

Ich will mich nicht sehen. Ich will nicht in den Spiegel schauen. Niemand sagt etwas. Ich glühe vor Verlegenheit und suche einen Ausweg. In der Stille wird mir übel.

»Da ist noch etwas, was mir unklar ist«, stottere ich schließlich.

»Was?«, fragt Vater Zannekin.

»Ist es wahr, dass der Heilige Geist die Jungfrau Maria durch die Ohrmuschel geschwängert hat?«

Die Mädchen lachen. Vater Zannekin nicht. Er schaut mich an, und dann lächelt er.

»Es ist die Aufgabe eines Edelmannes«, antwortet er, »die süßesten und schönsten Worte einer Frau ins Ohr zu flüstern, in der Hoffnung, dass sie sich ihm hingeben wird.«

Die Mädchen kichern, und es sind die Hofdamen, die nun finden, es sei genug. Wir werden wie Hühner nach draußen gescheucht. Und draußen? Draußen ist es fast Sommer.

7

Es ist Ende Mai. Die Jungen ziehen in die Felder. Das Schloss leert sich. Das Abenteuer beginnt. Ich bin neun Jahre alt. Ich habe nur ein Problem: meine Gouvernante Constance Bouvaert, die schon anfängt zu schreien, wenn ich mich mehr als fünfzig Schritte von ihr entferne.

»Versteht es doch, Dame Marguerite«, stöhnt sie immer, »Euer Vater verlässt sich auf mich. Er würde es mir nie verzeihen, wenn Euch etwas passiert. Und ich mir selbst auch nicht.«

An einem strahlenden Junitag streue ich ein halbes Pfund trockener Erbsen im Treppensaal aus. Constance ist, wie ich es vorausgesehen habe, die Erste, die die Treppe herunterkommt, und wie immer ist sie in Eile. Das Ergebnis ist noch besser als erhofft. Ihre Beine schleudern nach oben, und sie landet mit einem dumpfen Aufprall auf einer Schulter, die sofort ausgerenkt ist. Ihr Arm hängt schlaff an ihrem Körper herunter. Sie jammert Himmel und Hölle zusammen. Ich versuche, ein besorgtes Gesicht zu machen, und sage, ich würde sofort den Medicus van Obrecht suchen. Er kann ja wie kein anderer einen zerschmetterten Kiefer behandeln, und *in casu*, eine ausgerenkte Schulter wieder einrenken. Ich verspreche, gleich zurückzukommen. Nicht lange danach nehme ich mein Schwert aus Walfischknochen und renne aus dem Schloss, auf der Suche nach Abenteuern. Ich zertrete Ameisen, schlage die Köpfe von gelben Löwenzahnblumen ab und klettere auf Bäume. Nach einer Weile treffe ich drei Jungen, die im Schloss unterrichtet werden. Es sind Willem, der Sohn des gefallenen Ritters van Sindewint, Hendrik, der Sohn des Schlossherrn von Ostende, und Godfried, der aus Sluis kommt. Sie suchen frische Kuhfladen. Mithilfe eines Trichters füllen sie sie in eine Schweineblase.

»Was macht ihr da?«, frage ich.

Die Jungen sagen nichts. Sie schauen kurz auf und versuchen zu tun, als gäbe es mich nicht.

»Kann ich mit euch gehen?«, frage ich.

»Warum?«, antwortet Hendrik, der den größten Mund hat. »Du solltest zu Hause sitzen und Spitzen klöppeln.«

»Ich scheiße aufs Spitzenklöppeln«, sage ich so großspurig wie möglich. Sie erschrecken über meine Ausdrucksweise.

»Geh bitte zurück zum Schloss, Margriet«, sagt Willem versöhnlich. »Wir sind auf geheimer Mission.«

Hendrik grinst: »Ja, auf einer sehr geheimen Mission.«

Godfried von Sluis, der ständig in der Nase bohrt und nur selten Sätze mit mehr als vier Worten sagt, nickt, um zu bestätigen, dass er mit Hendrik und Willem einig ist.

Ich lache. »Eine sehr geheime Mission. Wollt ihr auf irgendeinem Hof ein Huhn stehlen?«

»Nein«, sagt Willem, »wir bereiten einen Hinterhalt vor …«

»… und schwache Mädchen sind dabei nicht zugelassen«, bellt Hendrik. »Du würdest doch nur weinen, wenn du den ersten Tropfen Blut siehst.«

Und nun brummt Godfried etwas Unverständliches, um der Welt zu verkünden, dass er damit vollkommen einig ist.

»Das erste Blut wird deines sein«, rufe ich. »Es wird dir aus der Nase laufen, nachdem ich sie platt geschlagen habe, Ritterchen von Ostende!«

»Ruhig«, sagt Willem, der die Gemüter besänftigen möchte. »Wir müssen das allein erledigen, Margriet.«

»Ja, das ist Männerarbeit«, betont Hendrik. »Außer wenn du ein Mann bist, so wie wir, und stehend gegen einen Baum pinkeln kannst, sonst können wir dich nicht brauchen.«

»Ich darf also mitmachen, wenn ich stehend gegen einen Baum pinkle?«, frage ich.

»Ja, wenn du das schaffst, darfst du mit«, schnaubt Hendrik viel zu selbstsicher.

Willem wirft ihm einen verärgerten Blick zu. Musste er das wirklich sagen?

»Nun, was ist?«, fragt Hendrik und breitet die Hände aus, zum Zeichen, dass er mir eine Aufgabe gegeben hat, die ich auch in hundert Jahren nicht vollbringen kann.

Aber ich habe mich schon umgedreht. Ich stelle mich vor einen Baum, halte meine Röcke mit einer Hand hoch und tue etwas mit meiner rechten, was die Jungen nicht sehen können. Und ich pinkle in einem schönen, bogenförmigen Strahl gegen den Baum. Ich wische mit dem Unterhemd meinen Schritt trocken und trete strahlend zu den Jungen. Der Ausdruck von Verblüffung auf ihren Gesichtern ist ein schöner Anblick. Willem und Hendrik werden sich ihr Leben lang fragen, wie ich das hingekriegt habe. Ich muss ehrlich zugeben, dass ich einmal gesehen habe, wie die Waschfrau Greet es getan hat. Und so kommt es, dass ich die Jungen begleite. Auf einer geheimen Mission.

Die Jungen haben ein Dutzend Schweineblasen gefüllt, die sie zu zweit in einem Fischernetz mittragen. Sie gehen zur Reie, dem Fluss, auf dem die Schiffe mithilfe von Pferden zur Mündung gezogen werden, nach Sluis. Sie betrachten die Flaggen der

Schiffe und warten geduldig. Bis ein Schiff die Flagge Genuas trägt. Ich begreife, dass das Schiff einer italienischen Bank gehört, die den Händlern und Edlen von Brügge und Umgebung Geld leiht. Ich habe auch gehört, dass Hendriks Vater einen großen Berg Schulden bei der Bank hat. Als das Schiff langsam vorbeitreibt, gezogen von einem Pferd auf dem Treidelpfad, springen wir auf und winken den Schiffern begeistert zu, die, dumme Tröpfe, die sie sind, zurückwinken. Daraufhin feuern die Jungen ihr Arsenal an verpacktem Kuhmist auf sie ab. Der breiige Kot verspritzt auf dem Schiffsdeck. Die Matrosen sind im ersten Moment zu verblüfft, um Deckung zu suchen. Und wenn die Jungen etwas gut können, dann ist es Zielen. Die Matrosen, in gelb und rot gestreiften Hosen, haben keine Chance. Der Kot spritzt gnadenlos auf ihre Kleidung. Einer der Soldaten, in einem grünroten Wams, von dem die Scheiße tropft, ist so wütend, dass er von Bord springt und auf das Ufer klettert. Er schreit auf Italienisch. Wir verstehen nichts, doch ich vermute, dass sein Wortschatz ziemlich grob ist. Wir rennen davon. Er rennt uns nach, durch die Felder, erwischt Godfried und wirft ihn ins Gras. Der Junge schreit, als würde er umgebracht, und der Italiener hat längst seinen langen Dolch gezogen. Der Mann hat hellblaue Augen und trägt einen schwarzen Hut mit roten Federn. Er ist drauf und dran, Godfried ein Ohr abzuschneiden, als ich ihm zurufe, er solle sofort aufhören. Er schaut mich an. Mich. Ein Kind, kaum zwanzig Äpfel hoch und in einem roten Kleid. Er sieht, dass ich kein Bauernkind bin, dafür ist mein Kleid zu kostbar, meine rotbraunen Haare sind zu sorgfältig gekämmt und meine Fingernägel zu gepflegt.

»Ich bin die Tochter des Grafen von Flandern«, höre ich mich selbst auf Lateinisch sagen, bemüht, nicht zu zittern. »Dieser

Junge genießt meinen Schutz. Mein Vater wird es als persönliche Beleidigung betrachten, wenn Ihr ihm etwas antut.«

Der Italiener schaut mich an. Er ist ein kleiner Mann und reibt sich den langen, schwarzen Ziegenbart, dessen Spitze bis weit unter sein Kinn reicht. Er hat Falten auf der Stirn. Er kann nicht mehr jung sein. Er hält Godfried noch immer im Nacken gepackt.

»Ich habe keine Angst vor dem Grafen von Flandern«, sagt er auf Französisch und lässt die Schneide seines Dolchs über Godfrieds Ohrläppchen gleiten.

»Gnade, edler Herr, Gnade«, schreit Godfried, noch immer mit der Nase im Gras. Ich habe ihn noch nie so viele Wörter hintereinander sagen hören.

»Mein Vater«, rufe ich, »wird es Euch nicht verzeihen, wenn Ihr es wagt, diesen Jungen …«

»Ich fürchte mich vor keinem«, unterbricht mich der Genuese frech.

»Ich auch nicht«, sage ich, »und ich verlange, dass Ihr Godfried loslasst.«

Doch der Italiener verstärkt nur noch seinen Griff um den Nacken des Jungen. Godfried jammert. Seine Arme liegen verkrampft auf dem Boden.

»Bitte«, rufe ich plötzlich und fühle, dass langsam auch mir die Tränen kommen. Der Italiener schaut mich an. Und ich wiederhole mein Flehen: »Bitte.«

Da lässt der Italiener Godfried los. Der Junge schießt wie ein Pfeil davon. Er schaut sich nicht einmal nach dem Italiener um. Er rennt mindestens hundert Meter weiter in das Feld hinein, zu Hendrik und Willem, die sich dort hinter Sträuchern versteckt haben. Ich bleibe stehen. Das Herz klopft mir im Hals. Der Italiener wischt sich den Schmutz von seinem Wams, schiebt seinen Dolch in eine Scheide aus rotem Leder, die an seinem Gürtel hängt. Er schaut mich an.

»Ich danke Euch, Herr«, sage ich höflich und mache eine leichte Verbeugung.

Er nickt kurz, dreht sich um und läuft zum Kanal zurück. Ich renne über das Feld, zu den drei Jungen. Sie schauen mich mit großen Augen an.

»Er ist weg«, sage ich überflüssigerweise.

Die Jungen atmen auf, und ich glühe vor Stolz.

»So«, frage ich, »was wird die nächste sehr geheime Mission?«

In diesem Sommer lerne ich, zusammen mit den drei Jungen, das Gebiet um Brügge kennen. Die ausgedehnten Polderebenen, die Mühlen, die Deiche, die Getreidefelder, die großen Kornscheuern und die Dörfer auf den sandigen Hügeln. Das Gras flüstert unter unseren Zehen. Wir rennen durch das Zwin, wo Salz gewonnen wird. Wir schwimmen in den kleinen Gewässern. Wir tauchen unsere Füße in den Schlamm. Wir jagen Möwen, Reiher und Elstern. Wir stecken Heumieten in Brand und besiegen den riesigen roten Hahn des Bauern Ronselaar und rupfen ihn bei lebendigem Leib, sodass er sich den ganzen Sommer lang nicht mehr auf dem Hof aufzutauchen traut. Manchmal laufen wir bis nach Sluis, um die Galeonen zu sehen, die in der großen Hafenbucht anlegen. Oft gehen wir auch in die Stadt Brügge hinein, vor allem an den Tagen, an denen eine Hinrichtung angekündigt ist. Wir sind alle vier verrückt nach Hinrichtungen. Ganz Brügge scheint dann auf der Burg zusammenzuströmen. Sowohl die reichen Tuchhändler als auch die armen

Aalfischer, die Edelfrauen und die Bordellbesitzerinnen, Greise und Kinder drängen sich um den hölzernen Galgen, an dem die Hinrichtung stattfinden soll. Oft müssen wir lange warten, und dann lassen wir Drachen steigen oder kaufen uns eine Leckerei bei den Händlern, die Honigtörtchen, Süßholz oder mit Zucker getränkte Äpfel verkaufen. Wenn die Diebe und Betrüger endlich mit gebundenen Händen auf einem Karren herbeigebracht werden, steigt ein ohrenbetäubender Jubel aus der Menge. Das ist besser als eine Kirchweih, und Hendrik, Godfried, Willem und ich schreien am lautesten, sodass wir abends keine Stimme mehr haben. Wenn wir weit vorn stehen, werfen wir noch ein bisschen Schlamm oder etwas verdorbenes Gemüse nach den unglücklichen Männern und Frauen. Wir müssen natürlich aufpassen, dass wir nicht den Priester treffen, der den Verurteilten auf dem Weg zum Galgen vorausgeht. Der Priester hat ihre letzte Beichte gehört und ihnen ihre Sünden vergeben, sodass sie, auch wenn sie arme Übeltäter sind, doch das himmlische Jerusalem betreten dürfen. Was immer du auch anstellst auf dieser Welt, der Priester kann es dir vergeben, außer wenn du eine Kirche beraubt, eine Nonne vergewaltigt oder einen Geistlichen ermordet hast. Dann wird dir der Erzteufel Luzifer persönlich die Haut abziehen, er wird dich salzen und am Spieß braten. Im Kloster. Ewig und einen Tag. Die Verurteilten weinen selten, wenn der Büttel ihnen den Strick umlegt und die weiße Kappe aufsetzt. Sie denken an ihre gestorbenen Kinder, an ihre toten Freunde oder ihre Eltern, die sie nun bald im Paradies wiedersehen werden. Der Vogt nickt dem Büttel zu, und dieser legt einen Hebel um, wodurch das Brett unter den Füßen der Verurteilten nach unten fällt. Sie fallen zwei Meter nach unten, aber ihr Hals bricht nicht. Der Strick zieht ihren Hals langsam zu, ihre Beine zappeln ins Leere, und ihre Därme leeren sich in ihre Kleidung. Man sagt, dass sie den heiligen Veitstanz ausführen, und es kann Minuten dauern, bis der Strick sie endlich erwürgt und ihre Beine aufhören zu zappeln. Der Büttel hat von einigen Verurteilten Geld bekommen und klettert an ihrem Strick nach unten, wo er sich auf ihre Schultern kniet, sodass ihre Leiden erheblich verkürzt werden. Wenn einer tot ist, steigt der Büttel zum nächsten Opfer hinüber und macht das Gleiche, als wäre er ein barmherziger Samariter, der die Menschen von ihrem Leiden erlöst, oder, wie man manchmal sagt, ein guter Fährmann des Todes. Die Leichen werden anschließend außerhalb der Stadtmauern auf dem Galgenfeld aufgehängt, wo sie noch wochenlang hängen, als Beute für Elstern, Krähen, Ratten und Schnecken. Und wir gehen weg und unterhalten uns noch lange über das Hängen, darüber, was wir von den Unglücklichen wissen, wer sie waren, wer am längsten gezappelt hat und warum sie den Strick verdient hatten. Aber wirklich aufregend ist eine Hinrichtung erst dann, wenn ein Brandstifter gerädert wird, wenn ein Falschmünzer in einen Kessel mit kochendem Wasser geworfen wird, wenn eine ehebrecherische Frau mit einer glühenden Pfanne auf den nackten Hintern geschlagen wird oder wenn ein Mörder sich die eigene Hand abschlagen muss, bevor er gevierteilt wird. Kurz gesagt, an so einem Hinrichtungstag langweilen wir uns nie. Gerechtigkeit muss sein, und die Verurteilten, befreit von ihren Sünden durch die letzte Beichte, sitzen schon im Himmel und essen Brei mit goldenen Löffeln und trinken Wein aus Krügen, die niemals leer werden.

Es ist bei einer solchen Hinrichtung, dass wir es mit Roderik zu tun bekommen, dem Sohn des Gildemeisters Slicher van

Rijpergherste, der als Hauptmann von Brügge angesehen wird. Roderik fragt Willem, ob er auch so ein Schoßhündchen des französischen Königs werden wird wie weiland sein Vater, der Ritter von Sindewint. Willem dreht sich wild nach Roderik um, doch der steht natürlich nicht allein da. Er hat ein paar Kumpane bei sich, alles Söhne von Gildemeistern.

»Wage ja nicht, das noch einmal zu sagen«, droht Willem.

»Hör zu«, sagt Roderik ruhig, »hier in Brügge ist es nicht so sicher für französisch gesinnte Edelleute.«

Er spielt damit auf die Rote Nacht an, die vor über fünfzig Jahren stattgefunden hat. Die Nacht der Brügger Messen, als ein Haufen Gildemitglieder sich erst betranken, um sich wie Löwen zu fühlen, um dann, als die Nacht am schwärzesten war, französisch gesinnte Edelleute aus ihren Betten zu zerren und sie, nackt und unbewaffnet, zu fragen, ob sie »Freunde der Gilden« waren. Noch bevor sie antworten konnten, hackten dutzende von Beilen und Knüppeln auf sie ein. Die Gildebrüder schrien mit ihren vom Saufen erhitzten Köpfen und schlugen weiter auf ihre Opfer ein, bis sie in deren Blut und Eingeweiden ausrutschten. Es gab so viele Leichen, dass die Straßen geräumt werden mussten. Die Toten wurden auf Karren geworfen und in die Grachten gekippt, und es trieben so viele zerrissene und zerhackte Leichen durch die Grachten, dass die Boote im Minnewater nicht mehr wenden konnten und man wochenlang Witze darüber machte, dass die Fische sich auf Französisch miteinander unterhielten. Die letzten französisch gesinnten Edelleute waren in jener Nacht zum Schloss von Male geflohen und hatten sich dort verschanzt. Aber auch das rettete sie nicht. Die Gildebrüder verfolgten sie und steckten bei Tagesanbruch das Schloss in Brand. Die letzten Edlen warfen sich selbst vom zwanzig Meter hohen Meisterturm, um dem Feuertod zu entkommen. Ich habe diese Geschichte schon öfter gehört, und es ist die größte Furcht eines jeden Grafen: dass die Gildemeister und die flandrischen Städte sich gegen ihn erheben. Roderik ist der Enkel eines der Gildemeister, die die Brügger Messe angeführt haben, und er ist stolz darauf, dass seine Vorfahren die Edlen haben bluten lassen. Er verabscheut die Edlen, aber er lässt sich, genau wie sein Vater, Slicher van Rijperghersten, nur allzu gern mit »messire«, *edler Herr*, ansprechen.

»Warum kommst du nicht mal auf dem Schloss vorbei, Roderik«, rufe ich. »Unser Mistschaufler braucht einen Gehilfen.«

Roderik schnaubt.

»Dame Marguerite«, sagt er höflich, »ich möchte keine Schwierigkeiten mit Euch haben.«

»Aber das habt Ihr schon«, antworte ich. »Dies hier sind meine Schildknappen.«

Er wird blass. Er weiß, dass ich nicht die Wahrheit sage, aber er will jeden Zwist mit der Tochter des Grafen von Flandern vermeiden. Sein Vater versteht sich nicht besonders gut mit dem Grafen, aber er braucht meinen Vater genauso nötig, wie dieser ihn braucht.

»Ich wiederhole, Dame Marguerite«, sagt Roderik, »dass ich keinen Ärger mit Euch möchte.«

»Hast du Angst vor mir, Gildesöhnchen?«, fordere ich ihn heraus.

Willem unterbricht mich und schlägt vor, die Angelegenheit mit einem Zweikampf zu klären. Drei Junker gegen drei Gildesöhne. Morgen, am Kanal in der Nähe von Rabauwenborg, einem Dorf, in dem schon seit über zehn Jahren kein Mensch mehr lebt, seit die Pestilenz ihren schwarzen Schatten über das Land fallen ließ. Rabauwenborg ist ein Geisterdorf.

Ich kann in der Nacht kaum schlafen vor Aufregung. Der Kampf wird geheim gehalten, sodass niemand dazwischentreten kann. Roderik und seine beiden Kameraden werden in den Sand beißen. So viel ist sicher. Sie sind Willem, Godfried und Hendrik nicht gewachsen, die seit Jahren schon im Kampf unterrichtet werden. Obwohl ich nicht mitkämpfen darf, habe ich doch mein Schwert aus Walfischknochen dabei und meinen runden Schild, über den Schafhaut gespannt ist. Man weiß ja nie. Wir rennen durch die Felder Richtung Rabauwenborg. Je näher wir kommen, umso leiser sind wir. Wir schleichen uns vorsichtig durch das hohe Gras näher, bis wir das Dorf vor uns liegen sehen. Willem kriecht auf dem Bauch weiter, um die Lage zu erkunden. Godfried, Hendrik und ich bleiben im Gras liegen.

Das Dorf sieht hässlich aus. Die Strohdächer sind eingebrochen, und Wind und Regen haben Stücke der Lehmmauern weggerissen. Die Eichenholztüren der kleinen Kirche, das einzige Steingebäude des Dorfs, hängen kaum noch in den Angeln. Eine magere schwarze Katze läuft in die Kirche, und ich schlage zur Sicherheit ein Kreuz. Kaplan van Izeghem hört nie auf zu sagen, dass eine schwarze Katze ein Tier des Teufels ist. In den Feldern liegen die von Unkraut überwucherten Skelette von Schafen, Rindern und anderen Tieren, die von der Pestilenz angesteckt wurden. Es starben damals, im Jahr meiner Geburt, so viele Menschen, dass man glaubte, das Ende der Welt sei gekommen und der Tag des letzten Gerichts angebrochen. Doch als der Winter kam, ließ Gott die Pestilenz aufhören. Kaplan van Izeghem verkündete, Gott habe der Menschheit eine Warnung zukommen lassen. Er habe ihnen einen Blick auf die Apokalypse erlaubt. Die Menschen bekämen nun noch eine einzige Chance, um zu zeigen, dass sie das Opfer von Christus wert seien. Würden sie auch diese Chance verspielen, würde sich die Apokalypse vollziehen.

»Sie sind zu fünft«, flüstert Willem, und ich schrecke aus meinen Gedanken hoch. Hendrik und Godfried schauen sich ein bisschen unsicher an.

»Fünf gegen drei«, wiederholt Hendrik. Er ist immer schon besonders gescheit gewesen. Die Jungen zögern. Ich betrachte einen Rinderschädel. Ich schabe das Ungeziefer heraus und setze ihn mir auf den Kopf.

»Gegen vier«, sage ich und richte mich auf, und Godfried, der ein bisschen gedöst hat, bekommt jetzt fast einen Herzschlag.

Die Jungen folgen meinem Beispiel und setzen sich Schädel von Schafen auf. Godfried knüpft sich sogar den Brustkorb einer Katze in die Haare. Das Ding klappert, als wir weiterschleichen. Wir sehen Roderik van Rijpergherste zusammen mit seinen vier Kameraden neben einem Zelt aus Tierhäuten sitzen. Sie haben Steine und Stöcke dabei.

»Wie ist der Plan?«, fragt Willem, ohne jemanden dabei anzuschauen.

»Ganz einfach«, flüstere ich. »Wir gehen auf sie los.«

Willem schaut mich unsicher an. Er hat Angst, dass er Stockschläge bekommt, wenn der Tochter des Grafen etwas geschieht. Ich grinse, und die Jungen grinsen zurück. Im nächsten Moment springen wir auf, machen einen Satz über den Wassergraben und rennen mit den klappernden Skelettteilen an unseren Körpern auf Roderik und seine Kameraden los. Roderik versteht es nicht. Er ist so verblüfft, als er mich mit dem Kuhschädel auf dem Kopf sieht, dass er nicht einmal reagiert, als ich ihm meinen Schild in den Magen stoße und ihm danach mit einem Stoß meines Knies einen Zahn ausschlage. Die anderen Jungen prügeln aufeinander ein. Willem schleudert zwei Gegner in den Wassergraben. Wir kämpfen wie Löwen. Ohne Gnade. Für Ehre, Wassergraben und Vaterland. Wir hauen uns mit Holzschwertern auf die Köpfe, mit Schilden und mit allem, was wir zu packen bekommen. Wir rollen schlagend und schreiend durch den Schlamm. Roderik und seine Bande ergreifen die Flucht. Wir verfolgen sie durch das Dorf, johlend und schreiend, angefeuert von unserem Siegesrausch.

Die drei Junker und ich sind schwarz vom Blut und Schlamm. Meine Röcke sind zerrissen, und die Spitze von Roderiks Holzschwert hat meine Stirn über einer Augenbraue aufgerissen. Das Blut tropft auf mein Kleid. Aber ich weine nicht. Ich sage, dass es nicht schlimm ist, dass ich am Leben bleibe und dass ich Roderik solche Prügel versetzt habe, dass er sie sein ganzes Leben lang nicht vergessen wird.

Und dann sitzen wir, die vier Sieger, nahe dem Geisterdorf Rabauwenborg. Willem grinst mich an, ich grinse zurück. Ich bin ein Krieger, genau wie er. Die Narbe, die meine rechte Augenbraue in Zukunft in zwei Hälften teilen wird, ist der Beweis.

Es ist in den letzten Tagen des Sommers, dass unsere Wanderung uns, oh unvergessliches Waffenschicksal, zu der Mühle von Vierweeghe bringt. Dort finden wir einen Hengst, der an der Treppe der Mühle festgebunden ist. Die Flügel bewegen sich nicht, und kein Hund ist in der Gegend. Wir wissen, dass die Müllerin schön ist und blond und immer ein Korsett trägt, das so fest geschnürt ist, dass ihre Brüste hervorquellen wie reife Früchte. Bestimmt hat die Müllersfrau eine Verabredung mit dem Besitzer dieses prachtvollen Pferdes. Willem, Godfried, Hendrik und ich gehen die Treppe hinauf und stoßen geräuschlos die Tür auf. Wir hören aus dem ersten Stock Gekicher und Gemurmel. Wir schauen uns an, und in unseren Augen, die vor Bosheit triefen, ist das Gleiche zu lesen: Was für einen verrückten Streich können wir hier anstellen?

Die Antwort kommt schneller als erwartet, denn aus der Luke zum ersten Stock hängt eine Hose. Die Hose ist dunkelgrün und mit Goldfäden bestickt. Kaum habe ich die Hose entdeckt, bin ich auch schon die Leiter hinaufgeklettert und habe das Kleidungsstück in der Hand. Ich habe vorher nicht darüber nachgedacht. Es ist rein instinktiv passiert. Willem, Godfried und Hendrik haben Mühe, nicht laut zu lachen, während ich mit meiner Beute die Leiter wieder hinabsteige. Als wir kurz darauf die Hose in Streifen schneiden, wird das Brummen im ersten Stock immer lauter. Wir brechen in Lachen aus und rennen Hals über Kopf die Außentreppe hinunter. Wir hören jemanden laut in der Mühle fluchen. Am Fuß der Treppe wird uns klar, dass wir eines nicht überlegt haben, nämlich wie wir entkommen können. Wenn wir durch die Felder rennen, wird der Mann – der mit goldenen Fäden bestickten Hose zufolge ein Ritter – uns bald eingeholt haben und uns eine Tracht Prügel versetzen, von hier bis zum heiligen Jerusalem. Wir schauen uns an und denken das Gleiche: Wir springen auf den Hengst, der an der Treppe festgebunden ist. Das Tier wiehert und trippelt. Wir machen die Zügel los, während der Hengst sich unruhig um seine eigene Achse dreht, überrascht davon, auf einmal vier Kinder auf dem Rücken zu haben. Und dann wird die Tür der Mühle aufgerissen, und ein Mann mit einem weißen Hemd und nackten Knien kommt die Treppe heruntergedonnert. Doch in diesem Moment habe ich die Zügel schon fest in der Hand. Wir klammern uns aneinander. »Juhu!«, rufen wir und stoßen mit unseren Holzschwertern in die Flanken des Hengstes, der im Galopp davonstürmt. Der Edelmann schreit und flucht. Ich fühle den Wind durch meine Haare peitschen und den Arm von Willem um meine Mitte, während wir davonreiten. Misstrauisch drehe ich mich um.

Da sehe ich ihn dort stehen: schreiend, halb nackt, mit dem Hemd, das über seinen hin und her schlenkernden edlen Teilen aufgeweht wird … meinen Vater!

An diesem Abend werde ich in den Rittersaal des Schlosses von Male gerufen. Ich stehe da, Auge in Auge mit meinem Vater.

»Du bist neun Jahre alt, und es wird Zeit, dass du dich benimmst, wie es einer Jungfrau deines Standes geziemt«, sagt er.

Ich antworte nicht. Ich bleibe kerzengerade mitten im Raum stehen, die Hände auf dem Rücken gekreuzt, wie ein Soldat in Ruhestellung. Ich weiß, dass ich die Augen niederschlagen müsste, aber ich tue es nicht. Ich recke mein Kinn und schaue meinen Vater an, ohne mit der Wimper zu zucken.

»Dieser Unfug muss ein Ende haben. Dass die Jungen so etwas tun, ist normal. Es liegt in ihrer Art. Sie müssen Ritter werden … Streiche aushecken gehört dazu. Aber dass du dich daran beteiligst, darf nicht sein.«

Ich schweige. Mein Vater schaut mich kaum an. Ich höre das Stroh unter seinen Füßen rascheln, während er in dem großen Saal herumläuft.

»Du kannst mit den Bauern, den Leibeigenen oder den Marktkrämern Unfug treiben, aber nicht mit deinem Vater. Und auch nicht mit dem armen Kaplan van Izeghem, so wie letzte Woche. Wie fällt dir so etwas ein, Tochter, das Brett vom Scheißhaus am Genter Tor durchzusägen? Er ist fast ertrunken in der Fäkaliengrube. Vier Männer waren nötig, um ihn herauszuziehen.«

»Fünf«, murmele ich.

»Was sagst du?«, fragt mein Vater.

»Ich habe gehört, fünf Männer waren nötig, um Kaplan van Izeghem aus der Grube zu ziehen.«

»Es ist mir verdammt egal, ob es fünf oder zehn Männer waren, die ihn aus dem Dreck gezogen haben! Es war deine Idee. So wie immer, deine Idee! Du hetzt die Jungen auf. So werden sie niemals Ritter werden. Du machst Narren und Possenreißer aus ihnen. Du darfst keine Bretter in Scheißhäusern durchsägen, keine toten Ratten ins Bett deiner Gouvernante legen und auch keine Dachse auf dem Innenhof freilassen und meine Jagdhunde hinterherhetzen, sodass das ganze Schloss, mein Schloss, in Aufruhr gerät.«

»Ja, das tut mir leid, Vater«, murmele ich aufrichtig, »wenn ich an den armen Rufus denke.«

»Ja, natürlich, der arme Rufus!«, ruft der Graf. »Er war mein bester Jagdhund. Ein prachtvolles Tier. Ein echter Totmacher. Rufus ist hinter dem Dachs her und hat ihn bis in den Kamin verfolgt, und dort hat ihm dieser verdammte Dachs die Nase durchgebissen. Rufus wagt sich nicht einmal mehr hinaus. Er hat Angst vor allem! Er ist nur noch gut genug, um mir die Füße zu wärmen. Und das bei einem Tier, das aus dem Geschlecht der besten Jagdhunde der Normandie stammt. Und heute, Tochter, bist du zu weit gegangen.«

»Was hast du dort in der Mühle getan, Vater?«, fauche ich zurück. »Die Flügel haben doch stillgestanden.«

»Du Rotznase!«, schreit er und kommt mit erhobener Hand auf mich zu. Ich trete instinktiv einen Schritt zurück und ziehe den Kopf ein. Er zögert, mir eine Ohrfeige zu geben.

»Du bist ein Nagel an meinem Sarg, das schwöre ich bei meinem ...«

»Hinterteil?«

Die Hand trifft meine Wange mit einer solchen Kraft, dass ich rückwärts auf den Boden geschleudert werde. Ich spüre Blut, der Schmerz in meinem Mund klopft. Ich rappele mich hoch und stehe mit gerecktem Kinn vor meinem Vater. Das Blut tropft von meinen Lippen. Ich blicke ihn so starr und stolz wie möglich an und verfluche die eine Träne, die ich nicht zurückhalten kann.

»Ich verbiete dir, noch einmal mit den Jungen loszuziehen«, schreit er. »Von heute an wirst du stricken, sticken und die Bibel lesen. Wenn ich noch einmal höre, dass du dich wie ein Gassenjunge benimmst und etwas tust, was auch nur aus einer Meile Entfernung wie ein Streich riecht, gehst du bis zu deiner Verheiratung ins Kloster Ter Dullen.«

Ich fühle, wie sich meine Kehle zuschnürt. Die Worte »Kloster« und »Verheiratung« gleiten wie kalte Tropfen über mein Rückgrat.

»Habe ich mich vielleicht undeutlich ausgedrückt?«

Ich sage nichts.

»Ich warte auf eine Antwort«, sagt mein Vater beherrscht.

»Ihr habt Euch sehr deutlich ausgedrückt, Vater«, sage ich.

»Dame Bouvaert wartet im Gang auf dich«, sagt mein Vater abschließend. »Es wird Zeit, dass du anfängst, ein Korsett zu tragen.«

»Ich will kein Korsett«, flüstere ich. »Ich bekomme keine Luft.«

»Du wirst dein ganzes Leben lang ein Korsett tragen«, sagt mein Vater. »Gewöhne dich daran.«

Er schaut mich an und nickt. Das ist das Zeichen für mich hinauszugehen. Ich bewege mich nicht.

»Du bist schon weg, Tochter«, sagt er ungeduldig.

Ich drehe mich um und laufe in den Gang. Das ganze Schloss riecht nach Septemberregen. Der Sommer ist vorbei.

8

Mein Vater hat recht. Die Jahre gehen vorbei. England und Frankreich unterzeichnen ein Friedensabkommen in Brétigny, und ich gewöhne mich an das Korsett. Ich bekomme zum ersten Mal meine Blutung. Ich werde eine Frau. Heiratsfähig. Und mein Vater wird missmutig. Seine harten Muskeln, die einen gefürchteten Kämpfer aus ihm gemacht haben, werden schwächer. Seine Haare werden grau und sein Gesicht schwammig. Die Welt hat ihn besiegt. Er ist oft weg. Er hält sich oft im Gravensteen in Gent auf, um zu sehen, wie Münzen mit seinem Bildnis geschlagen werden. Er vertut seine Tage mit Reisen nach London und Paris. England ist die Zukunft, Frankreich die Vergangenheit. Der Wohlstand Flanderns hängt von der englischen Wolle ab, die in Flandern zu Tuch gewebt wird. Die Laken werden gefärbt, geschnitten und genäht, zu prachtvollen Kleidern, Hosen, Hemden, Mänteln, Tischdecken, Bettlaken und sogar Pferdedecken. Es sind die besten Stoffe der Welt. Sie werden überall in Europa verkauft und sogar in den Osten transportiert, vorbei an der langen Mauer, die die Welt in zwei Teile schneidet und wo »Chinas Äpfel« wachsen. Das Tuch, das Flanderns Wohlstand ausmacht, wird durch flämische Arbeiter gefertigt, die sich in vierundfünfzig mächtigen Gilden zusammengeschlossen haben. Es sind die Kürschner, die Scherer, die Walker, die Flachsweber und noch viel mehr. Sie bilden jeder eine Stufe der Treppe bis zum fertigen Tuch und dem daraus fließenden Reichtum. Die Brügger Gilden werden von Slicher van Rijpergherste angeführt und die Genter von Frans Ackerman. Sie sind die wirklichen Herren von Flandern, denn sie bezahlen Steuern an den Grafen, solange er tut, was sie wollen. Natürlich hat mein Vater sie einmal im Kampf auf die Knie gezwungen, dennoch haben sie die Macht über ihn. Wenn mein Vater in Male ist, geht er oft nach Sluis, um auf die Handelsschiffe zu warten, die ihm exotische Tiere bringen. Die lässt er nach Gent fahren, in seinen Tiergarten im neuen Prinzenhof. Aber die meisten Tiere überleben den ersten Winter hier nicht. Die Winter werden nämlich immer heftiger und die Sommer immer kürzer. Mein Vater und ich gehen uns aus dem Weg, und wenn wir uns sehen, sprechen wir kaum miteinander. An Weihnachten sehe ich meine Mutter, und jedes Wiedersehen ist schmerzlicher. Warum nimmt Gott sie nicht zu sich in den Himmel? Warum stellt Er mich auf die Probe, indem Er mir immer wieder den Schatten der Frau zeigt, die einmal meine geliebte Mutter war?

Im Jahr meines dreizehnten Geburtstags fällt der erste Schnee schon in der zweiten Septemberwoche. Wir verstehen es nicht. Noch nie ist der Schnee so früh gefallen. Es macht Kaplan Johannes van Izeghem jedenfalls sehr nervös. Man flüstert, dass er sich täglich als Strafe für seine Sünden geißelt. Und bei der Morgenmesse hört er nicht auf, von dem Bösen zu sprechen, das der Mensch anrichtet, und vom jüngsten Gericht, das seiner Meinung nach nicht mehr fern ist. Überall entdeckt er Vorzeichen für das Ende der Welt. Die Jungfrau Alais steht neben mir und lauscht mit angstvollen Augen den Worten des Kaplans. Er ruft uns zur Umkehr auf, bevor es zu spät ist, denn am letzten Tag der Welt werden die reinen Herzen zum Herrn gerufen, und die anderen werden in der Hölle schmoren. Ich flüstere Alais zu, dass ich hoffe, am letzten Tag der Welt keine Jungfrau mehr zu sein. Sie kichert, und ich grinse. Das steckt an, und wir haben Mühe, nicht loszulachen. Plötzlich hört Kaplan van Izeghem auf zu reden. Ich drehe mich um und sehe, wie er uns mit wilden Augen anstarrt.

»Wischt das Lachen von euren Gesichtern, junge Damen!«

Sofort ist mein Lachen verschwunden. Das Blut steigt mir in den Kopf. Alle schauen mich an.

»Insbesondere Ihr solltet ein Vorbild geben«, ruft er von der Kanzel, und der Speichel sprüht von seinen Lippen.

»Es ist meine Schuld, Kaplan van Izeghem«, stammle ich, »ich wollte nicht ...«

»Ihr Frauen seid ein Spielzeug für den Teufel«, schimpft er.

Ich schaue ihn erschrocken an. Niemand sagt etwas. Alle starren zu Boden. Ein Holzschuh scharrt über die Steine.

»Die Frau«, spricht der Kaplan langsam weiter, und sein schmaler Brustkasten schwillt an, um genügend Luft für die Worte zu haben, »bringt den Mann in Verwirrung, sie ist ein unersättliches Tier, sie ist ein ewiger Krieg, eine tägliche Verwüstung, ein Haus voller Stürme.«

Ich wage ihn nicht mehr anzuschauen. Alais ist kurz vor dem Weinen.

»Du, Marguerite van Male, bist die Rutschbahn zum Abgrund. Frauen wie du stehen der sittlichen und stofflichen Wiederauferstehung der Welt im Weg. Gott straft uns, und das ist auch deine Schuld.«

Ich nehme meinen ganzen Mut zusammen und trete einen Schritt nach vorn.

»Ich bin die Tochter des Grafen von Flandern, und ich verbiete Euch, so mit mir zu sprechen«, sage ich.

»Ich bin Gottes Kirche auf Erden, und Euer Vater hat mir erlaubt, Euch zu tadeln, wann immer ich es für nötig erachte, Frau.«

Mein Kopf brennt. Die Knie knicken mir ein vor Scham, und mein Gesicht glüht vor Empörung.

»Ihr sprecht voller Verachtung über Frauen«, gebe ich schließlich zurück, »aber habt Ihr denn vergessen, Kaplan van Izeghem, dass Ihr selbst aus dem Bauch einer Frau geboren worden seid und dass auch Ihr an einer Mutterbrust gehangen habt?«

»Die Frau, so schreibt die Bibel, ist geschaffen aus einer Rippe des Mannes«, knurrt Kaplan van Izeghem. »Sie ist nicht mehr als ein nutzloses Anhängsel. Und nun, Dame Marguerite, habe ich genug Unanständigkeiten von Euch gehört, hier, in diesem Haus Gottes. Ich fordere euch jetzt alle auf, um Vergebung für die Leichtfertigkeit der Dame von Flandern zu bitten.«

Die Menschen von Male knien gleichzeitig, wie ein Mann, auf dem kalten Kapellenboden nieder und richten den Blick zu Boden. Ich knie als Letzte, aber ich beuge den Kopf nicht. Ich schaue zur Jungfrau Maria im bunten Glasfenster der Kirche und sehe, wie das Sonnenlicht ihr Bildnis aufleuchten lässt. Ich verstehe, dass das ein Zeichen Gottes ist, fast kann ich die Wärme des Lichtstrahls auf meinem Gesicht fühlen. Nun weiß ich, dass Gott die Frauen liebt und dass der Kaplan kein Mann Gottes ist, sondern ein gewöhnlicher Sterblicher und ein Lügner. Die Messe schleppt sich dahin, und bei der Kommunion, als der Leichnam Christi in meinem Magen schmilzt, flehe ich den Himmel und Maria um wahre Liebe an. Ich öffne die Augen, erhebe mich von dem kalten Boden und sehe Willem da stehen. Er grinst mir zu, weil ich es gewagt habe, dem Kaplan zu trotzen. Und ich, ich grinse zurück. Genau wie damals nach unserer Schlacht bei Rabauwenborg. Es gibt niemanden, der so grinst wie Willem. Das Grübchen in seiner Wange, der leichte Spott in seinen grünen Augen und seine kurzen blonden Haare. Er ist fast ein Ritter.

Ein paar Tage später, als alle unter den ersten Herbststürmen zittern, suche ich Willem in den Ställen auf. Willem ist dabei, die Hengste meines Vaters zu bürsten. Wir sind allein. Ich frage ihn, ob er mich küssen will. Willem hört auf zu bürsten und schaut mich mit einem Blick äußerster Verblüffung an. Er macht ein Gesicht, als frage er sich, ob er mich richtig verstanden habe.

»Ich habe noch nie geküsst«, sage ich, »und ich finde, dass ich es tun sollte. Als wissenschaftliches Experiment, sozusagen. Ich kann Französisch, Flämisch und Latein schreiben, ich weiß alles über die Rechenkunst und die Sternenkunde. Aber noch nichts über die Kusskunde.«

»Kusskunde«, wiederholt Willem.

Er betrachtet die Pferdebürste, als wisse er nicht, was er mit ihr anfangen solle.

»Aber warum ich?«, fragt Willem.

»Nun, wenn ich Godfried, Hendrik und dich nebeneinander stelle, dann scheinst du mir der Einzige zu sein, der die Höflichkeit hat, nicht zu furzen, wenn ich in der Nähe bin. Das finde ich, sagen wir mal, ritterlich von dir.«

Bei diesen Worten erscheint ein kleines Lächeln auf Willems Gesicht.

»Ich muss darüber nachdenken«, sagt er schließlich und dreht sich wieder zu seinem Pferd um.

»Wie lange soll das Nachdenken dauern?«, frage ich. »Das Ende der Welt kommt heran.«

»Warum bist du immer so ungeduldig?«, fragt er.

»Warum redest du noch immer so viel, Willem?«, rufe ich. »Ich habe dich einfach um was gebeten und … und …«

Weiter komme ich nicht. Willem macht einen Schritt auf mich zu und senkt den Kopf zu meinem. Er riecht nach Pferd,

Schweiß und saurer Milch. Ich muss mich auf die Zehen stellen, um an seine Lippen zu kommen, und er hält mich fest um die Mitte, damit ich nicht umfalle. Ich fühle die Pferdebürste auf meinem Hinterteil. Es ist ein vorsichtiger Kuss. Wir pressen unsere kalten Lippen aufeinander und teilen die Wärme unseres Atems. Es dauert einen Augenblick, dann ist es vorbei. Er schaut mich an, wartet auf eine Reaktion. Es ist wirklich sehr schnell gegangen. Ich habe sogar vergessen, die Augen zu schließen.

»Nun?«, fragt Willem.

»Schwer zu beurteilen«, sage ich.

»Kratzt mein Bart nicht zu sehr?«, fragt er herausfordernd.

»Was meinst du damit, den Flaum auf deinem Kinn?«

»Das musst du gerade sagen! Willst küssen und hast noch nicht einmal Brüste.«

»Was haben meine Brüste mit küssen zu tun?«

»Nichts, aber …«

»Dann komm.«

Ich stelle mich auf Willems Füße, strecke mich und küsse ihn wieder. Meine Zähne schlagen gegen seine. Unsere Lippen schmiegen sich umeinander. Ich schließe die Augen. Die Zeit dehnt sich. Dann berühren sich unsere Zungen. Ich stoße ihn von mir.

»Was?«

»Das war sehr interessant, Willem, bis später«, sage ich und laufe zur Tür.

»Marguerite!«, ruft er mir nach.

Ich drehe mich an der Stalltür um.

»Tun wir das noch mal?«, fragt er.

»Ich muss darüber nachdenken«, sage ich, lächle und bin im nächsten Augenblick verschwunden.

Ich liebe die ersten Tage des Winters, wenn die Stunden kürzer sind und die Tage so grau, dass sie fast unmerklich in die Nacht übergehen. Wenn die Winternacht kommt und man keine Hand mehr vor Augen sieht, werden Riegel vor die Türen geschoben, werden Luken geschlossen und wird um eine sichere Nachtruhe gebetet. Auf dem Moerland kann man zwischen knorrigen Weiden Geister herumirren sehen, und jeder Bauer, der eine sichere Nachtruhe möchte, hängt Hundeschädel an die Luken. Nur in den Schlössern, wo man sich Kerzen leisten kann, lässt sich der Tag noch ausdehnen. Beim Licht einer Kerze suche ich meine Geschichten auf. In unserem Schloss, im zweiten Stock des neuen Turms, der nach Westen schaut, liegt die kleine Kammer der heiligen Anna. Sie war es, so lehrt uns die Bibel, die die Jungfrau Maria lesen lehrte. In der Kammer der heiligen Anna liegen siebzehn Bücher in einem Schrank, der immer abgeschlossen ist und von dem es nur drei Schlüssel gibt. Ich habe einen davon. Das Öffnen des Schranks ist ein fast feierlicher Moment. Jedes Buch ist mit roter Seide umwickelt, um es vor Unheil zu bewahren, und es ist zum Schutz vor fremden Augen mit einem Eisenschloss versehen. Die Bücher kosten ein kleines Vermögen. Es war meine Mutter, die mir vor Jahren die Schlüssel zu den siebzehn Büchern gab, und an den Wintertagen, beim Licht einer Kerze, setze ich mich in den Lesestuhl, mit einer Pferdedecke zugedeckt. Das Schloss des Buches knarrt, als ich es öffne, und das Pergament knistert. Die Blätter sind aus dem Leder von Lämmern gemacht. Die Tinte, die sich tief ins Pergament eingefressen hat, ist aus dem sauren Blut von Eichen hergestellt und mit dem Pulver aus zerstampften Insekten schwarz gefärbt. Ich zittere. Mehr vor Aufregung als vor Kälte. Ich labe mich an den zierlichen Tintenbuchstaben, den Miniaturen und den warmen

Farben. Ich liebe die Geschichten. Von dem weisen Wolf Isegrim, der ein verlassenes Menschenkind lehrt, wie man im wilden Wald überlebt. Von den Amazonen, die ihre linke Brust abschneiden, um besser mit Pfeil und Bogen umgehen zu können. Vom Ritter Eberhard mit seinem Mantel aus Salamanderhaaren, der ihn unsichtbar macht, wodurch er sich an dem Ritter rächen kann, der ihm die Frau geraubt hat. Oder von dem jungen Druidenknecht Finn MacCool, der für seinen Meister Fineglas den Lachs der Weisheit braten muss. Der junge Knecht will sichergehen, dass der Lachs gar ist, und stößt den Finger in das rosafarbene Fleisch. Er verbrennt sich den Finger und steckt ihn in den Mund, um den Schmerz zu besänftigen. So saugt er alle Weisheit der Welt in sich ein. Oder vom Seemann Hodde, der dem Gesang der Sirenen folgt, bis hinaus aufs offene Meer. Erst nach vierzig Tagen auf dem Nordmeer gelingt es ihm, die Meerjungfrauen einzuholen, und dann reißen sie ihre weibliche Fischhaut von sich und zeigen ihr wahres, unheimliches Gesicht. Sie zermalmen Hoddes Körper mit ihren marmornen Zähnen und ziehen ihn mit hinunter in die Tiefe. Bis heute kann man seine Todesschreie auf dem Nordmeer hören. Meine Lieblingsgeschichte ist aber die von der Zauberin Hellawijs, der schönsten aller Frauen. Kein Ritter kann ihr widerstehen. Aber Hellawijs zeigt kein Interesse an den vielen Edelleuten, die ihr den Hof machen. Schon seit sieben Jahren hegt die junge Frau eine schmachtende Liebe für Lancelot, den mutigsten aller Ritter. Sie hofft, dass Herr Lancelot sie einmal mit einem Besuch beehren wird, dann wird sie ihn mit ihren Zauberkünsten verführen. Sie bittet die Feen, ihn zu ihr zu locken.

Eines Tages führen Ritter Lancelot und König Meliot von der Bretagne einen schrecklichen Kampf mit dem Riesen Filborg, von dem man sagt, er sei unbesiegbar. Filborg ist über zwei Meter groß und hat noch nie einen Kampf verloren, denn sein Schwert Govannon ist von Eidechsenmenschen geschmiedet, mit dem giftigen Speichel der Götter. Er hat sich außerdem einen Harnisch aus den Schuppen eines Seeungeheuers machen lassen, und diesen Harnisch kann kein Schwert durchbohren. Und dort, an einem steinigen Strand, unter dem Gebrüll der Brandung und dem Gekreisch der Möwen, findet ein großartiger Kampf statt. Filborg ist stärker als Lancelot und Meliot. Stundenlang gelingt es ihnen, die kolossalen Schläge aufzufangen, mit denen Filborg sie zu töten versucht. Der Riese ist unermüdlich, und seine Schläge werden immer heftiger. Lancelot lockt Filborg zu einem Granitfelsen und wendet eine List an. Genau vor dem Felsen tut er, als glitte er im Seemoos aus, und lässt sich rückwärts gegen den Felsen fallen. In diesem Moment nimmt Filborg all seine Kraft für den letzten Schlag, doch als das Schwert fällt, rollt Lancelot zur Seite. Filborgs Schwert schlägt den Felsen in der Mitte durch, mit einer solchen Kraft, dass es im Stein stecken bleibt. Im nächsten Augenblick schlägt ihm Lancelot den Helm ab und spaltet seinen Schädel. Der Riese fällt ihm tot zu Füßen, und sein Blut färbt Lancelots Harnisch rot. Doch Meliot wurde bei dem Kampf verwundet. Ein Splitter von Filborgs giftigem Schwert steckt in Meliots Oberschenkel und saugt ihm langsam das Leben aus dem Körper. Meliot liegt im Sterben, und Lancelot weiß sich keinen Rat. Doch die Feen flüstern ihm ins Ohr, dass der König durch die wunderschöne Zauberin Hellawijs gerettet werden könne. Sie lebe tief im magischen Wald. Dort wohne sie in einem Turm auf einer kleinen Insel in einem See, den man »Feenspiegel« nennt. In einem Kästchen aus Elfenbein bewahre sie drei Drachenzähne, die, wenn sie zerstampft und in Wasser aufgelöst werden, einen sterbenden Krieger wieder zum Leben erwecken können. Es sind die Elfen, die Lancelot kichernd den Weg zum Turm zeigen, der für ewig in Nebel gehüllt ist. Ein Kobold fährt den Ritter in einem kleinen Boot hinüber. Der Kobold warnt Lancelot davor, dass ihn die schöne Zauberin verführen und seine Sinne verwirren werde, sodass er den Ort nie wieder verlassen wolle. Lancelot nimmt seinen Dolch und schneidet damit in seinen Handballen. Der anhaltende, stechende Schmerz soll ihn daran hindern, ihrem Zauber zu erliegen. Doch als er den Turm betritt, wird ihm schwindlig, denn er wird von einem Strudel aus Sandelholz und salziger See erfasst. Er hat Mühe, stehen zu bleiben. Die Böden sind mit aromatischen Blumen bedeckt, die ihn an reifende Kornfelder in der Sommersonne erinnern. An den Balken hängen getrocknete Kräuter, und der lange Tisch aus Eichenholz steht voller duftender Früchte, die ihn an die Apfelgärten seiner Kindheit denken lassen. Doch der Schmerz in seiner Hand brennt, und Lancelot hält stand. Dann heißt ihn Hellawijs willkommen. Die Zauberin hat sich in lange Gewänder aus Goldbrokat gehüllt, die ihre Schönheit aufblühen lassen wie einen Strauß wilder Blumen. Sie hat prachtvolle, lockige Haare, die so rot sind wie ein Sonnenuntergang. Ihre Augen haben die Farbe flüssigen Golds, sie hat volle Lippen und Brüste, die als Schatten unter ihrem Gewand verborgen liegen, einem Gewand, das auf der Innenseite kräftig rot ist und außen waldgrün. Um ihre Lenden hängt ein Leopardenfell. Sie ist die schönste Frau, die Lancelot je gesehen hat, aber er darf seine Pflicht nicht vernachlässigen. Hellawijs bereitet für Lancelot ein Festmahl aus Adlerfleisch mit Gewürzen, die kein Sterblicher je probiert hat. Sie lässt ihn warmen Liebeswein trinken, gewonnen aus den Trauben aus einem Tal, das kein

Mensch je betreten hat. Und Lancelot wird schwach. Sie küssen sich. Sie küssen sich so heftig, dass ihre Lippen bluten, ohne dass sie es spüren. Lancelot wähnt sich verschlungen von den grünen Wäldern der Bretagne, die im Frühjahrsregen tropfen. Doch plötzlich denkt Lancelot wieder an den Schmerz und an die Pflicht. Er fragt Hellawijs, ob es wirklich wahr ist, dass sie die heilkräftigen Drachenzähne besitzt, die einen Sterbenden zum Leben erwecken können. Sie nickt und bringt ihn ins Hinterzimmer, wo ein Lager mit Laken aus reiner Seide gerichtet ist und wo es nach Minze und Jasmin duftet. Sie öffnet für ihn das Kistchen mit den drei Drachenzähnen. Lancelot zögert. Er schaut in die goldenen Augen der Hellawijs, aber er sieht nur seinen sterbenden König. Die Zauberin gibt sich dem geliebten Ritter hin und schließt die Augen. Die Zeit bleibt stehen, die Nacht schweigt, und die Engel lachen. Als Hellawijs schläft, stiehlt Lancelot die Drachenzähne. Er schwimmt über den See, schleicht sich an dem schlafenden Kobold vorbei und reitet schnell auf seinem Schlachtross davon. Sein Kopf dreht sich noch von den Düften und den Geschmäckern, die seine Sinne umnebelt haben. Erschöpft kommt er am Steinstrand an, wo er die Drachenzähne mit dem Griff seines Schwerts zerstampft. Er löst das Pulver in Regenwasser auf und gibt dem sterbenden König der Bretagne den Trank. Während es Meliot von Stunde zu Stunde besser geht, redet sich Lancelot ein, die Zauberin Hellawijs sei nur eine Illusion gewesen. Eine Erscheinung, die es eigentlich nicht gab. Eine Luftspiegelung im magischen Wald. Eine falsche Liebe, die ihm von den Feen eingeflüstert wurde. Nur die Drachenzähne sind echt, wiederholt er sich immer wieder. Und so reitet er mit Meliot zurück zur Bretagne, vorbei an den Flüssen der Schatten, zu seinem Schloss, das die Wälder der Freude bewachen. Hellawijs erwacht in einem kalten Bett und begreift, dass ihre Liebe verraten wurde. Während das Bild der Zauberin in Lancelots Erinnerung verblasst, stirbt Hellawijs vor Kummer. Die Elfen sind so traurig, dass sie hundert Jahre um ihre geliebte Meisterin trauern.

Ich starre die prächtigen Miniaturen der Zauberin mit den goldenen Augen und den roten Locken an. Hellawijs mag zwar die schönste aller Frauen sein, doch auch ihr ist die wahre Liebe entglitten. Sie erinnert mich an meine eigene Mutter, die, im Stich gelassen von ihrem Herrn und ihrem Verstand, dort in ihrer Klosterzelle sitzt, in der kleinen Kammer mit dem Koffer voller Kleidung, mit dem Bett und der Wandmalerei, die die Jungfrau Maria zeigt. Männer sind Betrüger. Sie machen einer Frau den Hof und denken dabei schon an die nächste. Genau wie Lancelot. Genau wie mein Vater. Aber nicht Willem. Willem ist ehrlich.

Im Winter schleicht sich Willem durch das ganze Schloss, um mich in der Kammer der heiligen Anna zu küssen. Wenn meine Gouvernante Constance Bouvaert oder eine der Dienstmägde an die Tür der Kammer klopft, versteckt er sich in der alten, langen Bank, auf der die Katzen schlafen, die die Bücher vor Mäusen schützen sollen, weil diese nichts lieber tun, als Löcher in das alte Pergament zu nagen. Um sicher zu sein, dass Constance nicht in die Bank schaut, setze ich mich mit einem Gebetbuch auf dem Schoß darauf und leiere lateinische Gebete mit einer Leidenschaft herunter, die meine sechsundzwanzig Schutzengel bestimmt bezaubert. Und nach der Unterbrechung klappe ich die Bank auf und küsse Willem heraus. Ich frage mich, wer das Küssen erfunden hat. In der Bibel steht jedenfalls nichts davon.

Aber die Bibel, so hat Vater Zannekin mir erklärt, ist nicht vollständig. Einzelne Stücke sind verlorengegangen. Vielleicht haben Noah und seine Frau, die vorher nur die Nasen aneinanderrieben, entdeckt, dass die weiblichen und männlichen Affen einander auf die Lippen küssen. Und das hat sie auf die Idee gebracht. Vielleicht sind es Samson und Delilah gewesen, die in ihrer alles zerschmetternden Liebe den Kuss erfunden haben. Oder waren es Salomon und die Königin von Saba, die sich den ersten brennenden Kuss gaben? Oder König David, der mit Bathseba die Sünde des ersten Kusses beging? Wer kann das sagen? Tristan und Isolde, Abélard und Héloise, sie waren vielleicht die größten Kusskünstler ihrer Zeit, aber im Vergleich zu uns waren sie Anfänger. Denn in der Geschichte der Menschheit hat es keine größere Leidenschaft gegeben als unsere. Willem und ich werden Meister in der Kunst des Küssens. Wir schauen uns in die Augen und drücken unsere Lippen aufeinander. Und bei jedem Kuss strömen Wellen von Wärme durch mich.

»Willem«, flüstere ich ihm ins Ohr, »angenommen, dass du Ritter wirst …«

Er hört auf, meinen Hals zu küssen, und lehnt sich an die Wand. Sein Gesicht sieht bedrückt aus.

»Ich werde kein Ritter«, sagt er. »Die Ländereien, die mein Vater mir vererbt hat, bringen nicht genug Geld hervor. Als Ritter muss man Schildknappen unterhalten, einen Harnisch kaufen, Pferde besitzen. Ich werde immer ein Schildknappe bleiben.«

»Aber angenommen, du bist Schildknappe und ich muss irgendeinen Prinzen oder Herzog heiraten, wirst du dann mein Schildknappe bleiben? Wirst du dann große, tapfere Taten für mich vollbringen?«

Willem lächelt.

»Ich werde dein Schildknappe sein«, sagt er und küsst mich, »und dir Briefe schreiben über meine Abenteuer, meine weiten Reisen und meine größten Taten.« Dieser Satz wird immer wieder von Küssen unterbrochen.

»Und ich«, antworte ich, »ich nähe deine Briefe in das Futter meines schönsten Kleides, da, wo mein Herz ist.«

Willem schaut mich an.

»Liebst du mich denn so sehr?«, fragt er.

»Noch mehr«, antworte ich. Er lacht triumphierend. Ich muss Willem lieben. Wenn ich morgens aufwache, kann ich es kaum erwarten, ihn zu küssen. Ich überquere den Innenhof, laufe in die Kapelle oder hole etwas in der Küche, in der Hoffnung, einen Blick von ihm aufzufangen. Und wenn ich abends in die Kammer mit den Büchern schleiche, werfe ich mich auf ihn, drücke meine Lippen auf seine. Ich bin verrückt nach unseren Küssen. Sie dauern nie lang genug, und ich hoffe, dass die Abendglocken nie läuten werden. Denn dann werden die Feuer gelöscht und Willem schleicht hastig durch die dunklen Gänge zum Saal, in dem die Männer und die Junker gemeinsam auf breiten Bettbänken schlafen. Wenn er fort ist, schließe ich die Bücher ein. Mit einer Kerze in der Hand schwebe ich durch die Gänge. Wenn ich ins Frauengemach komme, schnarcht Constance bereits. Ich lasse mich neben sie ins Bett gleiten. Das Stroh ist alt, und die Laken fühlen sich klamm an, aber das ist mir egal. Ich umarme mich selbst, und ich küsse mein Kopfkissen, als wäre es sein Gesicht. Unsere Liebe, so träume ich, wird von Troubadouren besungen werden, in siebentausend Versen, sie wird in den Büchern der Chronisten beschrieben werden. Unsere Leidenschaft wird Teil der vaterländischen Geschichte sein.

Sie dauert genau achtundzwanzig Tage.

Als Willem am Abend des achtundzwanzigsten Tages die Kammer der heiligen Anna betritt, merke ich sofort, dass etwas nicht stimmt. Seine Augen sind leer. Seine Finger zittern. Aber ich glaube, dass ich es mir nur einbilde, und küsse ihn. Er presst die Lippen fest aufeinander. Ich schaue ihn an, meinen jungen Herrn van Sindewint, meinen Schildknappen und meinen Meister in der Kunst des Küssens.

»Marguerite«, sagt er mit einer kalten, hohlen Stimme.

»Willem«, murmele ich und fühle das Unheil wie eine kalte Schnecke über meinen Rücken kriechen.

»Es ist nicht so schlimm«, sagt er.

»Was meinst du?«, frage ich. Ich hole tief Luft, um das Meer von Angst in mir zu bezwingen. Warum bleibt er stehen? Warum nimmt er nicht meine Hand? Warum streichelt er mir nicht über die Haare? Warum kommen seine Lippen nicht näher?

»Es konnte nicht so weitergehen, das verstehst du doch«, keucht er und zeigt nun ein großes Interesse für das Stroh auf dem Boden, das er mit den Füßen hin und her schiebt, als wolle er wissen, welche Form die Steine darunter haben.

»Was muss ich verstehen, Willem?«, frage ich und fühle einen stechenden Schmerz in meinen Schläfen.

»Nun, dein Vater, er …«

»Was hat mein Vater zu dir gesagt?«

»Er sagt, dass er einen Ritter aus mir machen will. Er will mir einen Harnisch und ein Kriegspferd schenken. Er leiht mir ein Dutzend Handwerker, um den Stein meines Vaters in Ruddervoorde wiederherzustellen. Er will mich noch diese Woche zum Ritter schlagen.«

Ich starre ihn an.

»Du hast angenommen?«, frage ich mit überkippender Stimme.

»Du weißt doch, wie teuer es ist, Ritter zu werden. Ein Harnisch kostet bestimmt tausend Pfund, und ein Streithengst noch mehr. Mein Vater ist tot, und ich habe nichts. Nur einen Adelstitel.«

»Mein Vater muss unsere Verabredungen entdeckt haben. Er will dich bestechen. Er …«

»Marguerite«, unterbricht mich Willem, »das ist meine Chance, Ritter zu werden.«

Er muss sich diese Worte den ganzen Tag lang wiederholt haben. Sie kommen wie auswendig gelernt aus seinem Mund. Ich weiß nicht, wie fest ich mir auf die Lippe beißen muss, um die Tränen zurückzuhalten. Der junge Willem, mit dem ich in meiner Kindheit herumgezogen bin, mit dem ich mich stundenlang geküsst habe, den ich in der Katzenbank versteckt habe, in dessen samtenes Wams ich eine Locke von meinen Haaren genäht habe, in dessen Augen ich den Himmel und die Erde gesehen habe und dessen Finger meine so lange gestreichelt haben, bis kein Gefühl mehr in mir war, dieser Willem steht nun vor mir, starrt zu Boden und erzählt mir, dass er unsere Liebe zerbrechen will für einen Haufen Eisen und einen Kriegsgaul.

»Wann gehst du weg?«, frage ich, und in meiner Stimme liegt eine Bosheit, die sich nicht mehr unterdrücken lässt.

Willem erschrickt vor der Veränderung in meiner Stimme. »Wahrscheinlich nächste Woche, wenn das Wetter ein bisschen besser wird.«

»Dann geh«, sage ich und wende mich ab.

»Marguerite«, sagt Willem, »es geht nicht anders. Das weißt du doch. Dein Vater hätte nie zugestimmt, dass du und ich … du weißt schon.«

Natürlich weiß ich das. Ich werde den Mann heiraten, den mein Vater bestimmt. Doch wie jede Jungfrau will ich einen Ritter, der, aus Liebe zu mir, durch die Welt reist und große Taten vollbringt und mir mit einer Leidenschaft Briefe schreibt, die meine sechsundzwanzig Schutzengel zum Weinen bringen. So weiß ich, dass es, was auch kommen mag, einen Ritter gibt, der mich liebt. Ich schaue ihn an. Willem ist dieser Ritter. Er hat keine Wahl, hämmert es in meinem Kopf, er liebt mich, aber er hat keine Wahl. Jetzt muss ein Abschiedskuss kommen. Der Kuss, der alle früheren Küsse in den Schatten stellt. Ein Kuss für die Geschichte. Ich gehe auf ihn zu, nehme seine kalte Hand und schließe die Augen.

»Ich hatte eigentlich schon vorher aufhören wollen«, unterbricht Willem die Stille. »Es konnte doch so nicht weitergehen. Weißt du, meine Freunde machen Witze darüber. Du musst es so sehen, Marguerite, wir haben unseren Spaß gehabt, und jetzt ist es vorbei. Es ist Zeit aufzuhören. Ich habe mich nicht getraut, es dir zu sagen. Ich hatte Angst, dass ich dir das Herz breche.«

Ich starre die Wand an, sodass er meine Lippen nicht sieht, die ich mir zerbissen habe. Ich versuche zu atmen, meine Stimme in meine Gewalt zu bekommen.

»Es tut mir leid, wenn ich dich traurig mache«, sagt Willem leise, und ich habe meine Stimme wieder.

»Nun ja, so schlimm ist es nicht«, höre ich mich sagen, »ich habe auch schon damit aufhören wollen.«

»Wirklich?«, fragt Willem beunruhigt.

»Ja«, antworte ich und bin froh, dass ich die eisige Ruhe meiner Stimme wiederhabe. »Du küsst wie ein Anfänger, und du riechst nach saurer Milch. Ich mag saure Milch nicht.«

Willem schaut mich mit großen Augen an.

»Dann sollte ich jetzt lieber gehen«, stottert er.

»Geh schon. Ich werde dich nicht vermissen.«

Er keucht und dreht sich zur Tür.

»Aber, Marguerite …«

»Für dich Dame Marguerite«, krächze ich, während ich mich zu ihm umdrehe und er mein rotes, von Tränen überströmtes Gesicht sieht. Er starrt mich mit seinen prachtvollen grünen Augen an, und ich sehe sein schönes Jungengesicht, von dem ich jeden Quadratzentimeter geküsst habe.

Er verbeugt sich und nickt.

Und so verschwindet Willem, Ritter van Sindewint, aus meinem Leben.

9

Ich gehe nicht mehr in die Kammer der heiligen Anna. Ich vermeide die Küche, wo die Jungen immer lachen. Ich werfe mein Schwert aus Walfischknochen ins Herdfeuer. Ich vernachlässige sogar meinen Hengst Palframand, der die Bretterwand mit seinen Tritten zerbricht, weil er nicht geritten wird. Constance fragt, was los ist, und ich sage, sie solle mich in Ruhe lassen. Nur bei Jungfrau Alais kann ich mir das Herz erleichtern. Doch nicht ganz. Ich bin neidisch auf sie. Sie ist verlobt mit dem Ritter von Gavere, und sie ist so schön, dass jeder Mann auf dem Schloss ein bisschen zu lange ihr Gesicht anschaut, wenn sie vorbeigeht. Wenn ich sie sehe, muss ich immer an meine borstigen rotbraunen Haare denken, an meine viel zu große Nase, meine dünnen Lippen und meine Brüste, die nicht größer sind als zwei Erbsen auf einem Brett. Im November, wenn die kalten Westwinde die letzten Blätter von den Bäumen reißen, sitze ich zusammen mit den Hofdamen am Kaminfeuer. Wir sticken jede an einem Bild der Geschichte des trägen Ritters Parsifal. Ich jedenfalls nenne ihn »träge«. Die anderen Frauen nennen ihn den edlen Ritter Parsifal.

Ich höre die Geschichte in diesem Winter so oft, dass ich mich schon übergeben könnte, wenn der Name Parsifal fällt. Immer wieder muss ich mir anhören, wie der edle Parsifal auf der Suche nach dem Gralskönig durch die halbe Welt reitet. Als er das Schloss des Königs in den Wäldern der Bretagne entdeckt, stellt sich heraus, dass der brave Mann mit einer hartnäckigen Fiebererkrankung im Bett liegt. Schon seit Jahren liegt er so, man darf also gar nicht daran denken, wie es in der Kammer gestunken haben muss. Unser Parsifal ist ein gut erzogener Edelmann und sagt nichts über den Gestank. Er fragt auch nicht, was den König krank macht. Ein Ritter stellt keine überflüssigen Fragen. Kurzum, Parsifal steht einen Tag lang da neben dem röchelnden Häufchen König und schlägt Wurzeln, und weil er nichts sagt, wird er vom König weggeschickt. Dann irrt Parsifal noch einmal durch die halbe Welt und fragt sich, was er falsch gemacht hat. Er hat jedenfalls nichts Verkehrtes gesagt. Nach ungefähr fünf Jahren klingelt in Parsifals hohlem Kopf endlich ein Glöckchen. Er gibt seinem Gaul die Sporen und verliert noch weitere zwei Jahre auf dem Weg von Paris über den Kaukasus in die Bretagne und kommt, ziemlich abgerissen, am Schloss des Gralskönigs an. Der brave Mann ist noch immer todkrank. Parsifal eilt in sein Zimmer. Er hält sich die Nase zu gegen den inzwischen unerträglichen Gestank und fragt den König, was ihn krank macht. Der reisende Ritter hat die Worte kaum ausgesprochen, da, hurra, springt der König aus seinem Krankenbett. Er ist gesund. Das ist die Geschichte seiner durchlauchtigen Trägheit, des Ritters Parsifal. Wir sticken monatelang an seiner Geschichte, und ich fluche jedes Mal, wenn ich mir mit der Nadel in den Finger steche. An einem dunklen Dezembertag, als ich gerade das dumme Gesicht des edlen Parsifal sticke, wird an unsere Tür geklopft. Es ist der Schmied Ferre. Er ist noch immer ein Berg aus Fleisch und Muskeln, aber seine Schultern sind rund und eingesackt. Er ist alt geworden. Er nimmt seine Ledermütze ab und verbeugt sich vor den Damen. Wir nicken. Ein derartiger Besuch am frühen Abend ist ungewöhnlich.

»*Ma Dame* Marguerite«, beginnt er schüchtern und drückt nervös seine Mütze. Ich sehe die eiserne Nadel von Sint-Elooi, dem Schutzheiligen der Schmiede, in der Mütze stecken. Ich biete ihm einen Stuhl an. Er setzt sich auf den Stuhlrand und wirft den stickenden Hofdamen einen scheuen Blick zu. Er wringt seine Mütze, als wäre sie ein nasses Tuch.

»Wie Ihr vielleicht wisst, nimmt Euer Vater meine Dienste nicht mehr in Anspruch«, flüstert er. »Ich ziehe nach Brügge, um im Proveniershof zu wohnen. Ich bekomme eine Leibrente für meine erwiesenen Dienste.« Ich nicke. Der Proveniershof ist ein Gebäude für alte Leibeigene, die von ihrem Herrn eine jährliche Geldsumme bekommen als Dank für ihre lebenslangen treuen Dienste. Es gibt keinen Mann, der dies mehr verdient hätte als Ferre.

»Es tut mir weh, dich weggehen zu sehen, Ferre«, sage ich aufrichtig. »Niemand kann schöner fluchen als du.«

Er lächelt, und ich höre, wie Constance sich räuspert, weil ich etwas Unziemliches gesagt habe.

»Ihr seid früher bei mir gewesen, *ma Dame*, und ich habe versprochen, Euch ein Schwert zu machen. Ihr sagtet, Ihr würdet mich an mein Versprechen erinnern …«

»Aber das habe ich natürlich vergessen«, antworte ich, »und außerdem war es nur der Scherz eines kleinen Mädchens. Jetzt bin ich eine Frau.«

Er schaut mich an, als hätte ich ihn gekränkt.

»Oder doch beinahe«, füge ich kaum hörbar hinzu.

Ferre lächelt und kratzt seine kurzen weißen Haare. Dann löst er die Schnur seines Mantels, legt ihn auf den Stuhl und steht auf. Auf seinem Rücken trägt er ein Bündel. Er nimmt es ab, setzt sich wieder hin und legt das Bündel auf seine Knie. Dann knüpft er die drei Schnüre auf, die den Stoff zusammenhalten. Die Hofdamen fangen an zu flüstern. Sie sterben vor

Neugier. Sie müssen sich beherrschen, um nicht aufzustehen und mir über die Schulter zu schauen. Ich grinse. Nun schlägt Ferre den Stoff auseinander. Er macht das sehr feierlich, und langsam kommt das Schwert zum Vorschein, das er für mich gemacht hat. Es ist kein Ritterschwert. Es ist nicht schwer und groß und hart. Es ist ein schmales Schwert. Ein leichtes Schwert. Ein Schwert, das von einer Frauenhand geführt werden kann.

»Es ist ein Stoßschwert«, erklärt Ferre, »ich habe es nach einem italienischen Modell gemacht. Solche Schwerter sind in Venedig und Genua Mode. Die Italiener nennen dieses Schwert ein Rapier.«

Der Griff ist mit Lederstreifen umwickelt und der Knopf in der Form einer Margerite geschmiedet. Alle Hofdamen haben das Schwert gesehen. Sie sind aufgestanden, trauen sich aber nicht, näher zu kommen. Für einen Moment haben sie den Gralskönig und Parsifal vergessen.

»Du musst dem Schwert einen Namen geben«, flüstert Ferre.

»Ich werde es Ferre nennen.« Ich lächle ihn an, und er wird rot. »Aber hast du nicht damals zu mir gesagt, dass Frauen und Schwerter nicht zusammenpassen?«

»Das größte Verdienst eines Schwertes ist, wenn es ruhig in der Scheide steckt und nie benutzt wird«, sagt Ferre weise.

Ich lächle und nicke dankbar.

Einen Augenblick später setzt er seine Mütze wieder auf, grüßt mich zum letzten Mal und geht gebeugt aus der Tür.

Die Hofdamen kommen näher und betrachten das Schwert. Ich lasse die Hand über die Klinge gleiten. Das Schwert ist stark, aber verglichen mit einem Ritterschwert ist es zerbrechlich. Meine Finger schließen sich um den Griff. Es wiegt kaum mehr als ein

Pfund. Ich springe auf und hebe das Schwert über den Kopf. Die Hofdamen schrecken zurück. Eine von ihnen lässt ihre Stickarbeit fallen. Ich senke das Schwert langsam. Ich spüre den Druck auf meinen Arm, aber ich kann das Schwert ohne Zittern waagrecht in der Luft halten. Ich lächle zum ersten Mal, seit Willem weggegangen ist. Eines weiß ich genau. Dieses Schwert wird nicht in der Scheide ruhen.

Ich suche Waffenmeister van Vere auf. Er ist froh, mich wieder einmal zu sehen.

»Ich habe gehört, dass Ihr meinen Walfischknochen gegen etwas Härteres eingetauscht habt«, sagt er.

»Ich will, dass Ihr mich wieder unterrichtet«, verlange ich.

Jan van Vere seufzt.

»Es gibt jemanden, der Euch besser unterrichten kann als ich«, sagt er. »Es gibt eine neue Waffenschule in Brügge, und der Graf lässt die Junker dort zweimal in der Woche unterrichten.«

»Eine Waffenschule«, sage ich, und meine Ohren glühen. »Darf ich die Junker begleiten?«

»Nun, das hängt davon ab«, antwortet van Vere. »Sogar wenn der Fechtmeister es erlaubt, kann er Euch nicht mit den Junkern zusammen üben lassen. Die Kerle würden sich beim Grafen beschweren. Aber es kann nicht schaden, den Fechtmeister zu treffen. Wer weiß, was Ihr mit ihm abmachen könnt.«

Ich lächle.

»Aber«, warnt van Vere, »der Fechtmeister ist kein besonders fröhlicher Herr. Er wählt sehr genau, wen er als Schüler annimmt. Er hat sogar einige Junker zurückgeschickt. Ihr dürft Euch also nicht allzu viel erhoffen.«

»Ich verstehe«, sage ich, aber ich fühle den ledernen Griff schon in meiner Hand, ich sehe mein Schwert schon durch die Luft gleiten, und ich höre schon das Schlagen von Stahl auf Stahl.

Es ist der erste Montag nach Dreikönige, der Feiertag der Handwerker, als Jan van Vere mich zum Fechtmeister bringt. Es ist ein freier Tag für alle Stoffarbeiter, und die Straßen von Brügge sind ungewöhnlich leer um diese frühe Stunde. Es hat in der Nacht geschneit, und alles liegt weiß und sauber da. Aus den Schornsteinen kommen Rauchwolken, und von den Dachrinnen hängen lange Eiszapfen herunter. Die Winterluft kitzelt in meinen Lungen und macht mich ungeduldig. Die Sonne scheint an einem kalten blauen Himmel. Der Schnee knirscht unter unserer Kutsche. Die Waffenschule befindet sich hinter dem Börsenplatz von Brügge. Dort flankieren die italienischen Handelshäuser von Genua und Florenz das vornehme Haus der mächtigen Bankiersfamilie van der Beurze. Brügge wird von Italienern überschwemmt, die ihr Glück im Stoffhandel und im Bankwesen machen. Es sind bewaffnete italienische Soldaten, die die Schiffe gegen Räuber und Piraten beschützen. Einer der Soldaten, so erzählt mir Jan van Vere, während wir in der Kutsche sitzen, ist der Ritter Andrea Tagliaferro aus Genua. Er hat in Brügge eine Schule errichtet, in der er Ritter und Edelknappen im Schwertkampf unterrichtet. Godfried und Hendrik sitzen mit uns in der Kutsche. Hendrik ist gereizt wegen meiner Anwesenheit. Er sagt zu Jan van Vere, dass er nicht vorhabe, in der Waffenschule zu lernen, wenn ich dabeistehen und ihm auf die Finger schauen würde. Van Vere bittet ihn um ein bisschen Höflichkeit. Godfried, wie üblich, sagt nicht viel.

Die Kutsche bringt uns an überdachten Schiffshallen vorbei, wo es schrecklich stinkt. Der Schmutz der Stadt liegt in meterhohen Haufen am Kai und wird von den Mistschauflern mit Rechen und Spaten in Boote geschippt. Jan van Vere weist den Kutscher an, schnell weiterzufahren. Kurz darauf halten wir hinter der Börse, vor dem früheren Krankensaal der Schwarzen Schwestern. Vor dreizehn Jahren, im Jahr meiner Geburt, hat die Pestilenz die Schwarzen Schwestern, die die Pestkranken versorgten, bis auf die letzte Seele ausgelöscht. Die italienische Gemeinschaft hat dem verarmten Orden den Krankensaal abgekauft. Ein blutjunger Lakai führt uns in den ehemaligen Krankensaal. Die Italiener haben das Gebäude anfangs als Lager für Spezereien benutzt, und auf dem hölzernen, leicht abfallenden Boden des großen Saals sehe ich noch die Flecken, wo die Ölfässer gestanden haben. In dem leeren Saal hallt es wie in einer Kirche. Zwischen den vier gotischen Bogenfenstern hängen bunte Wandteppiche mit Jagdszenen. Die Teppiche sollen das Klirren der Waffen und das Gefluche beim Unterricht dämpfen. An der Westwand hängt ein Gestell mit einem wahren Eisenhandel, alles von den kleinsten Dolchen bis zu den größten Schwertern. Godfried und Hendrik schließen sich vier anderen jungen Schildknappen an. Ein alter Ritter, den ich sofort als Ritter Craenhals van Wijnendaele erkenne, läuft in die Mitte des Saals, an seiner Seite ein Mann, der kaum größer ist als ich. »Das ist der Fechtmeister Andrea Tagliaferro«, flüstert mir Jan van Vere überflüssigerweise zu. Die beiden Gegner haben dicke, wattierte Wämse aus Leder an, die sie gegen Schwertstöße schützen sollen. Ritter Craenhals trägt sein Schwert auf dem Rücken, in der Höhe seiner Nieren, so wie viele ältere Ritter. Er zieht es aus der Scheide und hält den Griff vor seine Nase. Der Fechtmeister, der die

Scheide an der Seite hängen hat, macht die gleiche Bewegung. Craenhals überragt seinen Gegner. Dann lassen beide ihre Schwerter zur Seite schwingen, um sie dann gegeneinander zu richten. Die beiden Spitzen schlagen gegeneinander. Der Kampf hat begonnen. Craenhals hat ein Anderthalbschwert und einen kleinen Schild. Der Fechtmeister ein Rapier und einen Dolch. Die Waffen sind nicht in Leder gehüllt.

Er sieht seltsam aus, dieser Kampf mit ungleichen blanken Waffen. Der Fechtstil des Italieners ist ungewohnt, vollkommen anders als das, was Jan van Vere seinen Schülern auf dem Schloss beibringt. Craenhals drängt seinen Gegner mit großen seitlichen Schlägen zurück. Der Fechtmeister tanzt um den Ritter herum. Nur ab und zu kreuzen sich die Waffen. Sie tasten einander ab. Der große Mann versucht, seine Kraft und seine Reichweite auszuspielen, aber sein kleiner Gegner ist zu schnell für ihn. Der Fechtmeister springt ständig zurück, um sich dann sogleich nach vorn zu werfen und sein Schwert vorzustrecken. Craenhals kann die Angriffe kaum abwehren. Ich bin erstaunt, denn ich weiß, dass Ritter Craenhals ein anerkannter Kriegsmann ist. Er kämpft mit schnellen, mächtigen Schlägen, aber er bringt seinen Gegner nie wirklich in Gefahr. Schließlich setzt Craenhals, schwitzend und verärgert, alles auf eine Karte. Er treibt den Fechtmeister mit kräftigen Schlägen in eine Ecke des Saals. Ein einziges Mal irrt er sich bei einem Schlag, und der Fechtmeister pariert gelassen das große Schwert und hält seinen Dolch in der Höhe von Craenhals' Bauch. Der kleinere Mann lacht in das rot angelaufene Gesicht seines geschlagenen Gegners und zischt: »Über diese Vertiefung im Bauch hat Eure Mutter Euch einmal am Leben erhalten, Ritter Craenhals. Ein Stich von mir, und es fließt wieder heraus.« Craenhals ist erst böse, doch dann versteht er, dass es nur eine Übung ist und dass ein Ritter dem Ehre erweisen muss, der ihm überlegen ist.

»Im Namen meiner Mutter ergebe ich mich gern«, sagt Craenhals. »Sie hieß Bathilde und würde Euch dankbar sein. Aber ich bin froh, dass wir Bundesgenossen sind und keine Feinde.«

Craenhals macht einen Schritt nach hinten und verbeugt sich vor dem Meister. Der Fechtmeister erwidert die Verbeugung.

»Unsere Art zu kämpfen ist vorbei«, sagt Craenhals seufzend und steckt sein Schwert weg. »Die Bogenschützen von England, die Kanonen aus Mechelen und der Kreuzbogen aus Eurer Stadt Genua verändern den Krieg. Ich weiß nicht, wie wir Ritter noch dazu passen.« Der Fechtmeister sagt nichts. Ritter Craenhals schlurft müde davon.

Die Junker kleiden sich still um. Sie tragen enge Hosen und drüber einen kurzen Leibrock. Sie ziehen schwere Panzerhemden an, die aus ineinandergeflochtenen Metallringen bestehen und knapp über ihre Knie reichen, zum Schutz gegen den blitzenden Stahl. Sie nehmen Anderthalbschwerter aus den Gestellen. Damit werden sie üben. Dann kommt der Fechtmeister zu Jan van Vere. Nun kann ich ihn genau sehen. Er ist ein kleiner, magerer Mann mit hellen Augen und einer Stirn voller Falten. Er hat einen langen, schwarzen Spitzbart. Und plötzlich erkenne ich ihn. Es ist der Genuese, der Godfried fast die Ohren abgeschnitten hätte. Er schaut mich mit einem verächtlichen Blick an, aber er erkennt mich nicht. Er richtet das Wort an van Vere.

»Was tut diese Göre hier in meinem Saal?«, schnauzt er mit einem starken italienischen Akzent.

Die Jungen lachen laut. Der Fechtmeister dreht sich zu ihnen, und sein Blick reicht, um sie sofort zum Schweigen zu bringen.

Ich sehe, wie Hendrik bei der Stimme des Fechtmeisters den Mund zuklappt. Und ich lächle. Jan van Vere richtet sich auf und will mich gerade vorstellen, aber ich gebe ihm keine Möglichkeit dazu.

»Diese Göre will sehen, ob Ihr ihre Junker ordentlich unterrichtet und ob das Geld Eures Herrn, meines Vaters, bei Euch gut angelegt ist.«

»Euer Vater?«, fragt er.

»Der Graf von Flandern.«

Der Fechtmeister schaut mich ruhig an. Falls er mich erkennt, lässt er es sich nicht anmerken. Mit sieben schnellen Schritten – seine Füße scheinen über den Boden zu schweben – steht er vor mir. Ich schaue in seine kalten Augen. Er nickt kurz. Er müsste sich verbeugen, aber er ist zu stolz, deshalb nickt er nur.

»*Contessina*«, sagt er wenig respektvoll. Es ist das erste Mal, dass mich jemand »junge Gräfin« nennt. Ich bin böse, aber das erschreckt ihn nicht.

»Für ein Ballspiel solltet Ihr zu meinem Bruder Raffaelo gehen, in der Schule der Minoriten«, fährt er fort. »Dort könnt Ihr üben, so viel Ihr wollt. Hier, in dieser Schule, ist Eure Anwesenheit nicht förderlich für die Aufmerksamkeit der jungen Herren. Mit einer Frau in der Nähe kann alles Mögliche falsch laufen.«

»Ihr habt Angst vor Frauen, Herr Tagliaferro?«, frage ich giftig.

Er knurrt vor unterdrückter Empörung.

»Ich habe vor niemandem Angst, *Contessina,* außer vor Gott dem Herrn«, sagt er ruhig und küsst das goldene Kreuz, das um seinen Hals hängt.

»Dann könnt Ihr mir Unterricht geben?«, flüstere ich, sodass nur er mich hören kann.

Alle Farbe verschwindet aus seinem Gesicht. Jan van Vere hüstelt. Die Jungen murren ungeduldig. Sie lassen ihre Schwerter gegeneinanderklirren. Das Geräusch irritiert den Fechtmeister. Er wirft Jan van Vere einen Blick zu.

»Sie hat bei mir eine gewisse Grundausbildung bekommen«, sagt van Vere.

»Was meint Ihr, *Signor* van Vere«, antwortet er, »Ihr habt ihr ein paar Wochen lang Stockfechten beigebracht.«

»Ein paar Jahre«, korrigiert van Vere.

Der Fechtmeister seufzt. Er schaut mir in die Augen. Er ist wirklich kaum größer als ich. Seine Stimme ist jetzt weicher.

»*Contessina,* ich soll aus diesen Rotznasen Ritter machen«, flüstert er. »Sie müssen stark und stolz werden. Und sie werden Schwerter tragen, die Ihr kaum heben könnt, deshalb seid Ihr in diesem Saal in Gefahr. Denn das Schlimmste, was einem Fechtschüler hier passieren kann, ist, mit jemandem üben zu müssen, der nicht gut beschlagen ist.«

»Ich bin gut beschlagen, ich kann es beweisen.«

»Sogar wenn ich Euch unterrichten würde, wird es Euch nichts bringen. Was hofft Ihr damit zu erreichen?«

»Ich werde Euch bezahlen, Meister Tagliaferro. Ihr bekommt von mir den dreifachen Betrag, den mein Vater Euch für die Jungen gibt.«

Er schaut mich an, und in seinen blauen Augen verbirgt sich Verachtung. Ich müsste den Blick senken, aber ich tue es nicht.

»Was glaubt ihr, *Contessina,* dass man mit Geld alles kaufen kann? Ich bin Andrea Tagliaferro, Ritter von Genua, Reiter der Perle von Liguria, und was Ihr braucht, ist eine Tracht Prügel von Eurem Vater.«

Ich gebe nicht auf. »Ich habe von meinem Schmied ein Rapier bekommen. Ihr würdet mir den neuen Stil beibringen können.«

»Ein Rapier? Benutzt es doch, um Eure Liebesbriefe zu öffnen.«

»Ich bekomme keine Liebesbriefe«, antworte ich hart, »dafür sorgt schon mein Vater. Ich darf nur beten, sticken, Latein lernen, die Sterne beobachten und die Gerichte meines Leibkochs auswählen. Ich sterbe vor Langeweile.«

Die Jungen kichern. Einer von ihnen lässt sein Schwert fallen. Es knallt auf den Boden. Meister Tagliaferro dreht sich um und will etwas zu den Jungen sagen, aber er beherrscht sich.

Er erhebt seine Stimme. »*Contessina,* Euer Problem müsst Ihr selbst lösen. Ich muss hier jeden Nachmittag diesen ungeduldigen Hähnchen beibringen, wie sie auf die wirkungsvollste Art ihren Gegner vom dem irdischen Leben erlösen, ohne sich dabei die eigenen Finger abzuschneiden. Die Anwesenheit einer Frau ist das Letzte, was ich brauche. Ich bitte Euch zu gehen.«

Ich höre, wie Hendrik lacht. Der Fechtmeister dreht sich um.

»Junker Hendrik«, ruft er, »du darfst damit anfangen, alle Anderthalbschwerter mit deinem eigenen Speichel zu putzen. Und du kannst froh sein, dass ich dich nicht mit einer Eisenweste von sechzig Pfund üben lasse.« Hendrik stöhnt. Ich höre das Geraschel seiner ledernen Schlappen. Der Fechtmeister begleitet mich zur Tür. Van Vere will mitgehen, aber ich bedeute ihm mit einer Handbewegung, dass er bleiben kann, wo er ist.

Andrea Tagliaferro und ich gehen durch den Gang zum Tor. Er schiebt den Riegel zur Seite.

»Ich grüße Euch nicht, Meister Tagliaferro«, sage ich, ohne ihn anzuschauen.

»Morgen früh«, antwortet er kühl, »bei Tagesanbruch. Ihr

bekommt eine einzige Unterrichtsstunde von mir. Ohne Zeugen. Nach dieser Stunde überlege ich mir, ob ich Euch eine zweite gebe. Und erst nach der zweiten beschließe ich, ob Euch auch eine dritte zusteht. Und so weiter. Wenn mir auch nur das Geringste missfällt, dann höre ich auf. Und Ihr bezahlt mich nach jeder Stunde. Fünfmal so viel, wie Ihr für die Jungen bezahlt.«

»Ich dachte, Ihr seid nicht käuflich.«

»Das bin ich auch nicht. Ihr habt Euch Eure erste Unterrichtsstunde verdient. Aber noch nicht die zweite. Ich grüße Euch nicht, *Contessina*.«

Die Tür fällt zu. Um mich herum wirbeln Schneeflocken. Ich höre, wie der Fechtmeister die Riegel wieder zuschiebt.

Ich lächle.

Denn ich werde fechten lernen.

10

Am nächsten Tag, dem Fest der heiligen Goedele, bringt mich Jan van Vere nach Brügge. Ich habe in der Nacht kaum geschlafen, so aufgeregt bin ich wegen meiner ersten Fechtstunde. Die Sonne hat sich hinter einem grauen Himmel versteckt. Unsere Kutsche ist die erste, die in die Stadt gelassen wird. Wir fahren zum Saal der Schwarzen Schwestern. Jan van Vere lässt mich aussteigen und fährt die Kutsche weg.

Ich stehe allein auf der verlassenen Straße vor dem Tor des Fechtsaals. Ich zittere vor Kälte und lasse den Eisenklopfer auf das Tor fallen. In dem Gebäude bleibt alles still. Fischhändler gehen an mir vorbei und werfen mir seltsame Blicke zu. Es ist nicht üblich, dass sich eine Dame von Stand in einem langen schwarzen Kapuzenmantel allein auf die Straße wagt. Einer von ihnen geht langsamer. Er schaut mich an. Offenbar fragt er sich, ob er mich belästigen soll oder nicht. Ich umklammere den Griff meines Schwerts, das ich unter dem Mantel verborgen habe. Dann höre ich Poltern im Gang. Ich schaue zur Seite. Der Fischhändler wendet sich ab und geht weiter.

Einen Augenblick später öffnet Meister Andrea Tagliaferro das Tor. Er grüßt mich mit einem kurzen Nicken. Ich gehe hastig hinein. Er trägt ein schwarzes Wams und geht mir voraus in den Fechtsaal. Ich hänge meinen Kapuzenmantel über einen Stuhl. Es ist beißend kalt im Saal.

»Ihr könnt Euch in der Nebenkammer umkleiden«, sagt er. Nebel kommt aus seinem Mund.

»Ich habe mich schon angekleidet«, antworte ich.

Er schaut mich an. Ich trage kein Korsett, sondern ein wattiertes Soldatenwams, das mir zu groß ist. Weil mir die Kleidung locker um den Körper hängt, kann ich mich gut darin bewegen. Ich löse die Schnüre von meinen Schuhen und ziehe zwei lederne Pantoffeln an. Das Leder knirscht auf dem Holzboden. Die Pantoffeln rutschen nicht. Der Fechtmeister gibt mir eine Dose mit Talkumpuder. Ich reibe meine Hände damit ein, damit sie vom Schweiß nicht rutschig werden. Ich nehme mein Rapier in die rechte Hand.

»*Contessina*«, fragt der Fechtmeister, »habt Ihr immer mit der rechten Hand geübt?«

»Natürlich«, antworte ich.

»Natürlich, *Maestro*«, verbessert er mich kühl.

»*Maestro*«, wiederhole ich nervös.

»Ihr wisst also genau, welches Euer Meisterauge ist?«, fragt er.

»Mein Meisterauge?«, frage ich erstaunt.

»Jeder hat ein Meisterauge, *Contessina*«, antwortet er. »Seht Ihr dort auf der Wand das große Schlagschwert hängen? Es war das Schwert meines Vaters, eines Söldnerkapitäns, der sich im Kampf gegen Venedig einen Namen gemacht hat. Er wurde auf See durch eine Kanone getötet, die von der verfluchten Lagune von Venedig abgefeuert wurde. Feige Venezianer. *Veneziani di merda!*«

Einen Moment sieht es aus, als wolle der *Maestro* auf den Boden spucken, aber er hält sich zurück.

»*Contessina,* zeigt mit einem Eurer Zeigefinger auf diese edle Waffe und schließt erst das eine Auge und dann das andere. Welches Auge bleibt auf das Schwert gerichtet? Und welches Auge zeigt eine seitliche Abweichung?«

Ich deute mit dem linken Zeigefinger auf das riesige Schwert und schließe erst das eine Auge, dann das andere. Mit meinem linken Auge bleibt mein Finger auf das Schwert gerichtet. Mit meinem rechten Auge springt mein Finger etwas nach links.

»Mein Finger springt zur Seite, wenn ich mein linkes Auge schließe.«

»Dann ist Euer linkes Auge Euer Meisterauge, *Contessina,* also seid Ihr linkshändig.«

»Ich bin rechtshändig«, protestiere ich.

»Noch eine Lüge, und Ihr könnt gehen, *Contessina*«, ruft er streng.

Ich schweige. Ich betrachte den abgetretenen Holzboden. Ich schäme mich wegen meiner Linkshändigkeit.

»Ich bin einmal linkshändig gewesen, *Maestro*«, gebe ich zu. »Aber mein Vater hat dafür gesorgt, dass ich diesen Fehler einsehe. Er hat mich gezwungen, rechtshändig zu werden. Deshalb bin ich jetzt rechtshändig.«

»Du bist, wie Gott dich gemacht hat, und das bedeutet linkshändig, *per la Madonna*«, flucht Tagliaferro, »und daran lässt sich nichts ändern.«

»Ihr weigert Euch also, mir Unterricht zu geben, weil ich linkshändig bin«, sage ich mit erhobenem Kopf. Wir schauen uns direkt in die Augen. Er streicht über seinen Bart.

»In der Fechtkunst ist Linkshändigkeit ein Vorteil«, sagt er.

»Ein Vorteil?«, frage ich erstaunt. »Jeder ist dagegen. Nach Ansicht der Kirche ist es sogar ein Zeichen des Teufels und …«

»Ja«, unterbricht er mich, »aber als linker Fechter setzt man einen rechtshändigen Gegner immer auf das falsche Bein. Ihr habt natürlich rechts fechten gelernt, und ich werde Euch auch weiter lehren, rechts zu fechten. Aber ich werde Euch, wenn Ihr die fünfzig Stunden schafft, lehren, beide Arme zu benutzen. Ihr müsst immer die entgegengesetzte Hand Eures Gegners benutzen, um Euren Feind zu schlagen.«

Er stellt sich mit seinem Rapier neben mich und bedeutet mir, seinen Bewegungen zu folgen. Er geht ins rechte Knie und lässt den ganzen Körper darauf ruhen. Das linke Bein streckt er gerade nach hinten. Ich folge seinen Bewegungen. Dann macht er das Gleiche mit seinem linken Knie. Ich versuche, es ihm so gut wie möglich nachzutun. Von der Bewegung wird es mir langsam warm.

»Soll ich Euch etwas erzählen?«, sagt Andrea Tagliaferro plötzlich. Er sieht jetzt überhaupt nicht mehr mürrisch aus.

»Mein Bruder Raffaelo hat, bevor er sich hier in Brügge den Minoriten angeschlossen hat, viele Reisen durch den Osten unternommen. Dort ist alles umgedreht. Der Drache gilt als gutartiges Tier, die Farbe der Trauer ist weiß, es wird von oben nach unten geschrieben und von rechts nach links. Links wird als die göttliche Seite des Menschen betrachtet. Für den Kaiser von Cathay, dem Land hinter der Großen Mauer der Mongolen, müssen die Hofdichter mit der linken Hand ihre Gedichte auf Reispapier pinseln.«

»Das ist wirklich sehr interessant, *Maestro*«, bemerke ich ungeduldig, »aber was nützt mir das in einem Kampf?«

Tagliaferro dreht sich unerwartet zu mir um, und seine Schwertspitze stößt in die Luft, einen Daumen breit über meiner Stirn. Ich lasse mein Schwert fallen. Es kracht auf den Holzboden.

Tagliaferro deutet mit der Spitze seines Schwerts auf meine Stirn. »Es ist hier, zwischen Euren Augen, wo Ihr am verwundbarsten seid. Ein halber Daumen Stahl an dieser Stelle, und Ihr werdet von allem erlöst, was irdisch ist. Aber hier ist auch der

Ort, wo der Kampf entschieden wird. Nicht die Kraft ist wichtig, es ist die Klugheit.«

Er zieht sein Schwert zurück. Ich bücke mich und hebe meines auf.

»Wenn Ihr noch einmal Euer Schwert fallen lasst, putzt Ihr alle Waffen. Ihr bekommt die gleichen Strafen wie die Hähnchen aus Eurem Schloss.«

Ich nicke.

»Ihr haltet Euer Schwert wie ein Hirte, der seine Schafe auf den Hintern schlägt«, fährt Tagliaferro fort. »Das ist nicht so schlimm, wenn man mit einem großen Ritterschwert kämpft. Denn das ist es, was die Ritter wollen, dass ich ihren Söhnen beibringe: schlagen, abwehren und hauen. Aber mit einem Rapier muss man anders kämpfen. Ihr müsst den Knauf auf Euer Handgelenk legen.«

Er stellt sich hinter mich und legt meine Finger einen nach dem anderen über den Griff. Der Knauf des Griffs liegt jetzt auf meinem Handgelenk. Das Schwert scheint mehr zu wiegen. Ich bekomme es schwerer ins Gleichgewicht. Ich fühle den Atem des Fechtmeisters an meinem Hals. Tagliaferro klebt förmlich an mir. Sein Arm liegt um meinen Bauch. Ich frage mich, ob es sich gehört, dass sich ein Mann so dicht an mich drückt.

»Das Rapier ist keine Waffe, um damit einen Harnisch zu zerbeulen«, sagt er in mein Ohr. »Ein Rapier ist zerbrechlich, es würde selbst brechen können.«

Ich nicke nervös. Ich fühle sein rechtes Knie in meine Kniekehle drücken und seine rechte Hand, die sich um meine Hand legt. Er zieht meinen Schwertarm vorsichtig nach hinten und schiebt ihn dann nach vorn, wobei er mit dem Knie gegen meines drückt, sodass wir nun beide auf dem rechten Bein federn. Die

Spitze bewegt sich von selbst durch die Luft. Ich falle fast vornüber, aber Tagliaferro hält mich mit seinem Arm um meinen Bauch fest. Er zieht mich wieder hoch und macht einen Schritt zur Seite.

»Das Rapier ist zum Stechen gemacht, nicht zum Hauen«, sagt er. »Du kannst dein Schwert jetzt einstecken.«

In der ersten Unterrichtsstunde darf ich mein Rapier nicht mehr verwenden. Ich muss seltsame Schritte machen, ich muss immer nur in die Knie gehen. Ich muss mich seitwärts auf einem weiß gekalkten Streifen bewegen. Es ist wirklich absurd. Ich bezahle widerwillig fünf Silberstücke. Ich fühle mich betrogen. Ich ziehe meinen Kapuzenmantel über. Am Tor schauen wir uns an.

»Was habt Ihr dazugelernt, *Contessina?*«, fragt er, und ich werde rot. Ich begreife, dass er mich auf die Probe stellt, aber aus irgendeinem Grund ist es mir egal. Ich weiß nicht, ob ich noch Lust auf einen derartigen Unterricht habe. Ich schaue ihn an und sehe nichts anderes als einen italienischen Zwerg mit einem Ziegenbart.

»Nun«, schnauzt der Ziegenbart, »Ihr seid doch sonst nicht auf den Mund gefallen.«

»Jahrelang hat der Herr van Vere mich mit einem Walfischknochen fechten lassen«, sage ich stolz. »Er hat immer gesagt, ich wäre gut. Wirklich gut. Fast so gut wie die Junker. Nun komme ich hierher, und Ihr lasst mich genau das Gegenteil von dem tun, was ich immer gelernt habe. Ich verstehe es nicht.«

Er schaut mich an und grinst.

»Ihr habt Euch die zweite Stunde verdient«, ist das Einzige, was er sagt, bevor er das Tor schließt.

Ich laufe durch das verschneite Brügge und fühle mich froh. Ich betrachte die Häuser, deren Luken gegen die Kälte geschlossen bleiben. Die vergoldeten Sonnenblumen auf den Giebeln lassen uns auf das Frühjahr hoffen. Ich betrachte die eingepackten Menschen mit ihren roten, tropfenden Nasen und die Kinder, die mit Schlitten durch die Straßen rennen. Ich betrachte die Fischer, die Löcher in das dicke Eis der Reie hacken, und einen Kutscher, der Decken über seine schwitzenden Pferde legt. Ich denke an meine Mutter und wie wir zusammen durch Brügge gelaufen sind. Mitten auf der Straße beuge ich das rechte Knie und mache auf einer eingebildeten gekalkten Linie ein paar schnelle Schritte nach links und nach rechts. Zwei Kinder schauen mich unter ihren dicken Wollmützen hervor erstaunt an. Ich lächle und muss mich zurückhalten, um nicht zu der Herberge zu rennen, wo Jan van Vere auf mich wartet.

»Was hast du heute dazugelernt?«, fragt er einen Augenblick später, während er im Rest seines Kräuterweins rührt.

»Dass man auch von oben nach unten und von rechts nach links schreiben kann.«

Auf seinem Gesicht voller seeländischer Sommersprossen erscheint ein verschwörerisches Lächeln.

Ich schwebe an diesem Tag. Es ist, als könnte ich es mit der ganzen Welt aufnehmen. Ich treibe mich vor dem Feuer in der Küche herum, wo Aelbrecht von meinem Vater den Auftrag bekommt, eine »Blamensier« fertig zu machen: gekochte Hühnerbrust mit einer Soße aus Mandelmilch und Reismehl, bestreut mit Zucker, Safran und, die Delikatesse unter den Delikatessen, zerstampften Veilchen. Es ist mein Lieblingsgericht, und ich frage mich, warum mein Vater es bestellt hat. Ich laufe zum Frauengemach, wo wir mit den letzten Stichen am Epos von Ritter Parsifal und dem Gralskönig beschäftigt sind. Ich habe mich gerade hingesetzt, da kommt Constance zu mir, im Arm ein langes Kleid, das sie mir elegant überreicht. Es ist ein Geschenk, ein Kleid aus blauer Seide, geschmückt mit tiefvioletten Saphiren aus dem Osten, die einen weißen Glanz ausstrahlen. Der Halsausschnitt und die Ärmel sind mit Fuchspelz besetzt. Das Kleid ist prachtvoll.

»Es ist der Wunsch Eures Vaters, dass Ihr dieses Kleid heute Abend tragt«, sagt Constance. Jungfrau Alais und die anderen Damen starren das Kleid mit großen Augen an. Sie sind neidisch. Ein einziges Mal, denke ich, werde ich bei Tisch schöner aussehen als Alais. Ich verstehe nicht, warum mir mein Vater dieses Kleid schenkt. Normalerweise bekomme ich zweimal im Jahr ein neues Kleid. Doch dieses hier ist etwas Besonderes. Ich ziehe mein Korsett an, darüber das Kleid. Constance schnürt es mir am Rücken fest. Das Kleid steht mir wirklich sehr gut. Ich hebe den Saum an und schreite durch den Raum. Der Rock raschelt herrlich. Dann läutet die Glocke zum Abendessen. An Constances Arm gehe ich die Treppe hinunter.

Als ich den großen Saal betrete, bleibe ich überrascht stehen. Es sind viele Gäste ins Schloss gekommen, Ritter, Edelleute und Gildemeister. Die Küchenjungen rennen nervös mit Kannen voller Wein hin und her. Es scheint, als seien alle Großen Flanderns heute Abend hier eingeladen, und ein unbehagliches Gefühl beschleicht mich. Zwei Küchenjungen schieben ein Tischchen auf Rädern vorbei, auf dem große silberne Schalen mit dampfender Blamensier stehen. Es ist Junker Godfried, der eine Schale vor mich auf den Tisch stellt, und ich sitze, wie jeden Abend, an der linken Seite meines Vaters.

Nun steht mein Vater auf und verkündet, seine Tochter sei jetzt im heiratsfähigen Alter. Die Ritter, die Damen und die Gäste schieben ihre Sitzbänke zurück, stehen auf und halten ihre Becher mit Wein hoch. Ich bleibe sitzen und spüre, wie das Leben aus meinem Körper fließt. Ich schaue meinen Vater an, voller Angst, was er jetzt sagen wird. Mein Vater schaut mich an und grinst.

Ich lasse meinen Blick zur Seite gleiten, zu den Gästen. Einer von ihnen, der Brügger Vorsteher Slicher van Rijpergherste, lächelt breit. Er ist der vornehmste Bürger von Brügge und betreibt auch ein Bordell am Minnewater, wo die Schiffe wenden. Mein Vater hat einen Haufen Schulden bei ihm, das weiß ich. Neben ihm sitzt der Genter Frans Ackerman, der die Stoffe in den größten Städten Flanderns verteilt. Normalerweise sind diese beiden Männer bis aufs Blut verfeindet. Ihre Städte rivalisieren miteinander. Doch heute Abend sitzen sie wie alte Freunde nebeneinander. Mein Vater mag zwar der Graf sein, doch sie sind die eigentlichen Herren von Flandern. Nur ihnen ist es zu verdanken, dass er die vielen Schulden bezahlen kann, die er bei den Banken für seinen verschwenderischen und trostlosen Lebensstil gemacht hat. Und durch ihre Anwesenheit weiß ich, was mein Vater über meine Zukunft beschlossen hat.

»Wir trinken auf die Schönheit Eurer Tochter, Herr Graf«, schmeichelt Slicher van Rijpergherste. »Die junge Gräfin Marguerite wird reif und schön wie ein Strauß Sommerblumen.«

Er lächelt. Ich nicke nur und lasse meinen hochmütigen Blick auf seinem Sohn Roderik ruhen, der neben ihm sitzt und dem ich einmal einen Zahn aus dem Kiefer geschlagen habe. Ich bin in der Tat reifer geworden. Der Kinderspeck ist in den vergangenen Monaten aus meinen Wangen verschwunden, und meine

Körperformen sind runder geworden. Ich bin allerdings lange nicht so schön wie meine Mutter. Ich habe noch immer große Füße, lange Finger, knochige Schultern, kleine Brüste und den Fuchskopf meines Vaters. Constance ist es in diesem Herbst herausgerutscht, dass ich immer mehr meinem Vater gleiche. Ich habe sie daraufhin als provenzalische Bergziege beschimpft. Es hat Wochen gedauert, bis wir wieder miteinander sprachen.

»Die Hand Eurer Tochter ist zweifellos begehrt bei den Großen der Erde«, sagt Frans Ackerman und schenkt sich einen zweiten Becher Wein ein.

Mein Vater nickt. »Die Prinzen von England und Frankreich wollen sie heiraten, um meinen Titel zu bekommen und um nach meinem Tod über Flandern zu herrschen.«

»Ihr zweifelt doch nicht mehr zwischen Eurer Treue für Frankreich und Eurer Pflicht gegenüber England?«, sagt Frans Ackerman mit einem Kopfnicken. In seiner Stimme zittert Spott.

Einen Moment wird es still im Saal. Ritter Craenhals steht auf und schaut den Genter hohen Herrn empört an. Mit einer Handbewegung gibt mein Vater Craenhals ein Zeichen, die Provokation nicht zu beachten. Ackerman zeigt jedenfalls Mut, solche Worte in einem Saal voller Männer auszusprechen, die im Krieg gegen England gekämpft haben.

Ich habe gehört, dass der König von Frankreich aus seinem Gefängnis in London meinen Vater in einem Brief angefleht hat, mich mit seinem Neffen Filips von Rouvres zu verheiraten. Der König von England hat seinen Sohn Edmund von Langley vorgeschoben. Sowohl Filips als auch Edmund sind entfernte Cousins von mir, vierten oder fünften Grades, etwas, was vom Papst wohl kaum zugelassen wird. Wenn ich einen englischen

Prinzen heirate, wird Flandern nach dem Tod meines Vaters englisch werden. Heirate ich einen französischen Herzog, dann wird alles bleiben, wie es ist, und das ist nicht im Sinne von Slicher van Rijpergherste und Frans Ackerman. Sie sind bestimmt zu allem bereit, um das zu verhindern.

»Ich habe über die Eheschließung meiner Tochter nachgedacht«, sagt der Graf und zieht an seinem dreieckigen Bart. »Mehr noch, ich habe einen Entschluss gefasst.«

Aller Blicke ruhen auf meinem Vater. Alle halten die Luft an. Aber ich weiß, was er sagen wird.

»Sie wird Edmund von Langley heiraten, Herzog von Cambridge, Prinz von England und jüngster Sohn von König Edward III. Die Ehe wird noch in diesem Sommer geschlossen werden.«

Im Saal ist es plötzlich so still wie in einem Grab. Nur die Fackeln zischen.

11

Der Krieg war für Frankreich katastrophal gewesen. Die Engländer hatten eine Schlacht nach der anderen gewonnen. Erst in Sluis und dann in Crécy, wo mein Großvater gefallen war, und anschließend in Poitiers, von wo mein Vater als gebrochener Mann zurückkehrte. Der englische König ist mit Gent und Brügge verbündet, denn die Wolle, die auf den flämischen Spinnrädern gesponnen wird, stammt von den hunderttausenden von englischen Schafen. Sie grasen dort auf den ausgedehnten Weiden der Benediktinerklöster. Die flämischen Gildemeister von Brügge und Gent würden ihre Seele für einen Bund mit England verkaufen. Beim Tod meines Großvaters, vor fünfzehn Jahren, lag ein solcher Bund in Reichweite. Das war nämlich so: Mein Vater war gerade siebzehn, als sein eigener Vater durch englische Pfeile fiel. Mein Vater wurde sofort der neue Graf von Flandern. Damals kamen Slicher van Rijpergherste und Frans Ackerman nach Male und sagten zu meinem Vater, die Gilden von Brügge und Gent hätten beschlossen, er müsse Isabella heiraten, die Tochter des Königs von England. Doch mein Vater weigerte sich. Er sagte, er sei zwischen den Edlen von Frankreich aufgewachsen. Und er würde nie eine Frau heiraten, deren Vater verantwortlich sei für den Tod seines eigenen Vaters. Auch nicht, wenn er dafür die Hälfte von England bekommen würde. Die Flamen hielten meinen Vater in seinem eigenen Schloss gefangen. Er sollte erst wieder freikommen, wenn er dem Wunsch der Gildemeister zustimmte und bereit war, die Tochter des englischen Königs zu heiraten. Er durfte hingehen, wohin er wollte, aber immer waren fünf Waffenknechte in weißen Kapuzenmänteln in seiner Nähe. Diese sogenannten »weißen Kapuzen« verloren ihn keine Sekunde aus den Augen. Sogar wenn er sein Bedürfnis verrichtete, blieben sie vor dem Scheißhaus stehen. Das machte meinen Vater ganz nervös, und nach einer Gefangenschaft von fünf Monaten versprach er endlich, zu tun, was sie von ihm verlangten.

Die Gildemeister waren äußerst zufrieden und schickten einen Kurier nach England mit Ehebriefen voller Wachsstempel, vielfarbigen Schleifen und Bleisiegeln. Isabella bereitete sich auf die Hochzeit vor. Ein Schiff wurde für die Triumphfahrt ausgerüstet, und die frohe Nachricht ging durch Europa. Die Aufmerksamkeit der Gildemeister ließ nach. Bei einer Falkenjagd in den Wäldern von Ichtegem gab mein Vater seinem Pferd die Sporen und ritt durch bis nach Paris. Der französische König war entzückt und arrangierte sofort eine Ehe mit der Tochter des Herzogs von Brabant. Mein Vater traf meine Mutter zum ersten Mal am Tag der Hochzeit in Paris. Sie war eine wirkliche Schönheit. Er dachte, Gott habe ihn für seinen Mut ausgezeichnet. Er dachte, er würde seine Frau lieben. Er dachte, dass sie ihm stolze Söhne schenken würde. Er hatte verkehrt gedacht. Nach einem Jahr kam ich zur Welt.

Die Gildemeister haben nicht vor, sich ein zweites Mal vom Grafen reinlegen zu lassen. Vor allem Frans Ackerman nicht, der mit einem Dutzend Leibwächter in weißen Kapuzenmänteln nach Male gekommen ist. Ackerman ist ein gut aussehender Mann mit einem hohen roten Hut, einem blauen, goldbestickten Gewand und vorn gebogenen spitzen Schuhen. Slicher van Rijperghérste hat wie sein Sohn Roderik eine kleine Nase und dicke rote Backen. Er tut, als sei er der ehrlichste und bedauernswerteste Mensch der Welt, aber in Wirklichkeit würde er seine eigene Mutter mit dem Teufel verheiraten, wenn ihm das einen Gewinn an Geld bringen würde. Frans Ackerman und Slicher van Rijpergherste strahlen vor Freude, als sie meinen Vater Edmunds Namen aussprechen hören. Sie heben ihre Becher in seine Richtung und jubeln. Sie trinken auf meine Gesundheit und die meines Vaters. Doch nur ein paar Edelleute heben ihre Becher. Andere sind wie durch die Hand Gottes geschlagen. Ich sehe, wie Ritter Craenhals den Grafen anstarrt. Auch Jan van Vere bleibt verblüfft sitzen. Ich sehe ihn vor mir, wie er an jenem Abend aussah, als er allen Schlossbewohnern mitteilte, was in Poitiers geschehen war ... Wie die englischen Pfeile den Himmel verdüstert hatten und wie die fünfhundert Ritter, einer nach dem anderen, zusammensackten ... Wie er meinen Vater vor dem Tod rettete ... Wie mein Vater sterbend vor Scham nach Flandern zurückkehrte ... Wie er nie wieder der Mann wurde, der er gewesen war ... Und nun sollte ich England heiraten ...

»Tochter, ich bin mehr als stolz über die bevorstehende Ehe«, sagt er und lacht mir zu. »Du hast meine Zustimmung, deine Freude zu zeigen.« Ich starre vor mich hin, auf das weiße Fleisch des gekochten Huhns auf meinem Teller. Ich schnappe nach Luft, um mich nicht zu übergeben.

Mein Vater stößt mich an. »Nun!«

Ich hebe die Augen und sehe, wie mich alle anschauen. Ich sehe Slicher van Rijpergherste mit einem so breiten Grinsen auf seinem runden Gesicht, dass seine Wangen zu platzen scheinen. Ich sehe Roderik, der mich mit einem triumphierenden Blick mustert. Ich lese auf seinem Gesicht, dass er seit fünf Jahren auf diesen Moment der Rache gewartet hat. Ich sehe Frans Ackerman voller Selbstvertrauen an seinem Wein nippen. Ich sehe die Ritter zweifeln, die Hofdamen strahlen und die Gildebrüder lachen. Und ich schaue wieder meinen Vater an, mit seinem Fuchskopf, seinem ergrauenden Bart, seiner Hakennase und seinem kleinen Mund, in dem zu viele Zähne stehen, die miteinander um ein bisschen Platz zu kämpfen scheinen. Der Becher Wein zittert in meiner Hand, als ich aufstehe. Ich umklammere ihn so fest, wie ich damals Jan van Feres Schwert aus Walfischknochen umklammert habe. Und ich denke an meine Mutter, die von meinem Vater so hartherzig verstoßen wurde. Ich darf sie nur an Weihnachten sehen, den Rest des Jahres sitzt sie in einer einsamen Klosterzelle und redet mit sich selbst. Da wiederholt sie noch immer vor Maria und den Engeln an den Wänden, dass sie schnell wieder schwanger sein und meinem Vater einen Sohn schenken würde. Dann spreche ich es aus.

»Ich denke nicht daran.«

Mein Vater verschluckt sich an seinem Wein und ringt nach Luft. Einen Moment sieht es aus, als würde er am Wein ersticken. Erst als Junker Godfried ihm fünf vorsichtige Schläge auf den Rücken gegeben und er kräftig auf den Boden gespuckt und dabei die offenen Sandalen von Kaplan van Izeghem beschmutzt hat, findet er genügend Luft, um mir eine eindeutige Frage zu stellen.

»Was hast du gesagt?«

Die Augen aller Anwesenden brennen auf meiner Haut, und ich umklammere meinen Becher so fest, dass meine Finger weiß werden.

»Vater, ich denke nicht, dass Edmund von Langley ein geeigneter Ehemann für mich ist, er …«

»Du hast nichts zu denken, Tochter. Das erledige ich schon für dich.«

Im Saal wird gelacht, aber mein Vater sieht nicht amüsiert aus.

»Sie hat recht«, ruft Waffenmeister van Vere.

»Die junge Gräfin kennt jedenfalls Treue«, schreit Ritter Craenhals.

»Ihr redet dummes Zeug, Ritter«, ruft Frans Ackerman. »Der Graf hat klug gesprochen.«

»Komm du bloß her, Weberchen«, erwidert Craenhals giftig. »Ich will mein Schwert mit Genter Gildeblut schmieren.«

Ich fühle den Luftzug, als mein Vater sein Schwert neben mir auf den Tisch schlägt, und weiche erschrocken zurück. Das Schwert bleibt schräg im Eichenholz stecken. Er muss es mit enormer Kraft geschwungen haben. Die Augen meines Vaters sprühen Feuer. Plötzlich hören alle auf zu sprechen. Im Rittersaal wird es still. Die Junker, die Essen servieren, machen, dass sie wegkommen.

»Deine Verlobung, Tochter«, sagt mein Vater langsam, »ist hiermit offiziell. Ich habe mit dem englischen König in Kales gesprochen, und wir haben uns geeinigt. Edmund kommt in diesem Sommer nach Flandern, und du wirst dich am Mittsommertag mit ihm verloben. Ich werde ein Turnier zu Ehren eurer Verlobung organisieren. Es sind übrigens die Genter Gilden, die das Turnier bezahlen werden. Es ist alles abgemacht.

Ich sehe, wie Craenhals und van Vere sich wieder hinsetzen. Mein Vater spricht mit großer Autorität. Ich kann nicht klar denken. Meine Gedanken stolpern durcheinander. Bis ich die Antwort finde.

»Und meine Großmutter, Eure Mutter, Schwester des französischen Königs … hat man ihr Bescheid gesagt?«

Mein Vater wird blass. Natürlich hat er am französischen Hof nichts von seinem Entschluss verlauten lassen. Er beantwortet die Briefe des französischen Königs nicht, weigert sich, seine

Mutter zu sehen, und hält sich möglichst allem fern, was Frankreich betrifft.

»Habt Ihr vergessen, dass Ihr seinerzeit vor Eurer eigenen Verheiratung mit einer englischen Prinzessin geflohen seid?«, sage ich und zittere am ganzen Körper. »Seid Ihr heute zur Fußmatte der Gildemeister geworden? Ist der Löwe von Flandern das Lamm von Brügge geworden?«

Die Hand meines Vaters kommt aus dem Nichts. Seine Finger schließen sich um meinen Hals. Er hebt mich mit einer Hand hoch. Meine Füße berühren den Boden nicht mehr. Ich bekomme keine Luft. Die Leute im Saal höre ich nicht mehr. Gurgelnde Geräusche kommen aus meiner Kehle.

»Tochter«, sagt mein Vater mit eisiger Ruhe, »es geziemt sich nicht, dass eine Tochter ihrem Vater widerspricht. Du wirst den Edelmann heiraten, den ich für dich bestimmt habe.«

Er stellt mich auf den Boden zurück und lässt mich los. Ich schnappe nach Luft. Das Herz hämmert in meinem Leib.

»Geh in dein Zimmer«, ruft mein Vater, »und lerne das Wort ›lieben‹ konjugieren, aber auf Englisch.«

Ich verlasse den großen Saal am Arm von Constance Bouvaert. Sie stützt mich.

»Frau«, ruft sie, »Euer Verhalten ist unzulässig, Ihr habt Euren Vater beleidigt und …«

Ich reiße mich von ihrem Arm los und stoße sie von mir. Ich schwanke.

»Sagt meinem Vater, dass ich in meinem Zimmer bleibe und nichts essen werde, bis er seine Meinung ändert«, schreie ich mit Tränen in den Augen.

Stunden sind vergangen. Ich habe mich im Zimmer der heiligen Anna eingeschlossen. Godfried klopft an die Tür, und ich lasse ihn herein. Er bringt mir eine Schüssel voll aufgewärmter Hühnerbrust mit gestampften Veilchen, die Blamensier, die ich nicht angerührt habe. Ich betrachte erst das Gericht, dann schaue ich ihn an.

»Wie kann ich Euch zu Diensten sein?«, fragt er.

»Indem Ihr meinem Vater eine Nachricht bringt«, antworte ich.

Danach öffne ich die Luke meines Fensters und werfe die dampfende Hühnerbrust hinaus. Vom Innenhof ist sofort das Grunzen und Schmatzen aufgeregter Schweine zu hören. Godfried versteht es nicht.

»Welche Nachricht?«, stottert er.

»Sagt ihm, dass der Schweinekot morgen nach Veilchen riechen wird.«

Er lächelt, dann dreht er sich um und zieht die Tür hinter sich zu.

Am nächsten Tag bekomme ich Wildgans, in Wein gedünstet, und Eier und Knoblauch. Am dritten Tag Pastete in Form eines Vogelkäfigs, darin Amseln, mit Ingwer gefüllt und mit Zitronensaft übergossen. Am vierten Tag geht der Küchenangriff weiter, mit gebackenen Birnen, vermischt mit Brotkrümeln, Anis, Eiern und Pfeffer. Am fünften Tag steht ein Biber auf der Speisekarte, gekocht in Erbsenbouillon mit Zitronenschale und Essig und garniert mit gerösteten Mandelsplittern. Am sechsten Tag ist es eine Schüssel mit gebratenem Reh, mariniert in Honig, Zimtstangen, fein geriebenem Roggenbrot, Speckwürfeln, Majoran und einem Schuss Weißwein. Am sechsten Tag bekomme ich die

Brust eines Wildschweins, garniert mit gebackenen Trauben, in Teig gerollt und auf Stöckchen gespießt, und als Nachtisch eine Pastete aus Marzipan und eingelegter Zitronenschale. Und während der ganzen Woche ist das Schlabbern und Grunzen auf dem Innenhof zu hören. Die Schweine sind nicht von dem Platz unter meinem Fenster zu vertreiben. Wenn Schweine reden könnten, würde diese Geschichte von Generation zu Generation weitergegeben werden, von Sau zu Ferkel, bis ans Ende aller Zeiten, als die Legende der sieben fetten Tage.

Es ist am Abend des siebten Tages, die Abendglocke hat geläutet, und das Feuer ist ausgemacht, da kommt mein Vater in mein Zimmer. Er ist ganz ruhig. Ich fühle mich krank und fiebrig. Auf meinem Schoß liegt das Buch, in dem die Geschichte der unglücklichen Hellawijs steht.

»Tochter«, sagt er, »du hast gekämpft, aber es ist ein ungleicher Kampf.«

»Ich dachte, ein flämischer Ritter bleibt immer standhaft«, antworte ich.

Mein Vater seufzt.

»Du bist doch für irgendetwas Graf! Du kannst doch ein paar dummen Kleidermachern zeigen, wer der Herr ist.«

Mein Vater nimmt mir das Buch von Hellawijs aus der Hand. Es ist vergoldet, in Leder gebunden und rot gefärbt. Er blättert im Buch und betrachtet die Miniatur der schönsten Frau, die an Liebeskummer starb.

»Du bist wie deine Mutter«, sagt er. »Sie hat auch nie verstanden, wie die Wirklichkeit ist. Sie lebt in einem Traum.«

Er deutet auf das Fenster.

»Meinst du, die Schweine können lesen?«

»Vater, dieses Buch ist tausend flämische Pfund wert. Gib es zurück!«

»Edmund von Langley will dich heiraten. Er freut sich darauf, nach Flandern zu kommen und der Welt eure Verlobung zu verkünden.«

»Vater, ich will aber nur eine Verbindung aus Liebe.«

»Ach, Tochter …«

»Am Tag, an dem ich sterbe, an dem ich meine Seele Gott übergebe und mein Leichnam in der kalten Gruft meiner Vorfahren beigesetzt wird, an diesem Tag will ich sagen können: Ich habe geliebt. Auch wenn es nur für eine Nacht war. So wie Hellawijs.«

»Die Bücher deiner Mutter«, seufzt mein Vater. »Du kennst Edmund nicht einmal. Ihr werdet sehr gut miteinander auskommen.«

»So wie meine Mutter und du?«

Mein Vater stöhnt.

»Ich will ihn nicht.«

Mir wird schwindlig, alles verschwimmt vor meinen Augen. Ich fühle die starken Arme meines Vaters unter meinem Rücken. Ich hebe den Blick und sehe sein Gesicht, das sich über mich beugt. Einen Moment lang sieht er sehr beunruhigt aus.

»Du musst Suppe essen, Tochter.«

Ich habe keine Worte mehr übrig. Ich werde Edmund ärgern. So lange, bis er aus Flandern flieht. Ich werde dafür sorgen, dass er Angst bekommt, mit mir in das Boot der Ehe zu steigen, sodass er mich anflehen wird, nicht mit mir vor den Altar treten zu müssen. Ich werde ihn zu den Ställen kriechen lassen, um mit dem schnellsten Pferd Flanderns zu fliehen, zurück zu seinem Landgut in England. Dort wird er anfangen zu zittern, wenn er nur meinen Namen hört. Er wird mich nicht kleinkriegen.

Mein Vater hält mir einen Becher dampfender Gerstensuppe hin, in der Fleischstücke schwimmen. Ich lege meine kalten Hände um den warmen Becher. Der Geruch der Suppe lässt mir das Wasser im Mund zusammenlaufen. Ich will davon trinken, aber mein Vater hält den Becher fest.

»Schwöre es!«

Ich schaue in seine harten blauen Augen. Mein Körper giert nach der Suppe. Er holt einen Anhänger aus seinem Wams. Auf dem Anhänger ist das Bild des leidenden Christus am Kreuz.

Er drückt mir den Anhänger an die Lippen.

»Schwöre, dass du ihn heiraten wirst.«

Ich werde standhalten. Er wird mich nicht brechen. Alles wird schwarz vor meinen Augen. Ich falle ohnmächtig gegen die Brust meines Vaters. Er stellt den Becher auf die Seite und schüttelt mich an den Schultern. Ich öffne die Augen.

»Schwöre es«, ruft er, »vor Gott, dem Sohn und dem Heiligen Geist.«

Ich zerbreche. Ich nicke.

»Sag es«, zischt er.

Ich sage es.

Ich küsse das Kreuz.

Ich bin geschlagen.

12

»Unsere Verlobung, liebe Freundin«, lese ich in Edmunds erstem Brief, »wird in sechsundzwanzig Wochen stattfinden. Mein Entzücken darüber ist kaum in Worte zu fassen. Französisch und Latein sind unzureichend, um auszudrücken, wie sehr mein männliches Herz nach Eurer Weiblichkeit verlangt. Ich schenke Euch hiermit eine Perle. Die Perle, das seid Ihr.« An dieser Stelle hört der Brief auf. Ich falte das Seidentuch auf, eine weiße Perle liegt darin. Sie ist fast durchsichtig. Es ist die schönste Perle, die ich je gesehen habe. Wieder lese ich den Brief. Einmal. Dreimal. Fünfmal. Auf das Tuch ist ein Wildschweinkopf gestickt. Ich lasse das Tuch durch meine Finger gleiten. Dann rieche ich daran. Das Tuch ist mit Krokusblumen parfümiert. Das ist die kostbarste Blume der Welt, weil Safran daraus gewonnen wird. Von der Krokusblume wird das teuerste Parfüm gemacht, das es gibt. Ich zögere. Ist das Edmund? Kommt dieser romantische Brief wirklich vom jungen Prinzen von England?

Ich verlasse die Kammer und betrachte den mit Staub bedeckten englischen Kurier, der von Kales hierher geritten ist. Ich schneide eine Locke von meinen rotbraunen Haaren, wickle sie in ein Tuch aus Brügger Spitze, in die ein Blumenmuster geklöppelt ist. Ich schreibe Edmund einen kurzen Brief zurück, in dem ich mich für seine ritterliche Aufmerksamkeit bedanke. Meine Worte sind kühl, aber freundlich. Die Perle ist kein schlechter Anfang. Neunundzwanzig Tage später kommt der Kurier zurück, noch staubiger als beim letzten Mal. Ich muss mich beherrschen, um ihm den Brief nicht aus der Hand zu reißen. »Eure

Worte haben mich getroffen«, schreibt Edmund. »Stundenlang habe ich Eure Haarlocke angestarrt, bevor ich sie in mein Wams nähen ließ. Das Spitzentuch habe ich um den Griff meines Schwertes geknotet. Den Edlen Londons ist Euer Tuch aufgefallen, sie winken mir Glück zu. Ich bin stolz auf Eure Geschenke.«

Ich öffne das mit Krokusparfüm getränkte Seidentuch. Diesmal liegen zwei glänzende schwarze Perlen darin, noch kostbarer als die vorherige. Sie müssen genau wie die andere Perle aus Zebergit stammen, der Insel im Roten Meer. »Ich lasse einen Hut machen, freundlicher und edler Herr«, schreibe ich Edmund zurück, »in den ich Eure Perlen nähen lasse. Das wird ein schöner Hut, den ich mit Stolz an dem Tag tragen werde, an dem Ihr vor mir steht.«

Der Winter schmilzt langsam weg. Jeder Tag, der vergeht, bringt mich näher zu Edmund. Es sind langweilige Tage, an denen Hagel, Wind und Kälte das Schloss geißeln. Meine Kleider und mein Bettzeug fühlen sich klamm an. Es scheint, als würde die Welt nie mehr trocknen. Ich werde immer ungeduldiger. Ich will Edmund sehen. Ich will ihn anfassen. Ich will, dass der Sommer kommt. Ich schlage die Zeit mit Fechtstunden tot. Meister Tagliaferro lässt mich nach den ersten fünf Stunden, in denen ich nichts anderes tun durfte, als Schritte und Bewegungen einzustudieren, endlich mit meinem Rapier umgehen. Er hängt eine Puppe aus alten Tüchern mitten im Saal auf. Mit einem Seil lässt er die Puppe hin und her schwingen.

»*Contessina*«, fragt Tagliaferro, »wen hasst Ihr auf dieser Welt am meisten? Wen verflucht Ihr?«

Ich schaue ihn an und fühle den Griff meines Rapiers auf meinem Handgelenk. Mein Arm zittert.

»*Maestro*«, antworte ich schließlich, »das ist etwas, was ich Euch nicht sagen kann.«

»Ich will auch nicht, dass Ihr es mir sagt«, bellt der Fechtmeister. »Ich will, dass Ihr an diesen Hass denkt. Ich will, dass Ihr den ganzen Hass in die Spitze Eures Schwerts strömen lasst und dass ihr dann zustecht.«

Er lässt die Puppe für mich tanzen. Ich sehe das beschädigte Bild »Unserer Lieben Frau vom Hass« vor mir. Ich höre wieder den Wind, der um die kleine Kapelle streicht. Ich sehe die Spinnen, die ein Netz um ihren Kopf gesponnen haben. Ich stütze mich mit meinem linken Fuß ab, ich beuge mein rechtes Knie, und mein ganzer Körper wird zu einem langen Schwert. Mein rechter Arm schießt nach vorn. Aber die Spitze meines Schwerts geht ins Leere. Ich habe die Puppe um einen Meter verfehlt. Ich mache einen ungeschickten Schritt zur Seite, um das Gleichgewicht zu bewahren. Tagliaferro stößt mich um. Ich falle seitlich auf den Holzboden, aber ich lasse mein Schwert nicht los.

»Ist das hassen?«, ruft Tagliaferro. »Ist das alles, wozu Ihr imstande seid, *Contessina?*« Ich rapple mich hoch und schaue ihn an.

»Noch einmal«, bellt er.

Erst in der siebten Stunde schaffe ich es, die Puppe zu treffen. Ab der zehnten verfehle ich sie kein einziges Mal mehr.

Edmunds dritter Brief kommt an dem Tag, an dem Hendrik und Godfried zu Rittern geschlagen werden. Sie ziehen an diesem Abend zur Kapelle und legen ihre Waffen auf den Altar. Eine ganze Nacht lang beten sie im Hemd. Es ist April, und es gibt noch jede Nacht Frost. Es ist eiskalt in der Kapelle, sodass Hendrik und Godfried am nächsten Morgen, als der Kaplan ihre

Waffen segnet, steif gefroren sind. Mein Vater schlägt sie zu Rittern. Sie sind beide fünfzehn Jahre alt und sehr erkältet. Der dritte Brief enthält drei dunkelgrüne Perlen, die aus dem legendären Elfenwald zu stammen scheinen. Edmund schreibt, dass ganz Britannien vor dem Regen, der Kälte und den Winterwinden die Luken schließt, aber ihm könne das nichts ausmachen, denn wenn er nur an mich denke, ströme Wärme durch seinen Körper. Mit jedem Brief und jeder Perle wächst meine Sehnsucht nach Edmund.

Es ist Mai, als die Eiseskälte endlich aufhört und das Frühjahr anbricht. Kaplan van Izeghem ist erstaunt, dass der Lenz gekommen ist. Er warnt uns immer noch vor dem Ende der Welt, aber niemand nimmt seine Worte ernst. Sein Habit ist verschlissen, und seine Worte werden unzusammenhängend. Seine Augen glühen wie die eines tollwütigen Hundes, und die Kinder vom Schloss haben Angst vor ihm.

Ich erhalte einen vierten Brief mit vier blauen Perlen aus dem Indischen Weltmeer. Der Kurier aus Kales ist von einer Staubwolke umgeben. Ich habe nun zehn Perlen, und meine Hände zittern vor Aufregung, als ich lese, dass Edmund »fast stirbt vor Ungeduld«, nach Flandern zu kommen und sich an meinem Anblick zu laben. »Ihr seid meine Helena von Troja.«

Ich schreibe ihm zurück, um mich zu bedanken und ihn zu warnen, dass ich nicht so bin wie die Prinzessin von Sparta, die mit ihrem Liebhaber nach Troja flüchtete und so einen Krieg entfachte. »Ich bin nur eine junge Dame aus Flandern«, schreibe ich mit meiner Gänsefeder, »und wenn Ihr Euch einbildet, edler Herr, dass ich so bin wie Helena von Troja, dann werde ich Euch enttäuschen müssen. Keine Frau kann Eure Erwartungen erfüllen.« Ich unterzeichne mit »Eure Marguerite«.

Ein paar Wochen später, als ich vom Fechtunterricht zurückkomme, sehe ich auf dem Innenhof eine Kutsche stehen. Es ist eine zylinderförmige Kutsche mit französischen Lilien darauf. Meine Großmutter hat die Reise von Paris nach Male gemacht, um ihren Sohn wegen meiner bevorstehenden Verlobung mit Edmund von England zur Verantwortung zu ziehen. Ich renne die Treppe zum großen Saal hinauf und sehe meine Großmutter vor meinem Vater stehen. Ich habe sie in meinem Leben vielleicht ein oder zwei Mal getroffen. Sie sieht mich nicht, weil sie mit dem Rücken zu mir steht. Ein paar Meter hinter ihr steht ein junger Mann von etwa fünfzehn Jahren, der nervös an seinen Nägeln kaut. Ich treffe meine Großmutter mitten in einer feurigen Rede an.

»… Eure Treue«, krächzt die alte Stimme, »liegt beim französischen König …«

»Der im englischen Gefängnis sitzt«, ergänzt mein Vater ruhig.

»Er ist Euer Souverän, Euer Fürst, Euer Lehnsherr«, fährt die kratzige Stimme fort, »und außerdem mein Bruder. Euer Onkel!«

Mein Vater schaut sie nicht an, er läuft vor dem erloschenen Kamin hin und her.

»Ihr müsst die Hochzeit absagen und Eure Tochter dem Herzog Filips von Rouvres und Burgund geben.«

»Was wisst Ihr von der Lage in Flandern, dort in Eurem fernen Paris?«, sagt mein Vater laut. »Die Städte brauchen keinen Grafen mehr. Sie existieren aus eigener Kraft. Sie haben ihre eigenen Bürgerwehren, und sie haben ihre eigenen Hauptleute. Sie sind reicher als der Papst. Ich bin überflüssig.«

Meine Großmutter kreischt fast. »Das ist Unsinn. Wie kann Flanderns größter Edelmann überflüssig sein? Die Flamen in den Städten mögen sich frei nennen, aber sie sind Schafe, die einen Hirten brauchen. Und was werden sie gegen den König von Frankreich tun? Es braucht nur ein Fingerschnippen, um sein Ritterheer herzurufen. Sie haben die Flamen schon mehrmals geschlagen.«

»Und umgekehrt«, sagt der Graf seufzend.

»Die Guldensporenschlacht«, spottet meine Großmutter. »Ein Jahr nach der Schlacht stand das französische Heer wieder hier, um Flandern zu strafen und alle erbeuteten Sporen, die in der Kirche von Kortrijk aufgehängt waren, wieder mitzunehmen. Sogar die Kirchenglocken, in die sie die Freiheit ihrer Stadt gegossen hatten, haben wir damals mitgenommen.«

»Das war vor sechzig Jahren«, antwortet mein Vater. »Eine Ewigkeit her. Die Engländer sind unbesiegbar. Der Reichtum der Städte hängt von der englischen Wolle ab, und die Städte werden Gewalt anwenden, um mich dazu zu zwingen, ihre Forderungen zu erfüllen. Marguerite muss England heiraten.«

Es wird still im Saal. Ich sehe, wie der junge Mann hinter meiner Großmutter sich nervös hin und her wiegt. Ich trete näher und betrachte meine Großmutter. Es berührt mich, wie sehr mein Vater ihr ähnlich sieht. Sie hat seine kühlen Augen und seine harten Züge, aber bei ihr werden sie noch durch die Falten verstärkt, die wie eingeätzt in eine Art gelbliches Pergament aussehen, das wohl früher einmal eine junge Haut gewesen sein muss.

»Ich schäme mich für Euch, mein Sohn«, zischt sie langsam.

»Dieser Schoß, der Euch geboren hat, ist französisch, diese Hände, die Euch gepflegt haben, sind französisch, diese Lippen, die Euch berührt haben, sind französisch ...«

Sie keucht. Ihr gebeugter Körper bewegt sich auf und ab. Sie nimmt einen Dolch aus ihrem Gürtel und schneidet damit ihr Kleid und ihr Korsett auf. Ihre schlaffe linke Brust quillt aus dem Korsett. Mein Vater schaut verblüfft zu. Der junge Mann im Saal wird steif.

»Auch diese Brust, die Euch genährt hat, ist französisch ... Und weil Ihr weder den Willen Eures Königs noch den Willen Eurer Mutter erfüllt, werde ich sie abschneiden.«

Mein Vater starrt sie an. Sie hält den Dolch unter ihre Brust.

»Ich werde diese Brust abschneiden und den Hunden vorwerfen.«

Ich starre meine Großmutter an. Mein Vater betrachtet erschrocken das Messer, das unter der Brust seiner Mutter liegt. Ich begreife, dass diese Frau aus Knochen und vergehendem Fleisch meinen Vater nie gestreichelt hat. Dass ihre Lippen ihn nie berührt haben. Dass sogar ihre Brust ihn nie genährt hat. Diese Frau ist kalt wie Eis. Zum ersten Mal in meinem Leben habe ich Mitleid mit meinem Vater. Denn diese Frau, diese Mutter, hat nie jemanden geliebt. Mein Vater bekommt kein Wort über die Lippen. Meine Großmutter schiebt das Messer gegen ihre Brust.

»Nun, Sohn, was ist Eure Antwort?«

»Ach, Frau, kleidet Euch wieder an.«

»Ich meine es ernst!«, ruft meine Großmutter. Ihre Stimme überschlägt sich. Sie drückt das Messer an ihre Brust und kneift die Augen zu.

Mein Vater geht an meiner gebeugten Großmutter vorbei zur Tür.

»Wo gehst du hin?«, krächzt sie, macht die Augen auf und dreht sich verkrampft um.

»Ich gehe die Hunde holen«, sagt mein Vater ruhig.

Im nächsten Moment ist er verschwunden.

Ich schaue meinem Vater nach. Im Schachspiel der Diplomatie ist er noch immer ein Meister. Ich drehe mich wieder zu meiner Großmutter um und sehe, wie sie mich mit ihren kalten Augen anstarrt. Sie hat meinen bewundernden Blick gesehen. Der junge Mann läuft auf sie zu und will sie stützen. Sie fuchtelt mit ihrem Dolch, und der junge Mann weicht zurück. Sie steckt den Dolch wütend wieder ein, zieht ihr Korsett zu und kommt auf mich zu. Schnaubend bleibt sie vor mir stehen. Sie mustert mich von Kopf bis Fuß. Ich versuche, freundlich zu lächeln.

»Großmutter«, sage ich höflich, »ich bin froh, Euch zu sehen. Es ist so lange her …«

Sie schneidet mir das Wort ab. »Irr dich nicht, Kind, du bist Handelsware. Und wenn du je in einen Spiegel geschaut hast, dann musst du doch selbst begreifen, dass Edmund dich nicht wegen deiner Schönheit heiratet.« Ihre letzten Worte murmelt sie zwischen den fünf Zähnen, die sie noch in ihrem eingefallenen Mund hat.

»Du verpasst nichts, Filips«, zischt sie dem jungen Mann zu. »Eine Gänsemagd hat mehr Charme als dieses knochige Ding.«

Meine Großmutter dreht sich um und geht weg. Ihre Schuhe schleifen über das Holz, als sie den Saal verlässt. Sie ist fort. Ihre Worte schneiden noch immer durch meinen Körper. Ich fühle meine Finger zittern, aber ich balle die Hände zu Fäusten. Ich bin kein knochiges Ding. Soll dieses klappernde Gerippe doch selbst die Gänse hüten. Ich schaue Filips an und nicke ihm zu. Er nickt zurück. Dies ist der Neffe des französischen Königs. Mein anderer Hochzeitskandidat. Er trägt schöne seidene Kleider und eine Kette aus Bronze und hat ein Milchgesicht. Er lächelt vorsichtig.

»Ihr wollt mich also heiraten?«, frage ich mit erhobenem Kinn.

»Es ist der Wunsch meines Onkels, des französischen Königs«, antwortet er tonlos.

»Aber nicht der meines Vaters«, sage ich.

Er runzelt die Stirn. »Es tut mir leid für Euch. Ich habe von Eurer Großmutter, meiner Großtante, gehört, dass Ihr lieber mich heiraten würdet.«

»Nein, das habt Ihr falsch verstanden«, sage ich. »Ich möchte Edmund heiraten. Außerdem seht Ihr nicht gerade wie ein fröhlicher Franzose aus.«

Filips von Rouvres, Herzog von Burgund, schaut mich verblüfft an.

»Ein fröhlicher Franzose?«, wiederholt er. Die Falten auf seiner Stirn ziehen sich zusammen.

»Ja, das ist ein flämischer Ausdruck für jemanden, der fröhlich und ausgelassen ist. Jemand, der das Leben genießt. Ihr seht allerdings ziemlich traurig aus. Diese Stirnfalten machen Euch alt.«

»Ob ich mein Leben genieße oder nicht, ist meine Sache«, sagt er kurz.

»Also seid Ihr ein Stirnrunzler«, sage ich herausfordernd. »Und warum seid Ihr ein Stirnrunzler? Weil Ihr mich nicht heiraten könnt?«

Herzog Filips wird ganz nervös von meinem Gerede.

»*Ma Dame*«, sagt er, »Ihr müsst mich entschuldigen, aber ich liebe Euch nicht. Mein Herz gehört einer anderen, einer, von der ich jeden Augenblick träume, wegen der ich jede Nacht wachliege und deren Name auf meinen Lippen wie Honig schmeckt.«

»Nun, poetisch seid Ihr also doch«, sage ich kühl. »Wer mag diese Dame aus Honig wohl sein?«

»Treibt Ihr Euren Spott mit mir?«

»Das würde ich nicht wagen«, antworte ich.

»Es ist eine Edelfrau aus Toulouse«, erklärt er, mit den Füßen scharrend. »Sie heißt Isabeau de Cahors.«

»Und sie ist schon verheiratet«, ergänze ich.

»Ja, mit dem Grafen von Toulouse. Er ist fast dreißig Jahre älter als sie.«

»Ach, da muss man sich einfach in Geduld üben. Der Mann hat sozusagen schon fast ins Gras gebissen.«

Zum ersten Mal lächelt Filips.

»Herr Filips. Ich will Euch nicht heiraten. Ihr wollt mich nicht heiraten. Deshalb sollten wir aufhören, über Heiraten zu sprechen.«

Wieder lächelt Filips.

»Ich habe zwei Wochen lang mit Eurer Großmutter in einer geschlossenen Kutsche verbracht«, sagt er. »Ihr könnt Euch vorstellen, was für eine angenehme Erfahrung das war. Ich würde gerne meine Beine bewegen und etwas von Flandern sehen.«

Ich lächle auch und gehe zur Tür.

»Ich lasse einen Hengst für Euch satteln. Darf es ein etwas feurigeres Tier sein? Dann könnt Ihr Euer Stirnrunzeln abreiten.«

Filips grinst.

An diesem Mittag machen wir einen Ausritt. Die Wolken ballen sich am Frühlingshimmel zusammen. Jan van Vere folgt uns. Wir sind erst hundert Meter weit, als ich von meinem Damensattel steige.

»Stört es Euch, werter Herr«, frage ich, »wenn ich meinen Damensattel wegnehme?«

Filips schaut mich erstaunt an.

»Was meint Ihr?«

»Ich reite lieber rittlings auf einem Pferd.«

»Wie ein Mann?«, fragt Filips erschrocken.

Er ist wirklich scharfsinnig. Ich öffne den Gurt, ziehe den Sattel von Palframand und trage ihn zu Jan van Vere.

»Ihr Pferd ist es auch so gewöhnt«, sagt Jan van Vere.

»Ihr könnt zum Schloss zurückkehren«, sage ich zu van Vere. »Ich glaube, Filips ist Manns genug, mich zu beschützen.«

Filips traut seinen Augen nicht, als er sieht, wie ich meine Röcke hebe und auf Palframands Rücken springe.

»Aber, *Ma Dame* Marguerite«, stottert er, »das ist höchst ungewöhnlich. Wenn ein Priester Euch so sieht, mit einem Hengst zwischen Euren ... Euren ...«

»... Schenkeln«, sage ich.

»Ja, Euren Schenkeln. Das ist Ketzerei.«

»*Messire* Filips«, rufe ich, »ihr scheint in der Zeit der dicken und faulen Könige geboren worden zu sein. Wir leben im Jahr 1361. Die dunklen Zeiten sind vorbei.«

»Aber die Kirche will nicht, dass ...«

»Herr Filips, ich verspreche, dass ich morgen zur Beichte gehe. Ich will Euch daran erinnern, dass Ihr zugesagt habt, mich zu beschützen. Ihr werdet also heute Abend keine gute Figur machen, wenn Ihr erzählen müsst, dass Ihr mich nicht einholen konntet.«

»Euch nicht einholen?«

»Ach, Kerlchen, wiederhole doch nicht alles, was ich sage«, rufe ich, schiebe meine Hüften nach vorn, und Palframand, der nach all den Jahren meine kleinsten Hinweise versteht, schießt sofort los wie ein Pfeil. Filips hat die größte Mühe, seinen Hengst zum Gehorsam zu zwingen. Das ist an sich nicht verwunderlich, denn ich habe ihm das widerborstigste Pferd aus den Ställen meines Vaters ausgewählt. Mein Palframand scheint den Boden kaum zu berühren. Meine Unterschenkel klammern sich fest um seinen Bauch. Er galoppiert wie der Wind. Ich fühle, wie sich die Muskeln unter seiner Haut bewegen. Seine Schultern pumpen, der Speichel sprüht aus seinem Mund, und ich lasse ihn in weitem Bogen über eine Hecke springen. Dann verringere ich die Geschwindigkeit und drehe mich um. Ich sehe, dass Filips seinen Hengst jetzt unter Kontrolle hat. Das bedeutet, dass er ein guter Reiter ist. Er gibt dem Pferd die Sporen. Ich kann ein entzücktes Lachen kaum unterdrücken.

»Los, Palframand, zeig mir, was du kannst«, flüstere ich, und mein Hengst stürmt los wie eines der legendären Pferde aus den alten Geschichten. Ich bin Hippolyta, die Königin der Amazonen. Das Heute und das Gestern scheinen ineinanderzufließen, während ich auf Palframands feuchtem Rücken reite und mir der Westwind durch die Haare bläst. Die Kälte des Frühlings scheint von mir abzufallen. Ich lasse meinen Hengst langsamer gehen. Er schnaubt und schüttelt den Kopf. Ich schaue mich um und sehe in der Ferne Filips kommen, in der Unermesslichkeit der Polder, wo das Land so flach ist, dass es aussieht, als würden am Horizont Himmel und Erde sich in Liebe vereinen.

Filips lässt sein Pferd in gestrecktem Trab gehen, als er näher kommt. Er lacht.

»Schon müde?«, fragt er.

Ich stoße Palframand an, und im gleichen Augenblick gibt Filips seinem Pferd die Sporen. Beide Pferde rasen los, Hals neben Hals. Sie galoppieren, als wäre der Teufel hinter ihnen her. Ich rieche den süßen Geruch meines Pferdes. Filips lässt nicht locker. Er bleibt auf meiner Höhe. Wir springen ziemlich gleichzeitig über einen Graben und landen in einer vollendeten Bewegung auf einem Acker. Wir lassen unsere Hengste weitergaloppieren. Einmal bin ich vorn, dann wieder Filips. Derjenige, der hinten reitet, wird mit Schlammbrocken bespritzt. Wir kommen zu einer Kapelle, die ich sofort erkenne: Unsere liebe Frau vom Hass. Ich rufe Filips zu, er solle anhalten, sonst würden wir ins Moor reiten. Beide zügeln wir unsere Pferde und schauen uns an. Wir sind ziemlich verdreckt.

»Ihr braucht ein Bad, mein liebes Burgund«, sage ich lachend.

Er lacht ebenfalls. »Ihr auch, wertes Flandern.«

»Ihr geht am besten in ein Badehaus in der Stadt Brügge«, sage ich.

»Ein Badehaus?«, sagt er grinsend. »Dahin wagt Ihr mich bestimmt nicht zu begleiten.«

Er schaut mich herausfordernd an.

»Ich wage alles«, antworte ich.

Er lächelt. »Gut, wir müssen weiter, es kommt ein Unwetter.«

Tatsächlich. In der Ferne, über den Dünen, die das Land vom Wasser scheiden, sehe ich einen Blitz am Himmel zucken. Mein Herz krampft sich zusammen. Ein Reiter auf dem offenen Feld ist der höchste Punkt in der Landschaft, und mein Zaumzeug ist sogar ohne Sattel voller Metall. Wir geben unseren Pferden die Sporen und reiten Richtung Brügge. Wir legen ein halsbrecherisches Tempo vor. Ein paar Bauern rennen uns aus dem Weg, als sie uns heranstürmen sehen. Unsere Kapuzenmäntel wehen hinter uns her, und als wir unter dem Gewölbe des Eselstors stehen, bricht das Unwetter los. Wir sind schweißnass. Und wieder lachen Filips und ich einander an.

Es gießt wie aus Eimern, als wir in die Stadt hineinreiten. Unsere Hufeisen klappern auf den leeren Straßen, denn alle sind vor dem Unwetter geflohen. Wir kommen zum Badehaus. Das ist ein Ort, der von Kaplan Izeghem jede Woche verflucht wird, weil dort die Sitten mit Füßen getreten und die Steintafeln mit den zehn Geboten Nacht für Nacht in Stücke geschlagen werden. Es ist ein Ort, an dem der Teufel nie friert und eine Dame nichts zu suchen hat. Ich zweifle kurz, ob es eine gute Idee ist. Ich halte mein Pferd an.

»Wollt Ihr lieber zurück?«, fragt Filips. Es ist spät am Nachmittag, und die Straßen Brügges sind nass vom Regen. Die Welt badet in Grau, aber Filips hat die Sonne in den Augen.

13

Das Badehaus von Brügge liegt an einer Gasse, die man scherzhaft das »Jungfrauental« nennt. Auf einem Aushängeschild ist ein Bad gemalt, darunter steht in zierlichen Buchstaben der Name des Etablissements: *Die rote Tür*. Wir steigen ab. Die Tür des Badehauses ist tatsächlich rot angestrichen. Ein in Lumpen gekleideter alter Mann lässt uns eintreten. Wir geben ihm ein paar Kupfermünzen. Er führt die Pferde in den Stall. Wir steigen ein paar Stufen hinauf. An der Tür will mich Filips vorgehen lassen, aber ich schüttle den Kopf. Ich bin *incognita*. Nichts darf darauf hinweisen, dass ich eine Dame von Stand bin.

Er geht voraus und nimmt den Hut ab, als der dickbauchige Wirt, der Colaard heißt, uns entgegenkommt. Ich höre Lärm aus einem angrenzenden Saal dringen. Ich fühle mich gar nicht mehr so sicher. Der Wirt begrüßt uns. Er will mir den Kapuzenmantel abnehmen, aber ich mache einen Schritt zur Seite. Der Wirt schaut uns seltsam an, doch Filips holt sofort ein Silberstück aus seiner Börse. Der Wirt grinst und führt uns hinein. Ich ziehe meine Kappe tiefer über das Gesicht. Niemand darf mich hier erkennen. Ich weiß, dass dieses Haus als sicher betrachtet wird, weil es frei ist von städtischen Bußgeldern. Immerhin hat der Schultheiß, der Vertreter von Recht und Ordnung in Brügge, selbst ziemlich viel in dieses Dampfbad investiert. Er sorgt dafür, dass in seiner Herberge kein Zank angezettelt wird und dass man die vornehmen Kunden in Ruhe lässt. Krawalle werden im Keim erstickt. Dennoch weiche ich zurück beim Anblick der wenig ehrbaren Einrichtung.

Es ist eine Art große Halle, in der Badezuber auf etwa einen Meter hohen Plattformen stehen. Es sind Zuber für zwei bis vier Personen. Die Plattformen erstrecken sich rechts und links neben einem Mittelgang. Einige Zuber sind durch Gardinen abgeschirmt. Durch die Gardinen sehen wir die Schatten von Lederarbeitern und von betrunkenen Soldaten, die leichten Frauen gegenübersitzen. Mit lallenden Stimmen schreien sie nach weiterem Essen oder weiterem Wein. Überall dampft es. Es ist warm im Saal. Dienstmädchen in langen roten Kleidern bringen den Badenden Krüge mit Wein und Bretter voller Essen. In einem der Badenden erkenne ich Ursmarus van Coutervoorde, den Kapitän der Brügger Bürgerwehr. Etwas weiter höre ich einen Deutschen, der sich lauthals beschwert, der Wein schmecke nach Terpentin. Der Kapitän schreit, der Deutsche solle den Mund halten.

»Es ist Frühjahrswein«, ruft der Kapitän, »der schmeckt immer so. Vielleicht solltest du lieber Cidre trinken, das passt besser zu deinem Stand.«

Der Deutsche reißt seine Gardine auf und schaut böse zu dem Kapitän hin.

»Meint Ihr etwa, ich wäre ein Bauerntrampel?«, ruft er. »Ich komme von der Mosel, wo man den besten Wein der Welt macht. Bei uns wird Cidre als französisches Bauerngebräu angesehen.«

»Meine Herren, meine Herren«, mischt sich der Wirt mit erhobenen Händen ein, »bewahren wir doch Ruhe und Frieden.«

»Ursmarus«, fleht eine Frau im Zuber des Kapitäns, »kannst du dich mal um mich kümmern?«

Der Kapitän und der Deutsche werfen sich einen letzten vernichtenden Blick zu, ziehen ihre Gardinen wieder vor und gleiten zurück in den Zuber. Der Wirt stößt einen Seufzer der Erleichterung aus und lässt die Hände sinken. Ich halte die Kappe meines Mantels fest. Im Schatten ist mein Gesicht unsichtbar. Der Wirt führt uns zu einem Zuber neben dem von Ursmarus van Coutervoorde. Der Zuber ist rund und innen mit Leinen ausgeschlagen, gegen Holzsplitter. Unter dem Zuber steckt ein eiserner Kasten mit warmen Kohlen. Ich halte die Hand ins Wasser. Es ist lauwarm. Der Wirt zieht den Kohlenkasten heraus. Er lässt uns warten und kommt mit einer Schippe voller rotglühender Kohlen zurück, kippt sie in den Kasten und schiebt diesen wieder unter den Zuber.

»Gleich wird etwas zu essen gebracht, edler Herr«, sagt der Wirt. »Das Wasser ist noch sauber. Es ist erst zweimal benutzt worden. Ich wünsche Euch viel Vergnügen.«

Filips bedankt sich bei ihm. Der Mann lässt uns allein. Filips zieht die Vorhänge vor. Wir stehen uns gegenüber. Filips zieht sich viel zu schnell aus. Er fällt fast um, als er seine Hosenbeine abstreift. Er springt als Erster in den Zuber. Auf ihm liegt ein schmales, mit Leinen bedecktes Brett, welches das Bad in zwei Teile teilt. Filips hat sich an das eine Ende gesetzt und kann nicht anders, er schaut zu mir herüber. Ich hole tief Luft. Ich habe noch nie in Anwesenheit eines Mannes meine Kleider ausgezogen.

»Herr Filips«, sage ich, »dreht Euch um.«

»Ich kann nicht«, antwortet er, »ich habe keinen Platz, um mich umzudrehen. Ich sitze hier fest.«

Ich seufze. Ich binde meinen Gürtel los, an dem mein Dolch hängt. Dann ziehe ich meinen Mantel aus und lege ihn über einen Hocker neben dem Zuber. Ich löse die Schnürbänder meines Kleids und schaue Filips an.

»Holt tief Luft«, sage ich, »und steckt Euren Kopf unter Wasser.«

»Wie lang?«, fragt Filips.

»Bis ich es sage«, antworte ich.

Filips tut es. Ich klemme mir das lange, weiße Hemd zwischen die Beine und ziehe mein Kleid vorsichtig aus, sodass sich mein Hemd nicht hebt. Ich lege mein Kleid über den Hocker. Mein weißes Hemd halte ich ängstlich fest. Es reicht mir bis zu den Knien. Filips hat noch immer den Kopf unter Wasser. Ich frage mich, wie lange er das wohl durchhält. Ich beuge mich über den Zuber. Die Zeit kriecht vorbei, und endlich taucht Filips prustend aus dem Wasser auf.

»Nicht schlecht«, sage ich.

Filips schaut mich erstaunt an.

»Du bist noch mal mein Tod«, keucht er.

Ich steige mit einem Bein ins Bad und halte mein Hemd zwischen den Schenkeln festgeklemmt. Ich lasse mich in den Zuber gleiten. Die Enden meiner Zöpfe werden nass. Einen Moment lang bauscht sich mein weißes Hemd im Wasser auf, ich stecke es schnell wieder zwischen meinen Beinen fest. Filips und ich waschen unsere Arme mit Schweißschrubbern. Seine Füße berühren meine.

Eine Dienstmagd zieht den Vorhang zur Seite, und ich verstecke mein Gesicht hinter der Hand. Sie stellt eine Holzschüssel und einen Krug auf das Tischchen zwischen uns. In der Schüssel liegen Brot, ein paar Stücke Flussbarsch, alter Käse und getrocknete Walnüsse. Wir sind ausgehungert. Ich rieche am Wein, und es ist tatsächlich wässriger Frühjahrswein. Wir essen den alten Käse und die Nüsse, sodass der Wein, den wir dann trinken, einen süßen Geschmack bekommt. Ich sehe, dass meine kleinen Brüste durch den nassen Stoff sichtbar werden. Filips betrachtet sie neugierig.

»Ihr könnt doch auch woandershin schauen«, schnauze ich ihn halb im Ernst an. Ich kann nicht wirklich böse werden. Mein ganzer Körper zittert noch von dem wilden Ritt.

»Es tut mir leid«, antwortet Filips, »aber meine Augen werden nun mal von Schönheit angezogen.«

»Ihre Großtante, meine Großmutter, hat mich ein knochiges Ding genannt«, rutscht es mir heraus.

Filips grinst. »Diese alte Fledermaus. Sie findet alles hässlich, was jung und schön ist.«

»Ach, Herr Filips, schmeichelt mir doch nicht so. Und nehmt Eure Beine weg. Ihr braucht zu viel Platz.«

Ich trete unter dem Wasser nach ihm. Er schiebt die Beine zur Seite und kichert.

»Ich bin nicht unaufrichtig«, sagt er und wird rot. »Im Gegenteil.«

Er reißt ein Stück Brot in zwei Teile und beginnt zu kauen. Für kurze Zeit wird es still zwischen uns. Im Saal ruft jemand nach Brot. Eine Dame lacht etwas zu laut. Ihr Lachen klingt nach Wein.

»Wird Euer Vater sich keine Sorgen machen?«, fragt er, um irgendetwas zu sagen.

»Natürlich. Angenommen, er wüsste, dass ich jetzt mit Euch im Bad sitze, er würde Euch den Nabel aus dem Bauch reißen und Euch an Euren Eingeweiden aufhängen.«

Filips lacht und taucht etwas Brot in den Wein.

»Eure Großmutter hat in der Kutsche über Euch gesprochen«, sagt er. »Sie hat mir erzählt, Ihr wärt ein ruhiges Mädchen. Eine vorbildliche junge Dame mit einer tadellosen Erziehung. Und nun, da ich Euch in Fleisch und Blut vor mir sehe, in einem Badezuber …«

»Enttäusche ich Euch sehr?«, unterbreche ich ihn und nippe noch einmal am Wein.

»Im Gegenteil, Marguerite, im Gegenteil«, sagt er leise, und seine Augen glänzen.

Ich spüle meine Verlegenheit mit Wein hinunter und schaue ihm in die dunklen Augen. Er ist schon fast ein Mann mit seinen breiten Schultern und dem herausfordernden Lächeln.

»Nichts von dem, was Eure Großmutter gesagt hat«, flüstert er langsam, »konnte mich auf Euch vorbereiten.«

Es wird still zwischen uns. Ich schaue ihm weiter in die Augen. Einen Moment lang fühle ich mich dem Mann, der mir da gegenübersitzt, sehr verbunden. Einen Moment lang scheint es, als wären wir zwei Hälften einer Geschichte. Einer Geschichte von Liebe und Ritterlichkeit aus den Büchern der heiligen Anna. Er ist Tristan, und ich bin Isolde. Er ist das Kleinod, und ich bin seine Dienerin. Plötzlich fühle ich seine Hand auf meinem Knie. Erschrocken schaue ich ihn an. Das Wasser kommt mir auf einmal zu kühl vor. Ich schiebe seine Hand weg.

»Erzählt mir doch lieber von Isabeau de Cahors«, sage ich kühl, »Eurer großen Liebe, ohne die Euer Herz aufhören würde zu schlagen.«

Filips runzelt die Stirn. Eine graue Traurigkeit überzieht seinen Körper, der gerade noch zu leuchten schien. Ich will weg. Ich will nach Hause. In diesem Augenblick höre ich meinen Namen.

»Dame Marguerite, Ihr hier?«

Ich schaue auf und sehe durch einen Spalt im Vorhang Roderik van Rijpergherste stehen, den Sohn des Gildevorstands von Brügge. Er starrt unverfroren herein. Ich fühle, wie mir die

Schamröte zu den Haarwurzeln steigt. Ich drücke mein Hemd fester zwischen meine Schenkel und fluche innerlich. Die Dienstmagd, die das Essen gebracht hat, hat den Vorhang ein bisschen offen gelassen. Roderik schiebt die Gardine ganz zur Seite.

»Und noch dazu in der Gesellschaft eines edlen Herrn«, sagt er.

Roderiks Stimme trieft vor Spott. Er trägt ein Hemd bis zu den Knien. Er ist hier auf eigenem Terrain, und mir wird klar, dass dieses Badehaus das Eigentum seines Vaters ist. Er betrachtet Filips und fragt sich offenbar, wer dieser Junker wohl sein könnte. Dann wirft er einen Blick auf meine Brüste und sagt …

»Ihr seid gewachsen. Nun ja, wenigstens ein bisschen …«

»Ich wünschte, ich könnte das von Euch auch sagen«, rutscht es mir heraus, während ich den Blick zu den weicheren Teilen seines Körpers gleiten lasse.

»Ihr kennt Euch?«, fragt Filips ein bisschen zu nervös und ein bisschen überflüssig.

»Ja, ich habe diesem ›Knappen‹ einmal mit einem Walfischknochen aufs Gehirn geschlagen«, sage ich. »Viel Schaden konnte ich da nicht anrichten.«

»Ihr macht einen Fehler, wenn Ihr mich beleidigt, Dame Marguerite«, sagt Roderik, und ich sehe, dass er vor unterdrückter Wut kocht.

»Und Ihr solltet besser machen, dass Ihr verschwindet, bevor Euch mein Ritter eine Lektion erteilt«, schnauze ich zurück.

Filips schaut unsicher auf.

»Dieses Kerlchen ist ein Ritter?«, spottet Roderik.

Filips steht auf. Das Wasser perlt von ihm ab. Ein Stück Brot fällt in den Zuber.

»Ihr beleidigt mich«, sagt Filips langsam.

»Hoffentlich«, sagt Roderik und grinst, als er sich schamlos über unser Bad beugt. »Und ich weiß genau, dass Euer Vater, Dame Marguerite, sich sehr dafür interessieren wird zu vernehmen, dass Ihr dieses Etablissement besucht habt, mit einem Mann, der, wie ich vermute, nicht Euer Verlobter ist.«

Ich muss ruhig bleiben! Ich muss es über mich ergehen lassen! Ich muss begreifen, dass sein Wort gegen meines und Filips' stehen wird. Niemand im Badehaus hat mich erkannt. Es ist eine bedeutungslose Drohung.

Und was ist schon dabei, wenn er es erzählt! In ein paar Wochen werde ich verheiratet sein. Ich muss es über mich ergehen lassen. Ich muss den Spott in seinen Augen und seine höhnische Stimme ignorieren. Aber es ist etwas an Roderik, das mein Blut in Wallung bringt. Er ist ein Herrchen, das sich über seinen Stand erhebt. Er bildet sich ein, mir ebenbürtig zu sein. Mein Körper ist ein Schwert. Ich stoße mich mit dem linken Bein ab, um mit der rechten Hand nach oben zu schießen. Ich bin rasend schnell und habe Roderik am Kragen, bevor er es überhaupt merkt. Ich ziehe ihn mit einer Bewegung in unseren Zuber. Das Tischchen klappt zur Seite. Roderiks Faust streift meine Wange, aber meine Finger schließen sich um seine Kehle. Ich drücke ihn unter Wasser. Ich fühle, wie Filips an meinen Armen zerrt, und im nächsten Augenblick kommt der Wirt Colaard angelaufen. Er versucht, uns auseinander zu ziehen. Der Zuber ist jetzt sehr voll und kippt. Das lauwarme Wasser schwappt über den Boden. Wir fallen der Länge nach auf den Boden. Die heißen Kohlen prallen auf den Boden, das Wasser zischt. Roderik richtet sich als Erster auf, weicht zurück und tritt auf die heißen Kohlen. Er schreit laut auf, reißt eine Gardine zur Seite und springt in den nächsten Zuber, um seine Füße zu löschen. Im Zuber sitzt der Kapitän der Bürgerwehr, in Gesellschaft seiner Dame. Er findet es überhaupt nicht komisch, dass ein junger Mann in seinen Zuber springt, und gegen die Hausregel zieht er das Schwert, das über ihm hängt, mit einer einzigen Bewegung aus der Scheide. Roderik läuft davon und rennt eine Dienstmagd über den Haufen. Filips und ich suchen unsere Kleider zusammen. Der Wirt bemüht sich, den Kapitän zu besänftigen, aber dieser flucht die halbe Bibel zusammen. Der deutsche Kaufmann, der sich über den Wein beschwert hat, reißt seinen Vorhang auf und fragt mit schwerer Zunge, welcher Kalbskopf solch einen Lärm macht. Der Kapitän ruft, er solle sein deutsches Maul halten, und wenn er das nicht tue, dann komme er, der Kapitän, und zimmere es ihm höchstpersönlich zu. Der angetrunkene Kaufmann wirft einen Wasserkrug nach dem Kapitän, trifft aber den Badeknecht Joris Zakkenbrander mitten ins Gesicht. Zwei Dienstmägde schreien auf, als sie den gefällten Jungen sehen. Inzwischen wirft sich der Kapitän der Bürgerwehr auf den Unruhe stiftenden Deutschen, der Zeter und Mordio schreit. Was folgt, ist ein Chaos. Es herrscht ein ohrenbetäubender Lärm. Ein zweiter Badezuber donnert von der Plattform. Jemand wird von einem fetten Huhn mitten ins Gesicht getroffen. Eine Frau rutscht auf einem umgekippten Fischtopf aus. Ein nackter Mann geht mit einem Stockschwamm auf einen anderen Mann los, nackte Frauen kriechen auf Händen und Füßen davon. Das ganze Badehaus wird in ein unwahrscheinliches Durcheinander hineingezogen. Filips packt mich an der Hand und leitet mich durch die kämpfende Meute.

Plötzlich taucht Roderik vor uns auf. Er hat eine Kohlenschaufel in der Hand. Er zögert, will mich schlagen. Doch da habe ich auch schon meinen Dolch gezogen.

»Mein Dolch liebt zartes Fleisch«, zische ich ihm zu, und Roderik lässt die Schaufel fallen. Er weiß nicht, wie schnell er verschwinden soll. Der Wirt bittet laut um Ruhe und duckt sich, als er ein Möbelstück zersplittern sieht. Filips und ich rennen zur Tür hinaus und laufen in den Stall. Der alte Mann schaut mit offenem Mund zu, wie wir uns in aller Eile ankleiden. Ich kann meine Kleider nicht schnüren, und es ist Filips, der sich hinter mich stellt und die Schnüre mit einem einzigen Ruck zuzieht. Die Luft wird mir fast aus den Lungen gepresst. Wir stoßen gegeneinander. Ich rieche den Geruch seiner Haare. Ich schaue ihn an, drücke ihn an einen Balken und küsse ihn. Meine Lippen legen sich um seine. Unsere Zungen finden sich. Mein ganzer, nasser Körper drückt sich gegen ihn. Dann stoße ich ihn weg und drehe mich um. Mit einem Satz sitze ich auf Palframand. Der zerlumpte Alte starrt mich verblüfft an. Der Lärm im Badehaus erreicht seinen Höhepunkt.

»Was ist da drinnen los? Was ist das für ein Tumult?«, fragt der Alte.

»Tumult?«, fragt Filips. »Was für ein Tumult?«

Ich lache, als ich Palframand aus dem Stall jage. Filips folgt mir. Wir reiten davon. Wir hetzen unsere Pferde durch die Hohe Straße zum Kreuztor. Es ist fast dunkel, gleich werden die Tore der Stadt bis zum folgenden Morgen geschlossen. Im letzten Moment sind wir draußen und galoppieren nach Male. Keinen Moment reiten wir langsamer. Wir sehen die Türme von Male vor uns auftauchen und keuchen immer noch.

»Es tut mir leid«, sage ich, während wir unsere schäumenden Pferde zügeln. »Ich hätte mich nicht gehenlassen dürfen.«

»Im Gegenteil, Dame Marguerite«, sagt er. »Ihr seid sehr schön, wenn Ihr Euch gehenlasst.«

Er lacht, und ich sehe seine Zähne. Ein wunderbarer Anblick. Er hat sie noch alle, und sie sind alle weiß. Er will mich küssen, aber ich gebe meinem Pferd die Sporen. Ich donnere über die Ziehbrücke von Male. Der Wachmann erkennt mich im Licht der Fackeln. Filips folgt gemütlich. Ich reite auf den Innenhof, springe von meinem Pferd und trete einen Stallknecht wach. Er springt verschlafen hoch. Ich gebe ihm die Zügel. Van Vere kommt aus dem Seitengebäude herausgelaufen.

»*Ma Dame,* ich habe mir Sorgen um Euch gemacht«, ruft er.

»Das war nicht nötig«, fahre ich ihn an, »ich habe den Herrn von Rouvres vor allem Unheil beschützt.«

»Der Kurier von Edmund ist da«, sagt Jan van Vere still. Ich hebe den Kopf und sehe den Kurier neben der Fackel vor dem Hauptgebäude stehen. Er klopft sich eine dicke Staubschicht von der Kleidung. Ich schäme mich für diesen Nachmittag. Ich bin wütend auf mich. Wütend wegen meines leichtsinnigen Benehmens. Ich habe mich gehenlassen wie eine Waschfrau.

»Marguerite«, sagt Filips, der nichts gehört hat, »ich möchte nur sagen ...«

»Herr von Rouvres«, unterbreche ich ihn scharf, »Ihr habt heute Abend schon genug gesagt. Ich schlage zu Eurem eigenen Besten vor, dass wir vergessen, was heute geschehen ist.«

»Aber, *Ma Dame* ...«

»Und dass Ihr so schnell wie möglich mit Eurer Tante nach Burgund zurückkehrt.«

Ich drehe mich um und nehme Edmunds fünften Brief in Empfang. Ich rieche an dem Brief, und der Duft nach Krokus erfüllt meinen Kopf. Aus dem Augenwinkel sehe ich, wie Filips sich umdreht und mit seinem Pferd zu den Ställen geht. Ich renne zur Kammer der heiligen Anna, wo ich das samtene Tuch aufklappe. Es enthält fünf rote Perlen und einen Brief. Edmund schreibt: »Ich komme.« Und Filips? Ich habe ihn jetzt schon vergessen.

14

Meine Großmutter kehrt nach Paris zurück, aber Filips von Rouvres bleibt in Flandern. Er klebt wie ein Blutsauger an mir. Ich bin kaum in den Ställen, und Herr Filips taucht ebenfalls auf, bereit, mir Gesellschaft zu leisten. Ich frage ihn, wie es seiner Geliebten aus Cahors geht.

Er sagt, dass er, seit er mich getroffen hat, nicht mehr so oft an sie denkt. Filips ist nicht einfach verliebt in mich. Er brennt lichterloh. Jeden Tag schickt er mir ein Gedicht. Eines schmachtender als das andere. Ich lese sie im Frauengemach vor, zum großen Vergnügen von Alais und meiner Hofdame Constance.

»Die Liebe, mit Großbuchstaben«, lese ich vor, »ist nicht jedem vergönnt. Sie ist eine Freude ohne Zügel. Eine Verführung und ein Entzücken.«

»Gibt es dabei einen Unterschied?«, fragt Constance kichernd.

»Jeder Moment, wenn mir Euer Anblick entzogen ist«, lese ich weiter, »ist für mich eine unerträgliche Qual. Ich bin Euer geheimes Herz.«

An dieser Stelle bekommt Alais einen Lachanfall. Eine der Waschfrauen klatscht in die Hände.

»Ich lebe erst wieder«, lese ich prustend weiter, »wenn Ihr in meiner Nähe seid. Die Zeit unseres Zusammenseins ist für mich von vornherein zu kurz.«

Alais beugt sich über den Nachttopf und macht Geräusche, als müsse sie sich erbrechen.

»Auch wenn eine Nacht zur Woche würde«, lese ich kichernd, »eine Woche zu einem Monat und ein Monat zu einem Jahr.

Sogar wenn ich wer weiß wie lange lebe, werde ich nicht aufhören, mich nach einer letzten Nacht mit Euch zu sehnen.«

Wir biegen uns vor Lachen. Das ist besser als der *Roman der Rose*. Ich kann nicht mehr. Alais nimmt mir den Brief aus der Hand.

»Eine Nacht so warm und endlos«, deklamiert sie, »dass man wünscht, die Sonne würde nicht mehr aufgehen.«

»Gnade«, rufe ich.

Auch die Waschfrauen rollen sich über das Bett vor Lachen.

»Was hat er in so einer Nacht mit dir vor?«, fragt eine Frau kichernd.

»Patience spielen!«, keucht Alais.

Das Schlimmste ist, dass Filips seine Gedichte auch noch übermäßig parfümiert. Einmal ist es Orangenblüte, dann wieder Henna. Einmal trieft der Brief von Mandelöl, und die Tinte ist verschmiert. Die Gedichte sind versiegelt, und im roten Lack ist das Siegel eines sich aufbäumenden Einhorns.

»Spitzfindig ist er schon«, sagt Anais grinsend.

Eine ganze Woche lang schreibt er mir Gedichte über den Garten der Liebe, in dem die Mauern so hoch sind, dass es nur einem einzigen von tausend Sterblichen gelingt, die Früchte anzuschauen, aber es ist ein Garten, den er, Filips, mir zeigen wird.

»Wo wird er eine Leiter finden, die hoch genug ist?«, fragt Alais.

Auf dem Innenhof können die Frauen nicht an sich halten vor Lachen, wenn sie ihn sehen. Wenn er mich fragt, wie ich seine Gedichte finde, sage ich, ich hätte sie ungeöffnet ins Kaminfeuer geworfen, um mir die Füße zu wärmen. In seinem letzten Gedicht schreibt Filips, dass er ein Stück Pergament sein und von mir ins Feuer geworfen werden möchte, damit er einmal im Leben meine Fußsohlen erwärmen kann. *Enfin*, je mehr Gedichte ich bekomme, umso größer wird meine Sehnsucht nach dem Prinzen von England. Nach Edmund von Langley. Meinem Verlobten. Nach dem Mann, der mein Herz mit Perlen gestohlen hat. Nach dem Mann, den ich heiraten werde.

Es ist Mittsommer, und die Tage sind jetzt am längsten, zwölf Stunden lang. Jede der zwölf Sommerstunden dauert fast doppelt so lang wie jede der zwölf Winterstunden. Am Ende eines dieser endlos langen Tage, an denen meine Geduld bis aufs Äußerste gereizt wird, kommt Edmund an. Mein Vater hat dafür gesorgt, dass ich wie eine Prinzessin gekleidet bin, im Vergleich zu mir wäre die Königin von Frankreich nicht mehr als eine Lumpensammlerin. Ich trage ein Gewand aus Goldbrokat und Seide aus Damaskus und einen Mantel aus armenischem Samt, eingefasst mit dem Fell weißer Wölfe aus dem Norden. Mein Mantel ist mit goldenen Blättern bestickt, mit Adlern, Löwen und Einhörnern. Zwanzig Männer und acht Frauen haben dreizehn Tage lang gearbeitet, um das Gewand für den längsten Tag des Jahres fertig zu bekommen. Meinen einen Schuh ziert ein Bild von Tristan, den anderen eines von Isolde. Auf meinem Kopf prangt der Hut mit den fünfzehn Perlen, die mir der Prinz von England geschenkt hat. Es sind Perlen, gepflückt in den dunklen Tiefen der fünf Weltmeere. Die letzte und schönste Perle kommt aus Sansibar und steht für das Jahr, das kommen wird. Das Jahr, in dem ich fünfzehn werde.

Im Schloss von Male findet das Mittsommerfest statt. Viele Ritter haben von dem Turnier gehört, das zu Ehren meiner Verlobung abgehalten werden soll. Auf dem Innenhof von Male herrscht reges Getriebe. Alle Ritter von Flandern und aus ferneren Gebieten, die am Turnier teilnehmen werden, haben ihre Zelte aufgeschlagen. Es ist ein Gewirr aus farbigen Segeltüchern, Reiterfahnen, Wimpeln und Flaggen. Am Eingang eines jeden Zeltes hängen die Waffenschilder. Ich begreife, dass nach meiner Eheschließung das Wappen meines Vaters, eines schwarzen Löwen auf goldenem Grund, und das meiner Mutter, eines goldenen Löwen auf schwarzem Grund, dem englischen Wappen hinzugefügt werden. Ich brenne darauf, Edmund zu treffen. Mein Herz ist offen. Ich laufe in den großen Saal von Male hinein, schöner als ich je gewesen bin. Endlich stehe ich Auge in Auge mit Edmund. Und er ist einer der abscheulichsten Menschen, die ich je gesehen habe.

Edmund ist achtzehn Jahre alt und sieht aus, als wäre er von den Toten auferstanden. Seine Haut ist weiß wie die eines Geistes und mit eitrigen Pusteln bedeckt. Ich starre ihn an. Ich sehe seine kleinen, fast kindlichen Augen, die mich von Kopf bis Fuß abschätzen. Sie sind brombeerfarben und haben etwas Gemeines, er sieht aus wie ein Wolf, der seine Beute mustert. Er streicht mit seinem Handschuh über seinen kleinen Mund, schnieft lange und laut. Das Schniefen hört sich an wie Geröchel und lässt meine Nackenhaare sich aufrichten. In meiner Vorstellung sieht das Innere seines Kopfes aus wie eine Waschschüssel voller Flaum. Er ist viel zu elegant gekleidet: ein himbeerfarbenes Wams mit Firlefanz auf den Schultern, eine schwarze Hose, gesäumt mit Maulwurffell und Stiefel aus dem Leder junger Wildschweine.

Er macht einen Schritt nach vorn, und ich weiche unwillkürlich einen Schritt zurück. Edmund von Langley röchelt noch einmal und schaut zur Seite, zu meinem Vater, der auf uns zukommt. Mit großen, väterlichen Händen nimmt er Edmund und mich am Arm und schiebt uns mit einem breiten Lächeln aufeinander zu. Ich schramme mit meinem Gesicht an Edmunds Wams. Er ist über und über mit Riechwasser begossen und riecht wie ein überreifer Obstgarten. Ich betrachte seine blassen Wasseraugen und fühle zwei raue Lederhandschuhe um meine Hände. Er kommt mit seinem Kopf näher, um mir einen Kuss zu geben. Ich wende mich ab, und der Kuss landet auf meiner rechten Schläfe. Ich schaue zur Seite, zu meinem Vater. Ich bin zu erschrocken, um etwas zu sagen. Edmund starrt mich an und schnauft. Da stehen wir nun: die beiden Verlobten als unerschütterliche stille Statuen aus kaltem Stein.

»Die Perlen stehen Euch gut«, fängt Edmund an. Seine Stimme klingt laut und schrill.

Ich nicke und mache zum Dank eine leichte Verbeugung. Ich muss mich anstrengen, um aufrecht stehen zu bleiben. Dies ist der Mann, mit dem ich den Rest meines Lebens verbringen muss. Ich bekomme noch immer kein Wort über die Lippen.

»Kann sie auch sprechen?«, fragt Edmund meinen Vater.

Ich schaue meinen Vater an. Er muss den Abscheu in meinen Augen sehen.

Er lächelt versöhnlich. »Der Prinz hat ein Geschenk für Euch mitgebracht.

Edmund schnauft laut und bietet mir seinen Arm an. Ich nicke kühl, lege meinen Arm auf seinen und lasse mich zum offenen Fenster führen. Draußen höre ich staunende Ausrufe und laufe schneller, um ans Fenster zu kommen, und dann sehe ich es: Auf dem Innenhof, bedeckt mit einem schwarzen Mantel, steht ein prachtvolles Tier, das dem Garten Eden entschlüpft zu sein scheint.

»Die Araber nennen das Tier eine ›zarafa‹«, erklärt Edmund, »eine Giraffe.«

Endlich finde ich meine Stimme wieder. »Ich sehe wohl, dass es kein Eichhörnchen ist, Herr Prinz«, sage ich. »Kann man es auch reiten?«

»Ja, bestimmt kann man es reiten«, antwortet Edmund ein bisschen geistesabwesend. »Und ich glaube, ein Braten aus Giraffenhals ist sehr lecker.«

»Ich habe gehört«, sage ich und versuche meine Verachtung zu unterdrücken, »dass die Küche in England Menschen mit Stummheit schlägt.«

»In der Tat«, prahlt Edmund, der den Spott in meiner Stimme nicht hört. »Unsere Leibköche machen Speisen nach meinem Herzen. Und nach Eurem auch, da bin ich sicher.«

Edmund zwinkert, aber mein Gesicht ist aus Marmor.

»Ja, das ist etwas anderes als die französische *cuisine*«, schnaubt Edmund, wobei er das letzte Wort ausspuckt wie eine faule Frucht. »Die Franzosen fressen Frösche, Schnecken und Schweinepfoten.«

»Und wie gedenkt Ihr den Giraffenhals zuzubereiten, edler Herr?«, frage ich. »In Minzesauce?«

Edmund fragt sich jetzt erst, ob ich ihn vielleicht auslache. Er streckt den Arm aus und ruft: »Axt!« Ein Knecht reicht ihm eine Streitaxt. In das riesige Blatt der Axt ist ein Wildschweinkopf geätzt. Ich trete unwillkürlich einen Schritt zurück, und mein Vater sieht erstaunt aus.

»Soll ich das Tier sofort für Euch schlachten?«

»Nein, nein«, sage ich schnell. »Das Tier ist zu edel und zu einmalig, um in Minzesauce zu enden.«

»Das Geschenk gefällt Euch also?«, fragt Edmund.

»So wie Eure Briefe«, antworte ich. »Von wem habt Ihr sie schreiben lassen?«

»Vom Hofnarren meines Vaters«, antwortet er, ohne zu zögern. »Er ist der witzigste Mann von England. Und er kann ganz gut Französisch.«

»Das Französisch war tatsächlich schön«, bestätige ich.

»Die Giraffe gefällt Euch also?«

»Ja«, sage ich nach einem Augenblick, »aber könnt Ihr mir sagen, was das Tier eigentlich frisst? Im Augenblick frisst es das Zelt von Ritter Craenhals auf.«

Tatsächlich, auf dem Innenhof ist ein Tumult entstanden, weil die Giraffe das Banner eines farbenreichen Ritterzelts abgerissen hat und es nun in seinem spitzen Maul zermalmt. Jan Craenhals stapft wütend aus seinem Zelt und versucht, das riesige Tier wegzuschieben. Auch die hinzugeeilten Knechte Edmunds ziehen an den Tauen, mit denen die Hinterbeine der Giraffe zusammengebunden sind. Das Tier fängt schrecklich an zu schreien. Es schlägt den Kopf herum, und Klumpen milchweißen Schaums fliegen durch die Luft. Ein Klumpen landet auf Ritter Craenhals' schwarzem Rock.

»Wem gehört dieses Höllenvieh?« tobt er. »Wem?«

»Mir«, ruft Edmund hochmütig. »Regt Euch nicht auf, Kerl, ich bezahle Euch ein neues Banner.«

»Beleidigt Ihr mich, Herr Prinz?«, ruft Craenhals. »Ist das etwa der Respekt, den Ihr für die Ritter Flanderns aufbringt?«

Edmund zieht seinen Handschuh aus und wirft ihn aus dem Fenster, vor Craenhals' Füße.

»Soll ich Euch helfen, ihn aufzuheben?«, fragt Edmund. »Oder traut Ihr Euch das allein?«

Ritter Craenhals hebt den Handschuh auf, wischt mit ihm

ausführlich über seinen Hintern und reicht in anschließend der Giraffe. Das Tier beschnüffelt den Handschuh misstrauisch, dreht dann seine Zunge um ihn herum und lässt ihn in seinem langen, zierlichen Hals verschwinden.

Ich kann mich nicht beherrschen und sage: »Das Tier isst wirklich alles!«

Edmund läuft rot an.

»Wir sehen uns auf dem Turnier, Prinzchen«, ruft Craenhals.

»Ich habe nicht gewusst, dass Bauernlümmel zugelassen werden«, spuckt Edmund.

Mein Vater mischt sich ein. »Hochedle Herren, bewahrt Euren Speichel und Euer Feuer für das Turnier. Da könnt Ihr jede Beleidigung schlichten.«

Ich muss lächeln. »Ihr macht Euch bestimmt beliebt unter den flämischen Rittern.«

Edmund verbeugt sich. »Ich bitte um Erlaubnis, werter Vater und zukünftige Frau, mich verabschieden zu dürfen, und hoffe, Euch gleich beim Diner besser kennenzulernen.« Mit diesen Worten schreitet er davon, gefolgt von seinen Rittern. Ich bleibe allein in dem großen Saal zurück, allein mit Constance und mit meinem Vater.

»Ihr seid unverbesserlich«, klagt Constance, »Ihr habt ihn fast beleidigt.«

»Und er uns.«

Sie erschrickt vor dem Ton in meiner Stimme.

»Er ist der Prinz von England«, tadelt mich Constance. »Er ist die beste Partie von ganz Europa und ...«

»Du kannst ihn haben«, rufe ich ihr zu.

»Lass uns allein«, höre ich meinen Vater sagen. Constance verbeugt sich und verlässt den großen Saal. Ich stehe meinem

Vater gegenüber. Die Grafen von Flandern schauen aus ihren krummen Rahmen auf uns herunter.

»Ihr habt geschworen, Tochter, den Prinzen von England zu heiraten«, fängt mein Vater langsam an. »Mit Euren Lippen auf dem Kreuz.«

Ich laufe auf meinem Vater zu und falle vor ihm auf die Knie. Ich verschränke meine Hände und hebe sie hoch. Er schaut auf mich herunter.

»Ich flehe Euch an, Vater, nehmt diesen Mann aus meinem Leben.«

Mein Vater starrt mich an.

»Er erfüllt mich mit absolutem Abscheu«, stottere ich, während die Tränen aus meinen Augen springen. Ich habe mich meinem Vater gegenüber noch nie so verletzlich gezeigt.

»Wenn Ihr mich mit ihm verheiratet, werde ich austrocknen und sterben.«

Mein Vater starrt mich immer noch an.

»Oder ich werde verrückt, genau wie meine Mutter.«

Die Tür geht auf. Küchenknechte kommen herein, um die Feuer für das abendliche Mahl anzumachen. Mein Vater schreit sie an, sie sollen verschwinden. Sie drehen sich erschrocken um und schließen die Tür hinter sich. Mein Vater wendet sich wieder zu mir.

»Du verrätst mich, Tochter?«

»Verrat …?«, stottere ich.

»Es ist wegen diesem Filips, nicht wahr?«, fragt mein Vater.

»Filips?«, frage ich verständnislos.

»Muss ich es dir näher erklären, Tochter?« Er erhebt seine Stimme. »Du gehst mit ihm zusammen ein Bad in der *Roten Tür* nehmen, du bedrohst den Sohn des Gildemeisters van Rijpergherste mit einem Dolch, und du treibst dich mit Filips in den Ställen herum.«

»Was soll das?«, rufe ich.

»Bist du noch Jungfrau, Tochter?«

Einen Augenblick lang bin ich sprachlos. Aber nur einen Augenblick.

»Warum fragt Ihr das, Vater, habt Ihr Edmund eine Jungfrau versprochen?«

»Ihr habt mir nicht geantwortet, Tochter.«

»Ja, Vater, ich bin noch Jungfrau«, sage ich, »und ich möchte es auch bleiben. Diesem Mann will ich mich nicht hingeben.«

»Weißt du, wie viel ich dem Gildemeister bezahlen musste, um deine Abenteuer in der *Roten Tür* geheim zu halten?«

»Das war nur ein Spiel, Vater«, heule ich. »Die Laune eines jungen Mädchens. Ich bin nicht in Filips verliebt. Ich will ihn nicht. Und Edmund will ich ganz bestimmt nicht.«

»Wen willst du dann, Tochter?«, sagt mein Vater zornig. »Du hast mehr Launen als ein Hund Flöhe.«

»Das ist keine Laune, Vater, bitte«, flehe ich ihn an. »Glaubt mir doch. Edmund wird sich an Flandern vergreifen, so wie sein Bruder, der Schwarze Prinz, sich an Frankreich vergriffen hat.«

»Edmund wird Flandern nach meinem Tod Ehre antun«, behauptet mein Vater. »Eine Verschmelzung von England und Flandern ist die einzig mögliche Zukunft.«

»Bin ich für Euch denn nicht mehr als der größte Trumpf in Eurem Kartenspiel, Vater?«

»Willst du etwa zurück zu deinem Ritterchen van Sindewint? Er ist inzwischen mit einer prachtvollen Frau verheiratet und hat zwei Söhne.«

Ich schüttle den Kopf. Ich umfasse mit beiden Händen die Knöchel meines Vaters und drücke mein Gesicht dagegen.

»Habt Mitleid mit mir, Vater«, flehe ich, »habt Mitleid mit Eurer einzigen Tochter.«

Mein Vater tritt meine Hände von seinen Knöcheln. Ich spüre seinen Schuh an meinem Gesicht. Ein schmerzhafter Stoß schießt durch meine rechte Schläfe.

»Du bist ein sprunghaftes Geschöpf«, ruft mein Vater. »Man kann dir nicht trauen, und du bist meine einzige Erbin. Du wirst Edmund heiraten.«

Dann geht er weg. Ich bleibe auf dem Boden liegen, von Schluchzen geschüttelt, und alle Grafen von Flandern schauen hochmütig auf ihren letzten Spross herab.

15

Es ist der Morgen nach Mittsommer. Ich bin in Brügge, im ehemaligen Saal der Schwarzen Schwestern. Ich betrachte den kleinen Fechtmeister. Ich bin bereit zu fechten. Wir stehen uns gegenüber. Ich sehe mein in schwarzes Leder gehülltes Schwert gestreckt, seinem gegenüber. Ich denke an Edmund. Ich denke an meinen Vater. Im nächsten Augenblick holt Meister Tagliaferro aus und schlägt mir das Schwert aus den Händen. Es klirrt über den Boden.

»Wenn ich Fechten unterrichte, *Contessina,* erwarte ich Konzentration«, schnauzt Tagliaferro.

Er streicht mit der linken Hand über seinen Spitzbart und schaut mich mit seinen hellen Augen an.

»Haltung, *Contessina*«, ruft er.

»Das ist meine letzte Stunde, *Maestro*«, sage ich tonlos. »Mein zukünftiger Ehemann ist gestern angekommen. Es wird erwartet, dass ich zu seiner Verfügung stehe. Ich werde Euren Unterricht vermissen.«

Meister Tagliaferro zieht die Schultern hoch, dreht sich um und lässt sein Schwert hin und her schwingen. Er ist nicht interessiert an meinem Gejammer.

»Ihr habt Fechtunterricht, *Contessina*«, antwortet er gelangweilt. »Dafür bezahlt Ihr mich.«

»Ich bin heute nicht ich selbst«, antworte ich.

»Dann werde ich Euch heute lehren, Ihr selbst zu sein«, antwortet er.

»Ich selbst zu sein?«, frage ich misstrauisch.

»Nehmt Euer Schwert in Eure linke Hand, *Contessina*«, befielt er, »und nehmt das Schutzleder ab.« Ich befolge seinen Befehl. Ich betrachte den scharfen, glänzenden Stahl meines Rapiers. Die Lederriemchen um den Griff fühlen sich seltsam an in meiner linken Hand. Der Fechtmeister geht zu einer Seite des Saals und löst das Seil, mit dem die Stoffpuppe an der Decke befestigt ist. Die Puppe schwingt von rechts nach links. Es gibt drei rote Flecken auf der Puppe, wenn man die trifft, ist ein Stich tödlich. Ein roter Fleck ist das Herz in der Mitte der Brust, ein roter Fleck am Hals und ein roter Fleck auf der Stirn, zwischen den Augen. Ich muss mit dem Rücken zur Puppe stehen. Dann muss ich mich umdrehen und mit einer einzigen Bewegung die Puppe an einem der drei Flecken durchbohren. Es hat mich zwölf Unterrichtsstunden gekostet, um die Puppe mit meiner rechten Hand ins Herz zu treffen. Doch jetzt soll ich eine vollendete Bewegung mit dem Arm schaffen, der nicht mein Schwertarm ist.

»Bereit?«, fragt der Fechtmeister.

Ich nicke. Meine Hand liegt fest um den Griff meines Schwerts, als würde ich es nie mehr loslassen. Ich höre die Puppe hinter mir hin und her schwingen. Ich konzentriere mich auf das Geräusch. Ich lasse mein Blut kalt werden. Alles scheint zu verstummen. Dann lasse ich den Hass meines Lebens in meinem Körper aufblühen wie eine riesige rote Blüte. Ich fühle den Luftzug der Puppe an meinem Hals und höre das Geräusch des Seils. Ich wirbele um meine Achse, ich stütze mich auf den rechten Fuß und gehe ins linke Knie. Mein ganzer Körper ist ein langes Schwert. Ich steche zu. Der Puppe mitten ins Herz. Ich ziehe das Schwert zurück. Ich durchbohre ihren Hals, ziehe mein Schwert noch einmal zurück und stoße mein Schwert durch die Stirn der

Puppe. Dann ziehe ich mein Schwert aus dem Kopf und gehe einen Schritt zurück. Bei jedem Stoß habe ich geschrien. Meister Tagliaferro staunt über die Heftigkeit meines Angriffs. Ich zittere auf den Beinen, aber ich bin im Gleichgewicht. Es gibt niemanden, der mich jetzt noch umstoßen kann.

»Euer Herz liegt links, *Contessina*«, sagt Tagliaferro, »mehr kann ich Euch nicht lehren.«

»Ich bin froh zu wissen, wo mein Herz liegt, *Maestro*«, antworte ich und kann die Bitterkeit kaum unterdrücken.

»In jedem Gefecht müsst Ihr Euer Herz beherrschen können«, antwortet Tagliaferro. »Ihr müsst Liebe und Hass ins Gleichgewicht bringen, und vor allem dürft Ihr das eine nicht mit dem anderen verwechseln.«

»Wie könnte ich je Liebe und Hass verwechseln?«, frage ich.

»Diese Frage wirst du selbst beantworten müssen, wenn die Zeit dafür reif ist«, antwortet er.

Meister Tagliaferro ist der seltsamste Mann, den ich je getroffen habe.

»Ihr seid ein Meister in der Fechtkunst«, sage ich, als wir unsere Schwerter wegpacken, »habt Ihr jemals einen getroffen, der Euch überlegen war?«

»Der einzige Mann, der mich in diesem Saal je geschlagen hat«, sagt Tagliaferro langsam, »ist Euer Vater.«

Ich fühle das Blut durch meinen Körper pumpen. Mit einem heftigen Stoß schiebe ich mein Schwert in die Scheide.

»Warum habt Ihr mich eigentlich im Fechten unterrichtet, *Maestro*?«, frage ich.

Er lehnt sein Rapier fast geräuschlos gegen die Wand. Dann dreht er sich zu mir um.

»Wegen der Art, wie wir uns kennengelernt haben. Als ich Euch das erste Mal sah.«

»Als ich mit Jan van Vere hierher kam?«

»Nein, als ich mit Scheiße beworfen wurde, auf dem Deich der Reie. Die Jungen rannten davon wie Hasen. Aber du, du bist stehen geblieben.«

»Ich war erst neun«, antworte ich überrascht. »Ich dachte, Ihr hättet mich nicht erkannt.«

Er grinst.

»Du hattest Mut, du bist eine würdige Erbin von Flandern«, sagt er mit einem Kopfnicken. Es ist das erste Mal, dass er mir ein Kompliment macht.

»Das ist etwas, was ich von meinem Vater nie höre«, sage ich düster.

»Euer Vater«, beginnt Meister Tagliaferro, »ist nicht ...«

»Ihr kennt meinen Vater nicht«, schnauze ich ihn an. Ich erschrecke vor meiner eigenen Stimme. Sie hallt in dem großen, kalten Saal.

»Nein«, entschuldigt sich Tagliaferro, »das stimmt. Ich kenne Euren Vater nicht.«

Meister Tagliaferro begleitet mich zum Tor und öffnet es für mich. Die Straßensteine sind warm von der Sommersonne.

»Ich grüße Euch, *Contessina*«, sagt er.

»Ich grüße Euch, *Maestro*«, antworte ich.

Und so verschwindet auch Meister Andrea Tagliaferro aus meinem Leben.

Es ist drei Tage nach Mittsommer. Es ist Abend. Jeder im Schloss macht sich bereit, morgen nach Gent zu ziehen, zum Turnier. Filips von Rouvres kommt zur Kammer der heiligen Anna, um sich von mir zu verabschieden. Er trägt sein schönstes Wams. Ich habe das Buch von Hellawijs auf dem Schoß. Diesmal hat Filips Gott sei Dank kein Gedicht dabei.

»Ich sage Euch Lebwohl«, sagt er.

»Oh«, rutscht es mir heraus.

»Ich reise zurück nach Rouvres.«

»Bleibt Ihr nicht zum Turnier?«

»Jedes Mal, wenn ich Euch zusammen mit Edmund sehe, blutet mir das Herz«, antwortet er melodramatisch.

Ich klappe das Buch zu und seufze. Wenn er noch einmal über ein blutendes Herz spricht, werde ich verrückt. Er sieht meinen Ärger.

»Warum sollte ich bleiben?«

»Um dem englischen Prinzen ein bisschen Bescheidenheit beizubringen«, stoße ich aus.

In seinen Augen blitzt etwas auf, dann werden sie wieder matt.

»Ihr wollt, dass ich im Turnier gegen den Prinzen kämpfe, der Euer Mann wird?«, fragt er. »Was soll das bringen?«

»Aber ist es nicht das Wesen der Ritterschaft, Herr Filips«, sage ich langsam, »dass Ihr eine Frau liebt, die Ihr nie bekommen könnt? Und dass Ihr für sie die tapfersten Taten vollbringt?«

»In der Tat, *Ma Dame*.« Filips nickt. »Aber Ihr werdet mich nie lieben. Ihr habt meine Briefe allen Frauen des Schlosses vorgelesen. Ihr habt Euren Spott mit mir getrieben. Ihr treibt mit jedem Euren Spott.«

»Ihr seid nun einmal kein begnadeter Dichter, Herr Filips«, sage ich. »Und ich habe Mühe, das ganze höfische Geblöke um meine Person zu glauben. Ihr habt es einfach übertrieben.«

»Dann verdienten meine Gedichte nichts anderes, als verbrannt zu werden«, sagt er trocken.

»Ach«, sage ich seufzend. »Ich habe sie nicht verbrannt.«

»Was meint Ihr?«

»Ich meine, dass ich sie nicht verbrannt habe«, sage ich ungeduldig. Ich kann ihm doch nicht sagen, dass ich sie in einem Kästchen aufbewahre. Immerhin ist er der einzige Mann, der mir je Gedichte geschrieben hat.

»Wirklich?«, ruft er hoffnungsvoll. Ich lächle, und er wird mit einem Schlag wieder zum Ritter.

»Ich gewinne das Turnier für Euch«, ruft er. »Ich reiße Edmund den Harnisch ab und benutze ihn als Vogelscheuche für meinen Weinberg in Burgund.«

Er will zur Tür gehen, überlegt es sich anders. Er dreht sich um und kniet vor mir nieder.

»Ich bin Euer Ritter«, sagt er und beugt den Kopf. Dann springt er auf und läuft hinaus.

Herzog Filips! Er wird sich nie ändern.

Wir reisen nach Gent und nach Gravensteen, die Zwingburg, wo mein Vater seine Feinde foltern und seine Münzen schlagen lässt. Gravensteen ist die am besten bewachte Festung von ganz Flandern. Der Vorrat an edlen Metallen in der Kellerklause befindet sich hinter einer Eichenholztür mit neun Schlössern. Das Geld wird legiert. Die Flüssigkeit, die bei der Legierung abfällt, ist so giftig, dass man sie nicht in den städtischen Grachten löschen kann, man gießt sie ein Stück stromabwärts in die Schelde. Die Münzen werden mit dem Bildnis meines Vaters geschlagen, des Grafen von Flandern. Es sind schwere Silbermünzen, wir nennen sie flämische Pfunde. Mein Vater lässt die

Münzen, die in seine Schatzkiste kommen, erneut schmelzen und schlagen, aber mit einem geringeren Silbergehalt. Diese neuen Münzen bringt er wieder zu ihrem alten Wert in Umlauf und behält die Differenz für sich. Mein Vater ist gewiefter als jeder Geldhändler.

An diesem Abend wird im großen Saal von Gravensteen ein Festmahl für alle adligen Gäste angerichtet. Mein Vater, Edmund und ich sitzen vor dem Kamin auf einem Podest. Die anderen Edelleute sitzen je nach Rang und Bedeutung weiter von uns oder näher. Unter dem Salz, wie das heißt, sitzen die Menschen von niedrigerem Stand. Es wird Mechelser Kuckuck serviert, in einem Mantel aus Süßkuchen mit Zimt. Filips ist heute Abend kühl und abweisend. Er scheint sein Geheimnis wiedergewonnen zu haben. Ich lächle ihm zu wie damals, als wir das halbe Badehaus vom Jungfrauental durcheinandergebracht haben.

Mein Vater steht auf. Er hebt seinen Becher aus Eschenholz, der edelsten aller Holzarten. Der Becher ist in Gold gefasst. Mit erhobenem Becher spricht er allen zu. Er erklärt, dass er sich darauf freut, auf dem Turnier die große Ehre und das unaussprechliche Vergnügen zu haben, die Tapferkeit seines zukünftigen Schwiegersohns in all ihren Facetten zu sehen. Edmund steht auf und hebt seinen Becher. Er verkündet, dass er seinen zukünftigen Schwiegervater liebt wie einen eigenen Vater und dass er und das englische Königshaus noch nie so viel Ehre empfangen haben wie heute, am Tag seiner Verlobung, dem Tag, an dem der Drache des heiligen Georg und England zum ersten Mal mit dem Löwen von Flandern auf einem Panier weht. Die Edlen von Flandern und die Meister der Städte jubeln ihm zu. Er schmettert, dass er seinem zukünftigen Schwiegervater noch mehr Ehre erweisen wird. Jeder Harnisch, den er beim Turnier von einem Ritter erbeuten wird, wird er meinem Vater schenken, um der Ehre und des Ruhmes der vielen Nachkommen willen, die ich Flandern und England schenken werde.

Mein Vater bedankt sich aus vollem Herzen bei seinem zukünftigen Schwiegersohn und posaunt durch den Saal, dass auch er ihn, Edmund von England, nun schon als den Sohn betrachtet, den er nie hatte. Er weiß genau, dass seine Tochter – *moi!* – ihm eine fruchtbare Gattin sein werde, die ihm Glück und Genuss schenken und ihm bestimmt viele Nachkommen gebären werde.

Edmund grinst breit, und ich sehe, wie eine seiner Pusteln aufplatzt.

»Ich trinke auf Eure Liebe und Eure Fruchtbarkeit«, ruft Edmund voller Selbstvertrauen und hebt seinen Becher, »und auch auf Euren Körper mit seinen hundert Dünsten und Düften, die ich einen nach dem anderen genießen werde.«

Die Edlen lachen und applaudieren. Edmund hebt seinen Becher zu meinem Vater, und sie schlagen sie hart aneinander, während sie sich in die Augen schauen.

Ich erhebe mich. »Eure Dichtkunst überrascht mich aufs Angenehmste, Ritter von England.« Ich lächle.

»Von England *und Frankreich*«, sagt Edmund.

»Auch ich freue mich auf darauf, Eure Tapferkeit bis in die kleinsten Facetten erkennen zu dürfen«, spreche ich weiter, und die Gemüter beruhigen sich wieder. »Aber was ist Mut, wenn er sich hinter einem eisernen Brustharnisch und einem Eichenholzschild verbirgt, hinter einem Helm, zwei eisernen Beinschienen und dem gehärteten Schamschild, das dafür sorgen muss, dass das Geschlecht von England nicht untergeht?«

Das Gemurmel verstummt. Die Augen meines Vaters brennen. Edmund wird rot. Das Blut in meinem Körper schreit: Nimm die Herausforderung an, damit Filips dir eine Abreibung verpassen kann, woran ich Euch, Herr Gemahl, den Rest unseres Ehelebens erinnern werde. Jeden Abend, wenn es sein muss.

»Wirklicher Mut«, fahre ich hochmütig fort, »ist der Mut, ohne Harnisch zu kämpfen, in Hemdsärmeln. Seid Ihr ein Mann mit solchem Mut, Edmund von England *und Frankreich*?«

Ich sehe, wie Edmund zögert. Ich habe ihn, schießt es mir durch den Kopf, ich habe ihn! Er ist kurz davor, schwach zu werden. Doch da schlägt mein Vater mit der Faust auf den Tisch.

»Es ist genug, Tochter, Ihr redet dummes Zeug!«

Und Edmund knickt nicht ein.

»Haltet Ihr mich für einen Dummkopf?«, ruft er. »Kämpfen im Hemd ist etwas für Bauernlümmel und Leibeigene. Ein Ritter beschützt seinen edlen Körper gegen alle möglichen Stöße. Das ist sein Vorrecht.«

»Fordere meinen zukünftigen Schwiegersohn nicht heraus, Tochter«, ruft mein Vater. »Wer kämpft auf einem Turnier ohne Harnisch? Das ist die reinste Verrücktheit.«

»Schade«, sage ich und seufze. »Ich hatte gehofft, dass der Mann, der mich liebt, das auch tatsächlich mit seinem Mut beweisen würde.«

»Ich werde meine Liebe auf eine andere Art beweisen«, sagt Edmund grinsend, zum großen Vergnügen des ganzen Saals. Es wird gejubelt, geklatscht und viel zu laut gelacht. Ich fühle, wie mein Kopf heiß und rot wird. Da steht Filips von Rouvres auf. Er wartet, bis das Lachen im Saal erstirbt.

»*Ma Dame*«, verkündet er theatralisch, »Euer zukünftiger Ehemann wird mit Eurem Schleier für Euren größeren Glanz und Glorie kämpfen. Aber ich werde in meinem Hemd für Eure Liebe kämpfen.«

Mein Vater starrt ihn an. Ich höre Edmund schnaufen. Ich schlage die Augen nieder. So hatte ich es nicht gemeint. So hatte ich es wirklich nicht gemeint. Ein Holzblock im Kamin verrutscht. Der Wind lässt die Kerzen aufflackern, und zwei Stockwerke tiefer, in der Küche, fällt eine Schüssel zu Boden. Die Stille ist so intensiv, als würde der Engel Gabriel persönlich vorbeischweben.

16

Der Kornmarkt ist eine Sandfläche zwischen der Sint-Niklaas-Kerk, wo ein großer Kirchhof liegt, der Sint-Pharahildis-Kerk am Veerleplein, dem Gefängnis, das auf die Graslei und die tiefe Gracht schaut, die vom Anfang der Veldstraat zur Volderstraat läuft. Ganz Gent ist auf dieser Fläche zusammengelaufen. Ich sehe die Sehnenflechter, die ihre Bogen anpreisen, die Barbiere, die auf der Straße Zähne ziehen, die Lastenträger, die Kähne löschen, die Freudenmädchen mit ihren Mützen aus gestreiftem Stoff, die Bleigießer, die noch schnell einen Hahn auf einem Dach befestigen, die Schmarotzer, die tun, als wären sie aussätzig oder gebrechlich, und die vielen anderen Leute geringen Standes und gemeiner Sitten.

Der Vorsteher des Gefängnisses hat seine Zellen im ersten und zweiten Stockwerk leer gemacht und alle Gefangenen in den ebenerdigen Sälen zusammengepfercht. Er vermietet die Zellen in den oberen Stockwerken, von wo aus man einen wunderbaren Ausblick auf das Turnier hat. In den wenigen Fenstern der Herrenhäuser sitzen Bürger dicht gedrängt. Doch vor allem auf dem Platz, auf dem an normalen Tagen Korn gehandelt wird, ist es so voll, dass man über die Köpfe laufen könnte. In Gent hat man bisher nur selten einen solchen Aufzug von Rittern gesehen. Wir sitzen auf drei überdachten Galerien vor dem Borluuthaus. Unsere Galerien sind bunt vor lauter Bannern und Flaggen. Die Edlen um mich herum sind prachtvoll gekleidet, und ich habe mich wie eine Waldgöttin herausgeputzt. Mein langes Kreppkleid ist mit drei kleinen Smaragden bestickt. Um die Mitte trage ich einen Gürtel, dessen Schloss eine Frau zeigt, die ein Wildschwein aufspießt. Constance hat mich gedrängt, ich müsse mich in Rot kleiden. Das ist die Farbe der Leidenschaft und der Liebe. Aber ich habe Grün gewählt, die Farbe der Jugend, der Freiheit und der Natur im Monat Mai. Die Farbe der Hoffnung. Es ist die Hoffnung, die ich hier und heute für immer hinter mir lassen werde.

Die Posaunen erschallen. Mein Vater zieht mich hoch. Ich stehe neben ihm auf der Galerie. Das Volk von Flandern schaut auf uns.

»Dieses Turnier wird gefeiert anlässlich der Verlobung meiner Tochter«, verkündet mein Vater, »Marguerite von Male und Dampierre, der zukünftigen Gräfin von Flandern und Brabant und der Güter Réthel, Nevers und Artois, und heute Königin der Liebe und der Schönheit. Sie ist versprochen an Edmund von Langley, Ritter und Prinz von England und Graf von Cambridge. Ich erkläre die Ritterspiele für eröffnet.« Ein ohrenbetäubender Jubel steigt aus dem Publikum auf.

Einer nach dem anderen paradieren die Ritter in gemessenem Schritt am Kampfplatz vorbei. Zuerst kommt Johan Craenhals, erster Ritter von Flandern. Sein Wappenschild ist gelb mit einem zierlichen weißen Schwan. Und dann kommt Ritter Edmund. Über seinem Pferd hängt eine dunkelgrüne Decke, darauf der heilige Georg, der göttlichste aller Ritter, an seinem linken Arm eine ängstliche Jungfrau und unter seinem rechten Fuß ein noch ängstlicher aussehender Drache. Seine Waffen und sein Helm – darauf ein Kamm in Form eines Adlers – werden von Knechten in Livree getragen. Auf dem Kornmarkt wird gejubelt, während ich mein Halstuch pflichtbewusst um Edmunds Lanze binde.

Das seidene Halstuch ist mit dem Löwen von Flandern bestickt. Edmund richtet seine Lanze zum Publikum, damit alle Leute das Halstuch sehen können und begreifen, dass er das Herz ihrer zukünftigen Gräfin erobert hat. Die Menschen jubeln sich die Kehlen heiser, aber ich schweige. Ich schaue nur zu Filips von Rouvres hinüber. Er sitzt im Hemd auf dem Pferd. Für Filips von Rouvres wird lauter gejubelt als für jeden anderen Ritter.

Das Turnier wird von dem alten Marschall Ingelram Noothaec geleitet, der in ein Gewand gekleidet ist, dessen weinrote Farbe vollkommen übereinstimmt mit der Farbe seiner Trinkernase. Ich sitze neben meinem Vater. Die Posaunen erschallen, und Ingelram ruft die Namen der Ritter und der Schildknappen, die heute in den Kampf gehen. Es sind vierzig, und sie werden ihre Ehre, ihre Farbe und ihr Banner verteidigen. Ihre Pferde sind in lederne Brustkürassen gehüllt, die die Schläge auffangen sollen, und darüber hängen elegante Decken voller schöner Motive. Die Ritter und Schildknappen blitzen im Sonnenlicht und teilen sich in zwei Gruppen von je zwanzig Mann. Sie werden auf einem von einem hohen Zaun abgeteilten Feld von siebzig mal zwanzig Metern kämpfen. Ritter Edmund ist der Hauptmann der englischen Ritter, und Ritter Craenhals führt die flämischen und französischen Gegner an. Unter den Flamen befinden sich Hendrik und Godfried, meine Streitkumpane aus einer fernen Vergangenheit. Es ist ihr erstes Turnier.

Ingelram kündigt an, dass es um ein Turnier *à plaisance* geht, und erklärt die Regeln. Es wird mit stumpfen Waffen gekämpft, und es ist nur erlaubt, seitliche Schläge mit dem Schwert anzubringen. Wer diese Regeln übertritt, verliert seine Waffen und sein Pferd und wird von allen zukünftigen Turnieren ausgeschlossen.

Der Kampfmeister kündigt auch an, dass jede Dame ein Halstuch in den Farben ihres Auserwählten besitzt. Sieht sie ihren Kämpfer zu sehr leiden, darf sie das Tuch einem Schiedsrichter zuwerfen, sodass ihr Ritter vor weiteren Schlägen bewahrt bleibt und den Kampfplatz verlassen darf. Ein Ritter, dessen Helm abgerissen wird, ist Verlierer, und jeder Verlierer muss den Ritter, der ihn geschlagen hat, bezahlen. Verliert einer der Anführer den Helm, hat die ganze Gruppe verloren, und der Kampf ist entschieden.

Constance, die alte Ziege, kneift mich in den Arm und deutet auf die zwei Gruppen von Rittern und Schildknappen, die sich an beiden Enden des Kampfplatzes zusammendrängen und fieberhaft die Strategie ihres Angriffs besprechen. Sie können sich kaum verstehen, so laut ist der Tumult des Publikums und das ungeduldige Schnauben und Hufgetrappel ihrer Pferde. Fünf Herolde blasen ihre Trompeten, und auf dieses Signal hin drehen sich die beiden Rittergruppen zueinander um, wie lebende Mauern aus Eisen und Stahl. In diesem Augenblick hält jeder den Atem an. Es ist ein heiliger Moment. Eine letzte Stille vor dem großen Sturm.

Ich bin so nervös, dass ich mir mit dem Nagel meines Zeigefingers den Daumen aufkratze. Kinder werden auf die Schultern ihrer Väter gehoben. Frauen steigen auf einen Stuhl, den sie mitgebracht haben. Taschendiebe suchen die günstigste Position und lassen kleine Messer aus den Ärmeln in die Handflächen gleiten. Sie werden in dem Moment zuschlagen, wenn das Kampfhorn geblasen wird. Ein junger Kerl, der an der Rückseite des Spijkerhuis' hochklettert, rutscht mit einem heiseren Aufschrei vom Dach nach unten, direkt in den Stand von Jozefien van Merelbeke, die Ofenbrote verkauft, gefüllt mit Rhabarber und Maulbeeren. Die Plane des Stands dämpft seinen Fall und reißt auf, sodass er der Länge nach in den Ofenbroten landet. Der Junge ist verwirrt, kommt aber wieder zu sich, als Jozefien ihn vom Tisch reißt und ihm eine klatschende Ohrfeige verpasst. Der Junge, triefend von Maulbeeren und Rhabarber, macht, dass er wegkommt. Die Umstehenden lachen, aber in diesem Augenblick ruft Marschall Ingelram: »*Laissez aller!*« Visiere werden heruntergeklappt. Lanzen werden nach vorn gerichtet. Die Seile in der Mitte des Kampfplatzes werden durchgeschlagen. Vierzig Paar Sporen werden in die Flanken der Pferde getrieben, und zwei Meere aus knirschendem Stahl und wüsten Stacheln brausen aufeinander los. Der ganze Markt erzittert unter dem Dröhnen der klappernden Hufeisen. Edelleute, Bürger, Mönche, Huren und Bettler schreien los. Die Messer der Taschendiebe tun ihr Werk.

Das erste Opfer des Tages ist Hendrik, der seine Lanze zu lang hält, sodass sie sich in den Boden bohrt und zersplittert, woraufhin er in die Luft geschleudert wird und zu Boden stürzt, genau vor die Pferde der anstürmenden Gegner. Die Hufe hämmern auf den Harnisch des armen Hendrik. Ich springe mit einem Schrei auf. Ich sehe auch noch, wie die Gegner Iwein van Ruwhoutbosch und Humphrey von Leeds einander als Erste erreichen. Ihre Lanzen streifen ihre Schilde, die Ritter galoppieren direkt aufeinander zu, und Stücke von Schilden, Lanzen und Schulterpanzern fliegen durch die Luft. Iweins Helm, geschmückt mit einem Froschmaul, rollt ins Publikum. In diesem Augenblick wird so viel Staub aufgewirbelt, dass niemand von beiden Seiten des Kampfplatzes, auch nicht aus den Fenstern der Häuser am Kornmarkt, sehen kann, was passiert. Alle halten den Atem an, und das Einzige, was man hört, ist ein pausenloses Wiehern und das dumpfe Aufschlagen von Metall auf Metall und ab und zu ein rauer Aufschrei. Meine Augen suchen nach einer Stelle, an der die Staubwolke weniger dicht ist, aber vergeblich.

Als sich der Staub nach einer ganzen Ewigkeit endlich legt, ist die Hälfte der Ritter vom Pferd geschlagen. Einige liegen hilflos auf dem Rücken, wie umgefallene Schildkröten, und können nicht aufstehen. Andere haben sich aufgerichtet und schlagen mit Schwertern und Schilden aufeinander ein. Ein Knecht, der angelaufen kommt, um seinem Herrn zu helfen, wird niedergetreten. Edelfrauen auf den Galerien stoßen Schreie aus und lassen ihre Tücher fallen, zum Zeichen dafür, dass ihre Ritter vom Feld getragen werden müssen. Filips, in Hemdsärmeln, sitzt noch immer auf seinem Pferd, er hat die vorderste Linie gemieden. Ein englischer Reiter kommt auf ihn zu. Filips weicht dem mächtigen Schwert aus, indem er sich seitlich aus dem Sattel fallen lässt, während sein Pferd den Gegner aus dem Weg schiebt. Filips benutzt sein Pferd als Waffe. Das Schwert des englischen Ritters zerschneidet nur die Luft, und sein Pferd ist aus dem Gleichgewicht. Im nächsten Augenblick zieht Filips sich wieder in den Sattel. Er rammt seinen Schild in den Nacken seines Gegners. Der Reiter rutscht wie eine Stoffpuppe aus dem Sattel. Es ist ein prächtiges Manöver. Ich juble. Filips mag ja ein hoffnungsloser Dichter sein, aber er ist ein großartiger Reiter, und gerade dadurch, dass er keinen Harnisch trägt, kann er sich schneller bewegen als seine Gegner. Für einen Moment ist er der strahlende Stern des Turniers.

Die beiden Anführer Edmund von Langley und Johan Craenhals sitzen noch immer zu Pferd, versuchen, sich einen Überblick über das Kampffeld zu verschaffen, und bellen kurze Befehle.

Edmund von Langley ist eindeutig am Gewinnen. Er versammelt seine Ritter. Sie sind noch elf. Craenhals hat nur noch sieben Ritter zu Pferd. Ich fluche. Los, Johan, zische ich, lass dich in Gottes Namen von diesen Inselbewohnern im Harnisch nicht unterkriegen.

Im nächsten Moment donnern Edmund und seine Ritter auf die kleine Gruppe zu, die sich um Craenhals versammelt hat. Es ist ein schreckliches Gedränge. Die Ritter haben nicht genug Platz, um mit ihren Schwertern auszuholen. Der Kampf besteht aus Drängen, Ziehen und Hängen. Ritter zerren sich gegenseitig vom Pferd und in den Schlamm, zwischen dem Gestampfe der Pferdehufe versuchen sie, sich die Helme abzureißen. Ein Pferd stürzt durch den Zaun und fällt seitlich ins Publikum. Eine Frau schreit. Ein Kind weint.

Craenhals wird von Prinz Edmund und einem seiner Ritter in eine Ecke gedrängt. Craenhals fällt. Entsetzen ergreift das flämische Publikum. Craenhals rappelt sich hoch. Sein linker Arm hängt schlaff an seiner Seite herunter. Er muss gebrochen oder ausgerenkt sein. Doch Craenhals gibt nicht auf. Er nimmt seinen Streitknüppel in die rechte Hand und schlägt damit dem Pferd eines englischen Ritters auf die Nase. Das Pferd zuckt, und im nächsten Augenblick stürzt es leblos zu Boden. Der Reiter macht einen Purzelbaum. Craenhals hat keine Zeit, zur Seite zu treten, und der Reiter landet auf ihm. Beide fallen gegen die Umzäunung. Craenhals verliert seinen Streitknüppel. Der Engländer versucht, den flämischen Vorkämpfer zu Boden zu ziehen, und zerrt an seinem linken Arm. Craenhals, schwertlos und schreiend vor Schmerz, versucht, ihn mit dem rechten Arm von sich zu schlagen. Edmund ist nur noch einen Meter von Craenhals entfernt, bereit, ihm den Helm abzureißen.

Doch da gibt Filips seinem Pferd die Sporen und attackiert. Er reitet auf Edmund los und lässt, als der bessere Reiter, der er ist, sein Pferd steigen. Die Hufe seines Pferdes landen direkt auf Edmunds Bruststück. Edmund wird von der Gewalt aus dem Sattel geworfen. Filips springt vom Pferd, weicht einem Schwertschlag des Engländers aus und rutscht an ihm vorbei. Filips wirft sich auf den Prinzen von England. Wenn es ihm gelingt, Edmunds Helm abzureißen, wird er, mein Ritter in Hemdsärmeln, der Sieger des Turniers sein. Doch ich kann sehen, dass irgendetwas Filips in seinen Bewegungen zögern lässt. Im nächsten Augenblick sehe ich ihn fallen, die Hände auf den Bauch gedrückt. Sein Hemd färbt sich rot von Blut. Ich schreie seinen Namen, ich lasse den Schleier fallen und renne die Galerie hinunter. Ein Ritter zieht Filips vom Kampfplatz. Es ist Godfried, mein guter alter Godfried, der nie mehr als zwei Worte zu mir gesagt hat. Im nächsten Augenblick hat Edmund sein stumpfes Schwert wieder aufgehoben. Craenhals steckt noch immer in einem Gerangel mit seinem Engländer und scheint nun, bedeckt von Stroh und Schlamm, die Oberhand zu gewinnen. Edmund sieht, wie die übrig geblieben flämischen Ritter nun zu Pferd und zu Fuß auf ihn losstürmen, um ihren Anführer zu befreien. Er begreift, dass es jetzt um alles geht. In diesem Augenblick. Er lässt sein Schwert fallen und springt auf Craenhals, der nach hinten fällt. Auf seiner Brust sitzend und geschützt von den Schilden seiner Mannschaft, reißt Edmund ihm den Helm mit dem aufgerissenen Löwenmaul vom Kopf. Dann steht er auf und hält den Helm hoch.

»Ich bin der König des Kampfplatzes«, schreit er. Das Publikum jubelt wie verrückt. Craenhals liegt rücklings auf dem Boden und kommt nicht mehr hoch. Edmund reißt seinen gepanzerten

Handschuh ab und stößt ihn in Craenhals' Mund. Flandern hat verloren.

Die Knechte bringen ihre verwundeten Herren zu ihren Zelten, wo sie von Chirurgen versorgt werden. Gebrochene Arme und Beine werden in seidene Tücher gebunden, die in Eiweiß getränkt sind und beim Trocknen hart werden. Dann werden sie mit Schienen verstärkt. Die offenen Wunden der Ritter werden mit warmem Wein, vermischt mit Bilsenkraut, ausgewaschen und dann mit glühendem Eisen ausgebrannt. Ich rieche den Gestank versengten Fleisches. Ich renne zu Filips' Zelt. Sein weißes Hemd ist voller Blut. Der Leibarzt meines Vaters, Wirnt van Obrecht, reißt das Hemd auf und betrachtet angstvoll die Wunde. »Es ist ein Dolchstoß«, stellt er sofort fest, der Dolch ist schräg durch die Seite seiner Brust gegangen. Die Wunde sieht schrecklich aus, ich sehe eine weiße Rippe herausstechen. Der Arzt dreht sich zu mir um und sagt, es sei nicht ernst. Der Dolch sei an seinen Rippen vorbeigeglitten und habe seine Lungen nicht berührt. Er wird leben.

»Es ist nicht mehr als ein Aderlass«, sagt Wirnt van Obrecht. »Es wird ihn reinigen.« Er dreht sich um und überlässt die Arbeit seinen Helfern. Filips betrachtet ängstlich Nadel und Faden in ihren Händen. Ich nehme seine Hand. Unsere Blicke treffen sich.

»Ihr seid mein Ritter«, sage ich. Er strahlt. Ich sehe, dass der Medicus van Obrecht sich inzwischen über einen anderen Ritter beugt. Es sind drei Männer nötig, um den festsitzenden Helm des Ritters abzubekommen. Es ist Hendrik. Er ist als Erster zu Boden gegangen, und sein Harnisch ist zerbeult von den Pferdehufen, die über ihn hinweggegangen sind. Und

Hendrik, der Ritter von Ostende, schafft es nicht. Sein Gesicht ist blau, und der Chirurg hält ihm ein ekelhaft dampfendes Fläschchen unter die Nase. Doch es passiert nichts. Daraufhin schlägt er ihn ins Gesicht, noch immer rührt Hendrik sich nicht. Er ist in seinem Harnisch erstickt. Er ist der einzige Tote unter den Edelleuten. Mein Vater beschließt am Abend, seine Leiche in der Sint-Niklaas-Kerk aufzubahren. Der Pastor weigert sich erst, weil ein Ritter, der bei einem gottlosen Turnier stirbt, eigentlich nicht in den Himmel gelassen wird. Aber meinem Vater gelingt es, den Pastor durch eine milde Gabe an die Kirche zu überzeugen. Die Ritter von Male halten die Nachtwache für Hendrik.

Edmund von Langley ist unversehrt, und nachdem die Bolzen seines Harnischs abgeschraubt sind, steigt er auf die Galerie, um seinen Preis in Empfang zu nehmen. Er kniet vor mir, seiner zukünftigen Frau, nieder. Ich setze ihm die goldene Krone auf den Kopf. Er steht auf und küsst mich auf beide Hände. Dann umarmt er meinen Vater. Das Publikum jubelt Edmund und mir zu, dem zukünftigen Grafen und der zukünftigen Gräfin von Flandern.

Am Abend klopft Edmund bei mir an und betritt meine Kammer in Gravensteen.

»Ihr dürft hier nicht sein«, protestiere ich.

»Ich will nur kurz mit meiner Braut allein sein.«

»Warum?«

»Um mit Euch zu sprechen.«

»Das können wir noch unser ganzes Leben lang.«

»Warum seid Ihr so schlecht gelaunt?«

»Ihr habt das Turnier durch Verrat gewonnen. Ihr habt Filips mit einem Dolch …«

»… nur verwundet.« Er nickt. »Eine kleine Strafe für die Art, auf die er mich feige aus dem Sattel gestoßen hat. Er hat sein Pferd die Arbeit erledigen lassen. Er ist kein Ritter. Er ist ein Hanswurst.«

»Ihr habt die Regeln des Turniers gebrochen«, fauche ich ihn an. »Man müsste euch das Kampfross und die Waffen abnehmen. Ihr habt den Sieg gestohlen.«

»Euer Vater teilt Eure Meinung nicht«, ist seine gelassene Antwort. »Er bewundert List und Schlauheit.«

Edmund steht dicht vor mir. Ich weiche einen Schritt zurück.

»Ihr seid tatsächlich gut im Krieg«, sage ich, »aber es ist die Frage, ob Ihr auch in der Liebe etwas wert seid.«

»Was ich in der Liebe wert bin«, murmelt er, »habe ich schon bei Gräfinnen, Milchmädchen, Hofdamen und Waschfrauen bewiesen, doch es gibt keine, die ich mehr begehre als Euch. Ich will Eure Liebe.«

»Warum?«

Er lächelt. »Um sie zu besitzen, natürlich.«

»Um mich zu besitzen«, verbessere ich ihn, »mich und Flandern. Ich bin für Euch nicht mehr als ein Stück Grund und Boden.«

»Das seht Ihr falsch«, schmeichelt Edmund.

»Wenn Ihr all diese Frauen gekannt habt, die ihr gerade aufgezählt habt, edler Herr«, sage ich, »was macht mich dann so besonders? Ich weiß, wie ich aussehe. Ich bin nicht schön. Ich habe rote Haare, ich habe eine große Nase, und mein Gesicht ist alltäglicher als alltäglich. Ich sehe aus wie mein Vater. Und die

Männer lügen mich an. Sie sagen, dass sie mich schön finden, aber sie lügen. Genau wie Ihr.«

»Ihr seid die wortgewandteste Frau, die ich kenne«, sagt Edmund leise. »Ich liebe Frauen mit Geist.«

Ich schaue ihn an. Er ist fast nett. Aber er hat etwas an sich, was falsch ist. Wäre ich Eva, die erste Frau, die Gott geschaffen hat, dann wäre er die Schlange und seine Liebe der Apfel, in den ich beißen soll.

»Ich würde es schätzen, mein zukünftiger Gatte«, sage ich langsam, »wenn Ihr auch nur einen Charakterzug zeigen würdet, der es mir erlaubt, Euch zu lieben.«

Er kommt näher zu mir und betrachtet mich von Kopf bis Fuß. Er kann es nicht lassen, schnell zu grinsen. Seine Lippen bleiben aufeinander, sodass ich seine Zähne nicht sehe. Seine Weichheit verschwindet, als er mich so anschaut.

»Ihr werdet mich lieben, wie ich bin, das verspreche ich Euch«, flüstert er, und ich fühle seinen Atem in meinem Gesicht. Er leckt sich die Lippen und lächelt.

Seine Hände gleiten über meine Wange. Ich drehe mich ab, möchte zur anderen Seite des Raums gehen. Er ist schneller und schneidet mir den Weg ab.

»Ihr sollt mir gefällig sein«, sagt er.

»Wir sind noch nicht verheiratet«, sage ich.

»So gut wie.«

Er zieht mit der linken Hand eine Nadel aus meinen hochgesteckten Haaren. Sie fallen herunter. Ich erschrecke. Er packt eine Locke meiner losen Haare und hält sie vor seine Nase.

»Ihr riecht nach Liebe, Frau«, flüstert er und legt seine Hand auf meine Brust. Ich schlage seine Hand weg und packe einen Hocker an den Beinen, bereit, mich zu wehren.

»Wir sind noch nicht verheiratet«, schreie ich.

Edmund kommt nicht näher. Er grinst noch immer.

»Ich bin froh, dass du kämpfen willst«, sagt er. »Los, kratze mich, schlage mich. Wunderbar. Ich werde es genießen, dich zu brechen.« Ich sehe die Gier in seinen Augen glänzen. Ich zittere.

»Ich werde dich vor mir knien lassen«, zischt er. »Ich werde dich kriechen lassen. Ich werde dich flehen lassen. All dein weiblicher Stolz, dein flämischer Hochmut, deine französischen Manieren werde ich aus deinem Leib pressen, bis du mir die Finger leckst wie ein Hund.«

»Wie wagst du es, so zu mir zu sprechen«, stammele ich, und mein Körper beginnt unbändig zu beben.

»Oh, ich werde dich brechen. Ich kann es gar nicht erwarten, dich zu brechen.«

Er lächelt, verbeugt sich tief und verlässt die Kammer.

17

Ich träume, dass ich durch die Felder renne. Meine Kleider bleiben an Dornensträuchern hängen. Ich schaue mich um, ich habe Angst vor Räubern und den irrenden Seelen von ungetauften Kindern. Ich laufe ins Moerland hinein. Die Sümpfe um mich herum wimmeln von Leben. Ich laufe über die kleinen Holzbrücken, die die Deiche miteinander verbinden, und endlich sehe ich die Kapelle Unserer Lieben Frau vom Hass. Die Statue ist kaum noch zu erkennen. Die Feuchtigkeit und die Zeit haben sie fast völlig zerstört. Doch sie ist noch da, und ich bitte Maria um Edmunds Tod. Ich flehe Gott an, ihm Aussatz zu schicken, Darmkoliken oder Blutgeschwüre oder Gehirnwürmer oder irgendeine Fieberkrankheit, die seinen Leib aushöhlen und ihn um die Gnade der heidnischen Götter des alten England flehen lässt.

Ich bete stundenlang. Tage, Wochen und Jahre scheinen vorbeizugehen. Ich träume von meiner Mutter im Wochenbett und von meinem Vater, der hört, dass sein Kind quer liegt und dass nur Gott ihm helfen kann. Ich sehe meinen Vater über die Zinnen laufen, während das Volk in der eiskalten Kapelle zusammenströmt. Ich sehe sein Gesicht hart werden, als er an Morva denkt, und ich sehe Morva, obwohl ich sie nie kennengelernt habe. Ich sehe ihre Wollmütze und ihr geschmolzenes Auge. Ich sehe meinen Vater, der den zitternden Kaplan zum Altar schickt. Ich sehe, wie er den alten Medicus Wirnt van Obrecht aus der Küche zerrt. Er lässt mich allein mit Morva. Ich fühle ihre knochigen Finger, die mich im Leib meiner Mutter drehen. Ich sehe Morva, die die Nabelschnur, die mich mit meiner Mutter verbindet, mit ihren fünf Zähnen durchbeißt.

Mit einem Schrei wache ich auf. Es ist stockdunkel. Ich frage mich, wie weit die Nacht schon fortgeschritten ist, genau wie meine Mutter sich das gefragt hat, als sie in der Nacht meiner Geburt Wehen bekam. Zitternd stehe ich auf. Ich ziehe mein Hemd an und darüber einen Kapuzenmantel. Ich laufe durch das verlassene Gravensteen bis auf den höchsten Turm. Alle schlafen, sogar die Wächter um den Pechofen, dessen Feuer fast erloschen ist. Der Himmel ist hell. Ein Stern fällt herunter. Ich frage mich, ob es Hendrik ist, der zu seinem letzten Ruheplatz reitet. Ich betrachte die Sterne, doch es scheint, als schauten die Sterne zu mir. Ich frage mich, warum ich von meiner Geburt geträumt habe, von meinem Vater, der mir das Leben gab. Nun nimmt er mir das Leben wieder ab. Warum habe ich all diese Bilder im Schlaf gesehen? Welche Bedeutung hat das? Ich betrachte den Sommer, wie mein Vater sich in der Nacht meiner Geburt den Winter betrachtet hat. Damals hat er die Eingebung bekommen, das zu tun, was niemand sonst tun würde: die Hexe Morva zu holen. Aber was kann ich tun?

Und auf einmal werden im Gebäude der Dominikaner neben der unfertigen Sint-Michiels-Kerk die Glocken für die Lauden geläutet. Das Zeichen für die Mönche, ihren Tag des Gebets zu beginnen. Genau wie überall in der Welt der Klöster und der Geistlichen. Und dann weiß ich es. Ich renne los, die Treppe hinunter, so schnell ich kann. Ich brauche drei Dinge: eine Gänsefeder, ein Pergament und einen Boten. Ich schreibe meinen Brief in einer halben Stunde und versiegle ihn mit meinem Ring. Darauf ist der Löwe von Flandern, um den sich eine Lilie windet. Jeder wird ihn sofort erkennen.

Dann suche ich Godfried. Er ist der Schweiger, der Junge, der zusammen mit Willem, Hendrik und mir vor einer Ewigkeit Heuhaufen in Brand gesteckt hat und den ich vor Andrea Tagliaferro rettete, als dieser ihm die Ohren abschneiden wollte. Godfrieds Augen sind klein und dunkel, weil er die ganze Nacht bei der Leiche seines Freundes Hendrik in der Sint-Niklaas-Kerk gewacht hat. Ich frage ihn, ob er für mich in zwanzig Tagen nach Avignon und zurück reiten will. Er soll für mich diesen Brief aushändigen und die Antwort bringen. Und er muss einen Tag vor meiner Hochzeit wieder da sein. Ich sage ihm, dass mein Leben und mein Glück auf dem Spiel stehen.

»Nach Avignon?«, fragt er ungläubig.

»Ja«, sage ich, »in zwanzig Tagen.«

Er blickt auf den Namen, der auf dem Umschlag steht, und seine Augen werden groß.

»Der Papst?«, stottert er.

»Seine Heiligkeit Urbanus der Fünfte.«

Godfried begreift sofort alles. Er lässt sich vor mir auf die Knie fallen.

»Für dein Glück, meine Dame«, flüstert der Junge, der niemals spricht, »bin ich bereit, in die Hölle zu reiten und mit dem Satan selbst das Schwert zu kreuzen.«

Eine Stunde darauf ist Godfried fertig zur Abreise. Er trägt eine lederne Hose und ein Hemd, darüber einen dunklen Rock und einen langen Kapuzenmantel. Seine Kleidungsstücke haben fast keine Farben, sodass er sich bei Gefahr leicht in der Umgebung verstecken kann. Und sie sind leicht, sodass sein Pferd die größtmögliche Geschwindigkeit erreichen kann. Er hält die Zügel eines zweiten Hengstes, um ihn zu reiten, wenn sein erstes Pferd zu müde wird. Ich gebe ihm eine Börse mit klingenden

Goldstücken und meinen langen, mit Achat eingelegten Dolch, auf dem die flämische Devise eingraviert ist: »Ich halte stand.« Als die Hähne krähen und die Stadtwächter von Gent das Ketelpoort aufriegeln, gibt Godfried seinem Pferd die Sporen.

Edmund bleibt in Flandern. Er besucht jede Stadt der Grafschaft und wird überall als zukünftiger Herr von Flandern empfangen. Er nimmt an Jagdausflügen teil und betrinkt sich auf den Festen. Ich bin verpflichtet, ihm überallhin zu folgen. Er kann seine Hände nicht bei sich behalten. Jeder Grund ist ihm gut genug, um mich anzufassen, und immer wieder fährt er mir mit seinen fettigen Fingern durch die Haare. Jedes Mal, wenn er mir etwas erzählen will, tut er das, indem er die Lippen an mein Ohr drückt, und ich spüre, wie sein warmer, verdorbener Atem über mein Gesicht streicht. Am schlimmsten ist es mir aber, seine Nase an meinem Hals zu fühlen. Dann flüstert er mir zu, wie viele Tage noch übrig sind, bevor ich die Seine werde, vor Gott und allen Heiligen, die das Portal der Sint-Jans-Kerk bewachen. An jenem Tag darf er mit mir das Bett teilen und sich in der unendlichen Dunkelheit der Nacht straflos an mir vergreifen.

Mein Vater hat Filips in den Krankensaal des Norbertijnenklosters von Grimbergen bei Brüssel bringen lassen. Er behauptet, dass Filips dort, in den Hügeln von Brabant, umgeben von umsichtigen Mönchen, am schnellsten gesund werden kann. Mir ist jedoch klar, dass mein Vater Filips möglichst fern von mir halten will.

Jeden Abend verfolge ich auf meiner Karte, wie weit Godfried gekommen ist. Ich nehme an, dass er leicht fünfzig bis hundert Meilen am Tag zurücklegen kann. Schließlich reitet er für mich, die Erbin Flanderns. Je näher der Tag meiner Eheschließung rückt, umso nervöser werde ich. Die Hofdamen sind dauernd um mich herum. Meine Haut wird gereinigt, meine Nägel werden gepflegt. Meine Wimpern und meine Augenbrauen werden gezupft. Die Haare an meiner Stirn werden noch einmal herausgezogen. Meine Stirn ist nun höher denn je zuvor. Mein Brautkleid ist ein Juwel aus Blau, denn Blau ist die Farbe der Treue. Am Tag vor meiner Hochzeit verliere ich jede Hoffnung. Ich fange einen Streit mit Alais an, die mit ihrem Ritter van Gavere gekommen ist, um mir Glück zu wünschen, und ich beschimpfe Constance, weil sie mir erzählt, was ich in der Hochzeitsnacht tun muss und welche Vorsorge ich treffen muss, um zu vermeiden, dass ich zu schnell schwanger werde. Constance sagt, ich müsse meine Pflicht tun. Meine Nägel sind so kurz geschnitten, dass ich sie nicht zerbeißen kann. Aber am Vorabend meiner Hochzeit, als die Schweine für das Fest geschlachtet werden und der Weg zwischen Gravensteen und der Sint-Jans-Kerk mit roten Blumen bestreut wird, kommt Godfried endlich zurück. Ich renne die Treppen hinunter und sehe ihn durch das Tor von Gravensteen reiten. Sein Pferd dampft vor Schweiß, und Schaum tropft ihm aus dem Maul. Godfrieds Kleidung ist grau vor Staub, seine Lippen sind aufgeplatzt. In seinem Gesicht zeigen sich tiefe Falten. Er scheint in diesen paar Wochen um Jahre gealtert zu sein.

»Dame Marguerite«, stöhnt er, »die Welt stirbt. Wohin ich auch kam, waren die Menschen krank. Es ist die Pestilenz, sie ist zurückgekommen.«

»Hast du den Brief?«, unterbreche ich ihn.

Er holt aus seinem ledernen Hemd, das nach Schmutz und Erschöpfung stinkt, ein Samtetui, auf das ein Zepter, ein Stab und der Buchstabe »P« gestickt sind. Das Zeichen des Papstes.

»Ich habe einen Tag vor den Toren von Avignon warten müssen«, sagt Godfried mit heiserer Stimme. »Die Menschen sind aus der Stadt Richtung Norden geflohen. Die Wächter durften niemanden in die Stadt lassen. Ich habe sie mit Eurem Geld bestechen müssen. Dem Kardinal habe ich schließlich Euren Dolch gegeben, und dann wurde ich endlich zum Papst gebracht.«

»Und«, frage ich ungeduldig, »was steht in dem Brief? Hat der Papst etwas gesagt?«

»Der Papst«, stammelt Godfried, »saß in einem Saal zwischen drei brennenden Feuern, die die Pestilenz von seinem Palast fernhalten sollten. In die Decke hatten sie Löcher geschlagen, damit die dicken Rauchwolken nicht im Raum hängen bleiben. Der Papst hat sich halb tot geschwitzt zwischen den Feuern, während draußen die südfranzösische Sonne vom Himmel brannte. Euer Brief wurde erst über einem der Feuer geräuchert und dann mit einem Stock dem Papst gereicht. Er erbrach das Siegel, las Euren Brief und seufzte. Er sagte, ich solle am folgenden Tag wiederkommen. Ich versuchte, im Stall zu schlafen, zusammen mit meinen Pferden, während in der Stadt die Menschen stöhnten und jammerten. Ich hörte, wie die Türen von Häusern zugenagelt wurden und wie die Todesglocken läuteten. Ich war müder als je zuvor in meinem Leben, aber ich konnte nicht schlafen. Denn überall griff der Tod um sich.«

Godfried hat noch nie so viele Sätze hintereinander ausgesprochen. Er hält noch immer das Etui fest, und ich will es ihm aus der Hand nehmen. Er lässt es nicht los, als enthalte es das Leben selbst. Dann reiße ich es ihm aus der Hand. Er hat Mühe, sich aufrecht zu halten. Ich streichle ihm mit der Hand über die Wange und sage, dass er immer mein Ritter bleiben wird. Er lächelt schwach, und ich laufe ins Schloss. Mit klopfendem

Herzen renne ich die Treppe hinauf und in den großen Saal. Dort spielen Vater und Edmund Schach miteinander. Edmund sitzt, und mein Vater steht, er läuft vor dem Schachbrett mit den roten und weißen Steinen hin und her. Edmund sieht mich und lächelt breit.

»Meine Braut«, ruft er und streckt mir die Arme entgegen.

Mein Vater schaut mich an. Er sieht sofort, dass etwas los ist.

»Eure Tochter wird jeden Tag schöner«, sagt Edmund zu meinem Vater.

»Beenden wir erst das Spiel«, murmelt mein Vater beunruhigt. »Ihr steht noch immer im Schach.«

»Ach, ich gebe mich besiegt, Vater«, sagt Edmund. »Mit der gefälligen Gestalt Eurer Tochter vor Augen kann ich mich nicht mehr auf das Spiel konzentrieren.«

Mein Vater stöhnt und betrachtet den Brief, den ich in der Hand halte. Edmund kommt zu mir und bleibt vor mir stehen, mit seinem breitesten Lächeln. Er lässt den ganzen Haufen schwarzbrauner Stummel sehen, die sein Gebiss darstellen sollen.

»Ich habe einen Brief für Euch, Herr Vater«, sage ich und gehe an Edmund vorbei zu meinem Vater. Edmund schaut mir grinsend nach. Mein Vater zögert, den Brief anzunehmen. Er betrachtet immer noch das Schachbrett und berührt die weiße Königin, die aus Walrossbein gemacht ist.

»Spielt doch weiter, Schwiegersohn«, knurrt er.

»Es ist ein Brief vom Papst«, sage ich.

Mein Vater schiebt den Brief zur Seite. »Ich lese ihn morgen.«

»Ich glaube, er ist dringend«, sage ich lauter.

Mein Vater schaut mir in die Augen. Edmund stellt sich neben mich und legt mir den Arm um die Schulter.

»Sie bringt Euch einfach einen Brief, Vater«, erklärt er überflüssigerweise.

»Ihr seid noch nicht schachmatt, Schwiegersohn«, mault mein Vater. »Euer Läufer kann noch immer meine Königin nehmen.«

Edmund nickt zum Schachspiel und lächelt.

»Ich gönne Euch den Sieg, Vater«, sagt er und wirft seinen roten König um.

Mein Vater stöhnt. Ohne die Augen von mir zu nehmen, greift er nach dem Samtetui. Er holt den Brief heraus, bricht das Siegel und rollt das Pergament auf. Edmund lässt die Hand über mein Hinterteil gleiten. Ich wehre mich nicht. Ich fühle fast nichts. Ich starre die Augen meines Vaters an, der den Brief liest, Wort für Wort, und dann liest er ihn noch einmal. Irgendwie dringt es langsam zu Edmund durch, dass dieser Brief vielleicht etwas mit der Hochzeit zu tun hat. Mein Vater dreht sich zum Kamin um. Einen Augenblick lang fürchte ich, er würde den Brief vielleicht ins Feuer werfen. Er muss begreifen, dass ich es getan habe. Dass ich mein Versprechen, das ich ihm und Gott gegeben habe, nicht halten werde.

»Vater«, fragt Edmund und legt den Arm um meine Mitte. »Ist alles nach Wunsch?«

Mein Vater sagt nichts. Er dreht sich um. Ich weiche zurück. Wird er mich, wie damals nach dem Streich in der Windmühle, mit der flachen Hand zu Boden schlagen? Er tut es nicht. Er schaut mich mit versteinertem Gesicht an. Ich schlage als gehorsame Tochter die Augen nieder.

»Was ist los, Vater?«, fragt Edmund.

Mein Vater sagt nichts und gibt Edmund den Brief. Der Prinz von England liest den Brief. Ich sehe seine Augen fieberhaft über das Blatt gleiten.

»Ich verstehe es nicht«, stottert er verblüfft.

»Sagt mir jemand, um was es bei diesem Brief geht?«, frage ich mit einer unschuldigen Stimme, die einer Taube Ehre machen würde.

»Der Papst«, knurrt mein Vater, »der Menschenhirte, der die Schlüssel des Himmels besitzt, lässt mich wissen, dass die Ehe meiner Tochter Margaretha von Flandern und Edmunds von England nicht stattfinden darf. Er hat nämlich nach dem Studium des weit verzweigten Stammbaums der Edlen dieser Welt entdeckt, dass ihr beide Vetter und Base seid. Weit entfernt zwar, aber nicht weit genug. Bis zum vierten Grad, so hat er berechnet, und das wird von Kirche und Gott verboten. Gesetze sind Gesetze, und der Papst ordnet an, dass die Ehe nicht gültig sein kann. Es ist Margaretha von Male demzufolge nicht erlaubt, mit Edmund von Langley, Prinz von England, in den Stand der Ehe zu treten. Gezeichnet Urbanus V., Papst durch die Gnade Gottes.«

Im Saal wird es still. Edmunds Unterlippe zittert. Mein Vater schaut mich an.

»Ach, wie schade«, rutscht es mir heraus.

18

An dem Tag, an dem meine Eheschließung nicht stattfindet, weht ein Westwind und bläst die Blumenblätter zwischen Gravensteen und der Sint-Jans-Kerk auseinander. Ich gehe die Galerie entlang, die auf den großen Saal hinausschaut. Ich sehe die Gildemeister Slicher van Rijpergherste und Frans Ackerman ankommen. Ackerman hat zwei Männer dabei, die in weiße Kapuzenmäntel gehüllt sind. Es sind die Kapitäne seiner Genter Bürgerwehr. Slicher van Rijpergherste schaut sich nervös um, während Ackerman Selbstvertrauen ausstrahlt. Mein Vater sitzt auf seinem Stuhl, der mit den Häuten von Damhirschen ausgekleidet ist. Er empfängt die Gildemeister und die Kapitäne allein, ohne Soldaten neben sich.

»Herr Graf«, beginnt Ackerman ohne eine Verbeugung, »die ganze Stadt hallt wider von Gerüchten über den Bruch zwischen Eurer Tochter und dem Prinzen von England. Wie kann es sein, dass der Papst diese Verbindung verbietet?«

»Weil meine Tochter und Prinz Edward Blutsverwandte vierten Grades sind«, antwortet mein Vater trocken.

»Wie kommt es, dass der Papst Euch diesen Brief geschickt hat? Wer hat ihn dazu angestiftet?«, fragt Ackerman, triefend vor Selbstvertrauen. Immerhin ist dies hier seine Stadt.

»Meine Herren, Ihr glaubt doch nicht, dass ich selbst den Papst über die Blutsverwandtschaft meiner Kinder informiert habe.« Mein Vater erhebt sich wütend. »Ihr wollt mich doch nicht in meiner eigenen Burg beschuldigen.«

Hier zögert Frans Ackerman. Gildemeister van Rijpergherste

ist blass geworden bei diesem harten Wortwechsel. Vermutlich hat er Ackerman vorhin noch gebeten, die Sache mit der nötigen Diplomatie anzupacken.

»Schwört Ihr, Herr Graf«, droht Ackerman mit hallender Stimme, »dass weder Ihr noch Eure Tochter die Hand im Spiel haben?«

Mein Vater zuckt die Schultern. »Ich brauche mich nicht zu rechtfertigen. Der Papst ist weise, er ist das Sprachrohr Gottes.«

»Aber wir, Herr Graf«, sagt Slicher van Rijpergherste und macht einen vorsichtigen Schritt auf meinen Vater zu, »wir sind das Sprachrohr der Flamen. Und was sollen wir den Flamen sagen, wenn sie uns zur Verantwortung rufen? Wie können wir ihnen versichern, dass Ihr keinen Wortbruch begangen habt?«

»Weil ich es Euch sage«, pariert mein Vater mit Leichtigkeit.

»Man darf der bösen Menge keine Ausrede zum Töten geben«, sagt Ackerman vorsichtig, »denn dann wird sie es tun. Wie vor sechzig Jahren in Brügge, in der Roten Nacht.«

Hier dreht sich der Brügger Vorsteher mit erhobenen Händen zu seinem Genter Amtsbruder. Er ermahnt ihn zur Ruhe und Selbstbeherrschung, aber Ackerman will nichts davon wissen.

»Herr Ackerman«, sagt mein Vater, »wenn Ihr so weitermacht, endet Ihr wie Euer Vorgänger, Jacob van Artevelde, der von seinen eigenen Gentern abgeschlachtet wurde.«

In seinen Worten liegt Unheil, aber Ackerman gibt nicht nach. Slicher van Rijpergherste stirbt fast vor Nervosität. Ackermans Kapitäne haben die Hände um ihre Schwertgriffe gelegt.

»Das Volk murrt und vermutet, Herr Graf, dass Ihr Flandern an Frankreich verkaufen wollt«, sagt Ackerman, ohne mit der Wimper zu zucken.

Ich sehe, wie der Fuchskopf meines Vaters erstarrt. Die

Narbe, die sein Auge im Würgegriff hält, läuft rot an. Er macht einen Schritt nach vorn und schlägt Ackerman flach ins Gesicht. Das Blut spritzt aus Ackermans Nase. Ich erschrecke. Die beiden Kapitäne wollen ihre Schwerter ziehen, aber da hat mein Vater schon sein Schwert in der Hand. Die Spitze berührt Ackermans Kehle. Es hat nur so lange wie ein Blinzeln gedauert. Die beiden Kapitäne treten einen Schritt nach hinten.

»Meine Herren, meine Herren, bitte«, stöhnt Slicher van Rijpergherste, und der Schweiß rinnt ihm über die runden Wangen. »Besprechen wir doch alles in Ruhe.«

Die Soldaten der Wache kommen angerannt, doch mein Vater hält sie mit einer Handbewegung zurück. Er beherrscht die Situation.

»Ich schwöre, Herr Ackerman, dass ich nichts mit dem päpstlichen Brief zu tun habe.« Mein Vater schaut Ackerman direkt in die Augen. »Es war auch mein Wunsch, dass Flandern und England miteinander verschmelzen. Ich wollte Edmund meine Tochter schenken.«

Mein Vater hat langsam gesprochen. Er scheint die Konfrontation sogar zu genießen. Die Hände der Kapitäne liegen noch immer um ihre Schwertgriffe. Erst als die Soldaten der Wache mit ihren großen Lanzen nähertreten, lassen sie los. Slicher van Rijpergherste trippelt auf der Stelle, als könne er vor Anspannung seine Füße nicht mehr ruhig halten.

»Der Papst ist eine Marionette des französischen Königs«, zischt Ackerman. Die Schwertspitze meines Vaters beeindruckt ihn nicht.

»Er ist noch immer die Brücke zwischen Gott und der Menschheit«, antwortet mein Vater ruhig. »Und sind wir nicht alle Marionetten in der Hand des Herrn?«

»Wir Flamen nicht«, ruft Ackerman.

Mein Vater hebt den Schwertgriff höher, sodass die Spitze Ackermans Kehlkopf berührt. Das Schwert meines Vaters wiegt mindestens fünf Pfund, aber seine Hand zittert nicht.

»Ihr Flamen kauft Wolle von England«, sagt er, »nicht vom englischen König, nicht von den englischen Edelleuten, sondern von den Benediktinern, die auf ihren Ländereien zehntausende von Schafen halten. Wenn Ihr gegen den Willen des Papstes vorgeht, werdet Ihr von den Benediktinerklöstern keine Wolle mehr bekommen.«

Ackermans Gesicht ist verkrampft. Mein Vater weiß, dass der Hauptmann voller Wut und Enttäuschung hergekommen ist. Aber er verfügt weder über starke Argumente noch über Möglichkeiten, den Grafen in die Knie zu zwingen. Die Sache war von vornherein verloren. Slicher van Rijpergherste starrt Ackerman und den Grafen an. Er ist starr geworden.

»Ihr würdet den Mantel des Papstes küssen und seine Füße mit Euren Haaren reinigen, wenn die Benediktiner ihre Wolle billiger liefern würden, Ihr geldgierigen Weber«, sagt mein Vater abschließend und lässt sein Schwert langsam sinken. Die Spitze ruht nun auf Ackermans Kragen.

»Es kommt mir vor, Herr Graf«, sagt Ackerman und schiebt mit eisiger Ruhe die Schwertspitze zur Seite, »dass Eure Tochter sich nicht so leicht beherrschen lässt.«

»Meine Tochter unterwirft sich meinem Willen.«

Endlich tritt Slicher van Rijpergherste zwischen die beiden. »Eure Tochter, Herr Graf«, sagt er, »macht uns lächerlich.«

Mein Vater seufzt. Ich trete in den Schatten der Galerie zurück.

»Sie ist ein Pferd ohne Zügel«, erklärt Slicher van Rijpergherste. »Die Menschen sagen, dass sie Blödsinn im Kopf hat. Ganz Flandern spricht über sie. Über ihre Juwelen, ihre Kleider, ihre Putzsucht und ihren Hochmut. Man nennt sie ›Prinzessin Perle‹. Sie braucht einen starken Mann. Einen Mann wie Edmund.«

»Wäre sie von gewöhnlicher Herkunft«, ergänzt Ackerman, »hätte man sie schon längst mit einem Maulkorb auf dem Marktplatz zur Schau gestellt, wie man es mit keifenden Weibern tut.«

»Aber ich bin nicht von gewöhnlicher Herkunft«, rufe ich und trete aus dem Schatten, und die Köpfe der Männer drehen sich mir zu. »Ich bin Eure zukünftige Gräfin. Nach dem Tod meines Vaters herrsche ich über Flandern. Wen ich auch heirate, ich bleibe Eure Gräfin.«

Die Autorität, mit der ich gesprochen habe, lässt die Gildemeister und die Kapitäne verstummen. Sogar mein Vater schweigt einen Moment. Dann lacht er.

»Ich stelle Euch, Freund Ackerman, hiermit frei von der Steuer, die ich erhob, um das Turnier und die Hochzeitsfeierlichkeiten zu bezahlen«, sagt mein Vater großzügig. Ackerman entspannt sich. Slicher van Rijpergherste lacht keuchend.

»Ich halte mich an Euer Versprechen, Herr Graf«, sagt Ackerman kühl. Er lässt die Hand über seine blutende Nase gleiten, als Zeichen, dass er die Beleidigung nicht vergessen wird. Dann macht er eine karge Verbeugung und dreht sich um. Slicher van Rijpergherste folgt beruhigt. Er bewegt sich rückwärts und verbeugt sich dreimal, bis er die Tür erreicht. Ich sehe, dass mein Vater in meine Richtung schaut. Er nickt mir zu. Ich mache einen Schritt zurück, in den Schatten.

Am Morgen suche ich Godfried wieder auf, um ihn zu bitten, er möge nach Grimbergen reiten und Filips persönlich die Neuigkeit erzählen. Doch ich finde Godfried nicht. Sein Schildknappe sagt, er sei am frühen Morgen zur Sint-Jakobs-Kerk gegangen. Das ist die Kirche, zu der alle Pilger gehen, bevor sie, mit einer Jakobsmuschel versehen, auf eine Pilgerreise nach Süden ziehen. Ich frage mich, warum er zu dieser Kirche gegangen ist. Ich laufe aus Gravensteen hinaus und durch die verlassenen Gassen, über den Freitagsmarkt und zur Kirche des heiligen Jakob.

In der Kirche ist es kühl und dunkel. Es brennen kaum ein paar Kerzen. Von Godfried ist keine Spur zu entdecken. Ich gehe durch die leere Kirche zu den Seitenschiffen. Meine Schritte hallen hohl in dem großen Raum. Doch auch in den Seitenschiffen, wo das Sonnenlicht kaum durch die verbleiten Fenster dringt, ist keine lebende Seele zu sehen. Dann höre ich einen Riegel. Ich drehe mich zum Altar und sehe vier Schatten über den Kirchenboden schleichen. Ihre Schritte sind kaum zu hören. Ihre ledernen Schuhe scheinen über die Steine zu schweben, während sie schnell und unbeirrbar auf mich zukommen. Ihre Mäntel wehen auf, und ich erkenne unter ihren Mänteln englische Uniformen. Angst bricht in meinem Bauch auf wie Kastanien auf einer glühenden Platte. Im nächsten Moment packen mich die Männer, und bevor ich schreien kann, drückt mir einer seinen Handschuh gegen den Mund. Ich werde rückwärts gestoßen und auf dem Boden vor dem Altar zusammengeschlagen. Ich fühle die Kälte des Kirchenbodens durch meine Kleider in meinen Leib dringen. Ein Mann hält mich an den Handgelenken, zwei andere greifen meine Knöchel und spreizen mir die Beine, als wäre ich ein Missetäter, der auf dem Marktplatz gevierteilt werden soll. Dann kommt ein vierter Mann näher. Er nimmt die Kappe ab, und die

Angst rast durch meinen Kopf, als ich sein Gesicht erkenne. Ich sehe Augen voller Hass. Es sind Edmunds Augen. Er beugt sich vor, nimmt den Saum meines Kleides und reißt es mit einem Ruck auf. Ich will schreien, beiße in den Handschuh, doch der bleibt unbeirrt auf meinem Mund.

»Ich weiß, was Ihr denkt, dies ist eine Kirche, ein heiliger Ort, aber Ihr erniedrigt nicht ungestraft einen Prinzen von England«, keucht Edmund. »Ich werde Euch besitzen, egal welche Folgen es in dieser oder der kommenden Welt haben mag.« Wahnsinn glüht in seinen Augen. Er hebt seinen Rock, kniet sich hin und zieht mich zu sich. Ich werfe meinen Körper heftig hin und her, während die Panik wie hundert Hornissen durch meine Eingeweide rast. Ich versuche mich loszureißen, aber seine Handlanger halten mich mit eisernem Griff fest. Ich kann meine Tränen nicht zurückhalten und sehe über den Handschuh hinweg, wie Edmund grinst. Ich sehe seine abscheulichen Zähne. Ich höre mein eigenes Keuchen und unterdrücktes Stöhnen. Ich fühle seine Hände. Sie stoßen meine Schenkel auseinander. Ich kann nichts tun. Doch dann zögert Edmund. Seine Lippen schließen sich. Er schaut zu etwas oder jemandem auf der Seite. Der Mann, der mich festhält, sieht es auch. Edmund richtet sich auf und zieht sein Schwert. Nun sehe auch ich eine Gestalt in der Dämmerung einer Seitenkapelle. Es ist Godfried. Er ist unbewaffnet. Er trägt nur sein weißes Hemd, das von Blut getränkt ist. Ich sehe, wie Edmund und die anderen zögern. Erst dann sehe ich Godfrieds Gesicht. Es ist voller großer, bläulicher Geschwüre. Eines der Geschwüre platzt auf, gelber Eiter und Blut laufen heraus.

»Es … es ist die … Pestilenz …«, stottert einer der Soldaten, der meinen Knöchel festhält.

Godfried lässt sein Hemd von den Schultern gleiten, und dann sehe ich, dass sein ganzer Körper mit eiternden und blutenden Geschwüren bedeckt ist. Edmunds Schwert zittert, einer der Soldaten lässt meinen Knöchel los, und ich trete mit aller Kraft zu. Als mein Schuh das Gesicht des Soldaten trifft, höre ich seine Nase brechen. Der dritte Soldat lässt meine Handgelenke los. Edmund schaut von mir zu Godfried, der wie ein Geist aus der Hölle auf ihn zugeht. Die drei Soldaten rennen davon. Edmunds Schwert bleibt auf Godfried gerichtet, doch dann dreht er sich um und rennt seinen Soldaten hinterher.

Godfried schaut mich an.

»Godfried«, stottere ich und trete unwillkürlich einen Schritt zurück.

»Meine Dame«, sagt er und streckt die Hand nach mir aus.

Er ist ein lebendiger Toter.

»Ich hole den Medicus«, murmele ich und laufe weg.

»Marguerite«, stöhnt er.

Ich wage es nicht mehr, mich umzuschauen.

Keine Stunde später kommt der Medicus van Obrecht mit seinen beiden Lehrlingen aus der Sint-Jakobs-Kerk. Sie haben Godfried in ein Laken gewickelt. Ich höre Godfried stöhnen und im Fieberwahn sprechen. Die Lehrjungen tragen ihn fort. Es ist noch nicht Mittag, da fühlt sich der eine Lehrling nicht wohl. Er stirbt am nächsten Morgen, nur ein paar Stunden nachdem Godfried den Geist aufgegeben hat. Dann werden die Feuerglocken geläutet. Godfried hat die Pestilenz nach Flandern gebracht.

19

Herr, gedenke unserer Herzen unter dem Himmel von Flandern. Die Pestilenz wütet schlimmer denn je. Die Stadt Gent, die vor zwei Tagen noch feierte, scheint nun zusammenzubrechen. Kaplan Johannes van Izeghem hat doch recht gehabt. Das Ende der Welt ist angebrochen. Das schreckliche, prophetische Buch der Apokalypse wird geöffnet. Die vier Reiter der Verdammnis kommen, um mit den Menschen abzurechnen. Der Reiter auf dem weißen Pferd ist Gottes Strafe für die menschlichen Sünden. Auf dem roten Pferd sitzt der Krieg. Der Reiter auf dem schwarzen Pferd ist der Hunger, und der Reiter auf dem fahlgrauen ist der furchtbarste von allen. Dieser Reiter bringt die Pestilenz. Der Tod kommt in unsere Mitte als schwarzer Rauch, als ein Spuk, der keine Gnade für Kinder, junge Leute oder schöne Menschen kennt.

Die Genter wagen nicht mehr, ihre Häuser zu verlassen. Die Gerichtsbeamten haben solche Angst, dass sie sich nicht auf die Straße trauen, um die Testamente der Sterbenden aufzunehmen. Die Priester weigern sich, ihre Kirchen zu verlassen und die Beichte abzunehmen, aus Angst, angesteckt zu werden. Menschen schaben Putz von den Kirchenwänden und tragen ihn auf der Brust, um sich zu schützen. Sie beten Vaterunser und Gegrüßet-seist-du. Sie zünden Kerzen vor Marienbildern an. Jeder Heilige wird zu Hilfe gerufen. Alle flehen Gott um Gnade an. Nichts hilft. Gottes Geduld ist aufgebraucht. Die Pestilenz verbreitet sich wie eine Feuersbrunst. Es sind vor allem Kinder, die sich anstecken. Mütter überlassen ihre kranken Kinder ihrem

Schicksal. Die hölzernen, abgeschlossenen Hafenkräne, in denen Kinder arbeiten, stehen still. Küchenmeister Aelbrecht verliert einen Jungen nach dem anderen. Aber nicht nur Kinder sterben. Roderik van Rijpergherste stirbt. Und auch Constance, meine Constance, schafft es nicht. Sie wird in ein Pesthaus gebracht, wo sie zwischen anderen Kranken in einem Meer aus Jammern und Klagen auf ihren Tod wartet. Ich habe von ihr, der Frau, die versucht hat, mir meine Mutter zu ersetzen, noch nicht einmal Abschied nehmen können. Menschen meiden Menschen. Die Nächstenliebe ist tot. Die Glocken läuten Tag und Nacht, weil die Totengräber ihren Lohn empfangen wollen, solange sie noch am Leben sind. Mein Vater verbietet der Gilde der Totengräber, weiter die Glocken zu läuten. Er verbietet, dass Menschen sich schwarz kleiden, noch nicht einmal Witwen, und auch die Ausrufer von Todesnachrichten müssen den Mund halten. Die Bewohner Gents sagen, es gäbe so etwas wie ein Pestmädchen, das in der Form einer blauen Flamme aus dem Mund der Toten aufsteige, durch die Luft fliege und das nächste Haus anstecke.

Ich sehe jetzt noch vor mir, wie ein Karren voller toter Kinder vor dem Friedhof der Sint-Niklaas-Kerk steht. Eine Gruppe ausgehungerter Hunde kreist um den Karren. Ein schwarzer Hund beißt sich in dem herabhängenden Bein eines toten Mädchens fest und versucht, es vom Karren zu zerren. Die Totengräber schreien, aber der Hund lässt sich nicht abschrecken. Ich sehe das blasse Gesicht des Mädchens und ihre langen blonden Haare, die über die Leichen streifen, während der Hund sie zu sich heranzieht. Ein Totengräber wirft Steine nach dem Hund, und jetzt erst lässt das Tier los und rennt jaulend davon. In etwa zehn Meter Entfernung bleibt der Hund stehen, wagt sich aber nicht mehr näher. Der Priester erklärt den Totengräbern, dass der

Friedhof wegen der Pest überfüllt ist. Die Leichen liegen kaum einen halben Meter im Boden, und jede Nacht kommen die Ratten und wühlen in der lockeren Erde auf der Suche nach etwas Essbarem. Mein Vater befiehlt den Totengräbern, den ganzen Karren mit den toten Kindern zu verbrennen. Und dem Priester befiehlt er, den Kindern die Absolution für ihre Sünden zu geben.

»Aber sie sind schon tot«, widerspricht der Priester.

»Na und! Wir sind alle schon tot!«, ruft der Graf von Flandern. »Wir haben nur noch ein bisschen Aufschub bekommen.«

Der Priester segnet den Karren und besprengt die Kinder mit Weihwasser. Eine Stunde später steigt schwarzer, stinkender Rauch vom Friedhof auf. Der Wind bläst den Ruß über die Stadt. Der feine, dunkle Ruß bleibt an meiner Haut hängen. Ich spüle immer wieder meine Hände und mein Gesicht ab, denn ich habe Angst, der feine Ruß des Todes könne auch mich anstecken.

Mein Vater beschließt, dass ich Filips van Rouvres heiraten soll. Wir verlassen das verseuchte Gent. Während ganze Familien in ihren Häusern eingeschlossen sind und ihre Luken vernagelt werden, sodass sie in Einsamkeit krepieren müssen, singen Mönche das Halleluja und salbt der Erzbischof von Flandern unsere Ehe. In der großen Sint-Walburga-Kerk von Oudenaarde. Weit weg von Gent. Alle Eingeladenen tragen eine Maske zum Schutz gegen die bösen Dämpfe der Pestilenz. Auch ich habe während der ganzen Zeremonie eine weiße, mit Jaspis eingelegte Maske vor dem Gesicht. Zehn Messdiener laufen mit Weihrauchfässchen herum, in denen Alraunenwurzeln glimmen. Sie sollen die Pest aus der Kirche fernhalten.

Unsere Ehe selbst scheint vom Unglück berührt zu sein. Ich betrachte Filips' rote Maske und seine dunklen Augen, die sich darin bewegen. Unsere Ehe wird gesegnet. Wir sind Mann und Frau. Filips lässt seine Maske fallen. Zum ersten Mal seit dem Turnier sehe ich sein Gesicht. Es kommt mir fremd vor, es scheint ein anderes Gesicht zu sein, als wäre unser glückseliger Nachmittag nur ein Traum gewesen. Nun, da das Ende der Zeiten angebrochen ist und die Welt brennt, nun, da die Reiter der Apokalypse im Galopp ausreiten, scheinen die wenigen Augenblicke unbekümmerten Abenteuers, die ich mit Filips geteilt habe, kindisch und unbedeutend. Er beugt sich zu meiner Maske, um mich zu küssen. Sein Mund verzieht sich vor Schmerz. Die Wunde an seiner Seite ist noch lange nicht geheilt. Seine Lippen kommen näher. Doch ich wende den Kopf ab, aus Angst, er könne mich anstecken. Hinter mir, in einem Stuhl, der mit violettem Samt überzogen ist, sitzt mein Vater. Er hat die größte Mühe, stillzusitzen. Er ist einer der wenigen, die keine Maske tragen. Wir gehen mit einem langen Gefolge und unter dem Gesang von fünfzig Kindern zum Kirchenportal. Dort, unter einem Bogen von Heiligen, bewirft uns das Volk von Oudenaarde mit Wolken von Blütenblättern. Mein Vater steht hinter mir.

»Jetzt kannst du mich nicht mehr schlagen«, flüstere ich ihm von hinter der Maske zu.

»Das wird jetzt dein Mann tun«, sagt er.

»Er wird es nicht wagen«, zische ich ihm zu.

»Jede widerborstige Eselin verdient die Peitsche«, antwortet er. »Und wenn er es nicht wagt, dann werde ich es tun.«

»Vater«, sage ich ruhig, »wenn Ihr mich noch einmal anrührt, schlage ich Euch den Kopf ab.«

Noch bevor er antworten kann, macht Filips einen Schritt nach vorn.

»Ihr seid nun mein Vater«, sagt er und nimmt die Maske ab, und seine Arme breiten sich aus, um den Grafen von Flandern zu umarmen.

»Ihr vergesst die Pestilenz, Sohn«, warnt ihn mein Vater und tritt zur Seite. Filips lässt die Arme sinken.

»Ich wünsche Euch viel Glück mit meiner Tochter«, sagt mein Vater zu Filips. »Ihr werdet es brauchen.«

Meine Abreise aus Flandern ist eine Flucht. Unsere Kutschen rattern aus Oudenaarde und Flandern. Wir fahren nach Frankreich. Filips und ich reisen in getrennten Kutschen. Doch je weiter wir nach Süden vordringen, umso schrecklicher sieht die Welt aus. Die Äcker liegen verlassen, die Häuser sind verwüstet, und in einem Tal liegen hunderte verfaulender Leichen von Kühen, Schafen und Menschen. Die Soldaten der Eskorte halten sich Halstücher vor den Mund, und ich drücke mein Gesicht in ein Tuch mit Lavendelwasser, aber sogar das kann den alles beherrschenden Gestank von Tod nicht dämpfen. Wir sehen Männer und Frauen, die wie verrückt herumirren. Es wird nicht gesät, die Äcker werden nicht bebaut. Überall bedeckt wucherndes Unkraut die fruchtbaren Böden. Alles ist verloren.

Das Schloss von Rouvres ist ein Jagdschloss. Es liegt am Ende eines Tals, das *le val sans retour* genannt wird, das Tal ohne Rückkehr. Das Jagdschloss kann man schon von Weitem sehen. Das ganze Tal besteht eigentlich aus einem einzigen großen Wald. Der Sommer ist nun vorbei, und das ganze Gebiet ist fahl und trocken. Das lebendige Grün des vergehenden Sommers hat einem blassen Gelb Platz gemacht, das den Herbst ankündigt. Das Schloss liegt im Jagdgebiet der Herzöge von Burgund. Es ist von Wäldern umringt. Es sind weder Leibeigene noch Bauern zu sehen, auf dem Schloss wohnen nur eine Handvoll Jagdaufseher, Diener und Soldaten. Hinter dem Schloss befindet sich ein Wasserfall, der in ein Flüsschen mündet, das, ein paar Dutzend Meter weiter, im dichten Wald, vom Boden aufgeschluckt wird. Es ist totenstill um das graue Schloss von Rouvres. Als hätten die Waldgeister das ganze Gebiet im Griff. Ich bin am Ende der Welt angekommen.

Unsere Ankunft versetzt das Schloss in Aufruhr. Die Tücher werden von den Möbeln gezogen, die Betten entfloht, die Böden mit frischem Heu bestreut, die Fledermäuse von den Balken geschlagen und die hellblauen Luken aufgestoßen, um die Herbstsonne hereinzulassen. In diesem verlorenen Tal, so versichert mir Filips, sind wir sicher. Hier ist unser Zufluchtsort. Wir sind weit entfernt von dem Gewimmel der Menschen und der Städte. Hier werden wir bleiben, bis die Pestilenz vorbei ist. Wir nehmen unsere Masken ab. Ich atme tief die freie Luft von Rouvres ein.

Filips versucht, meine Stimmung durch Ausritte zu heben. Wir galoppieren durch Wälder, während Windstöße die letzten Blätter von den Bäumen reißen. Die Hirsche und Rehe springen weg, wenn wir angetrabt kommen. Überall um uns herum raschelt es in den Sträuchern von Tieren, die hastig Schutz suchen.

»Ich würde ein Vermögen dafür geben, Euch wieder lachen zu sehen, meine Liebste«, sagt Filips.

»Du warst derjenige, der nicht lachen konnte«, antworte ich.

»Du warst doch der düstere Herzog, der in den kalten Mauern seines Schlosses verkümmerte.«

Er lächelt. »Aber damals wusste ich noch nicht, dass es dich gibt.«

»In Gottes Namen, Herzog, die ganze Welt liegt im Sterben, und du redest über Lachen«, antworte ich und gebe meinem Pferd die Sporen. Er reitet mir nach.

»Ich liebe Euch, weil Ihr die lustigste Frau seid, die ich je kennengelernt habe«, ruft er, hoch im Sattel. »Ihr könnt kalt und herzlos sein, dickköpfig wie ein Esel, Ihr könnt Euch mürrisch und unangenehm verhalten. Aber wenn ich mit Euch zusammen bin, fühle ich das Leben durch meine Adern strömen. Ihr habt eine Glut in Euch, die man nicht löschen kann …«

Ich höre auf zu traben. Ich fühle mich unendlich müde und schrecklich alt.

»Hört auf, Herzog«, seufze ich. »Ihr seid noch immer ein schlechter Dichter.«

Wir halten unsere Pferde an. Filips weiß nicht genau, was er tun soll. Wir betrachten den Wald. Wir hören das Rauschen des Windes.

»Als ich klein war«, sage ich nach einer Weile, »sagte meine Mutter, dass ich, genau wie sie, von sechsundzwanzig Engeln beschützt werde. Das sei das Vorrecht einer Jungfrau von Flandern. Aber ich glaube, dass die Engel uns vergessen haben. Ich bin wie meine Mutter. Ich werde zwischen den vier Wänden eines Klosters enden. Sie spricht mit den Geistern ihrer Jugend. Sie schaut nach draußen mit Augen, die nichts mehr sehen. Sie isst mit einem Mund, der nicht mehr kaut. Sie bekommt jeden Tag Mohnsamen, der ihre Sinne betäubt und ihre Anfälle von Wahnsinn verhindern soll. Und das mit sechsundzwanzig Engeln.«

Filips nimmt sich Zeit, bevor er mir antwortet.

»Meine Liebste«, sagt er schließlich, »du brauchst nicht in ein Kloster. Und vergiss die Engel. Du bist der Engel. Weißt du noch, unser erster gemeinsamer Nachmittag? Der Ritt auf der Flucht vor dem Donner! Und der Kuss, den du mir gegeben hast! Ich hatte das Gefühl, gerade erst geboren zu werden ... Bist du nicht die Frau, die den Badezuber im Jungfrauental umgetreten hat, hast du nicht diesen Kerl ... wie hieß er doch wieder ...«

»Roderik van Rijperghersте«, sage ich mutlos.

»... einen Tritt gegen seine Birne versetzt.«

»Er ist tot, gestorben an der Pestilenz, durch meine Schuld«, rufe ich.

»Was meinst du, durch deine Schuld?«

»Ich habe mein Gelübde gebrochen«, höre ich mich schreien. »Ganz Flandern ist angesteckt. Alles durch meine Schuld.«

Ich fange an zu keuchen, ich bekomme keine Luft mehr. Ich halte mich an der Mähne meines Pferdes fest. Ich rutsche aus dem Sattel, ich fühle, wie mein Rücken auf die Erde schlägt. Es scheint, als wolle Gott mich hier auf der Stelle strafen, indem er mir die Luft aus den Lungen reißt. Ich sehe die Wolken und den Himmel durch die braun gewordenen Wipfel, und dann wird alles schwarz. Ist das sterben? Ich sehe wieder den Karren mit den toten Kindern vor der Sint-Niklaas-Kerk ... die Hunde, die um den Karren kreisen ... den schwarzen Hund, der sich in dem herunterhängenden Bein eines Mädchens festbeißt ... ich sehe ihre langen blonden Haare, die über die Leichen streifen, und ihr Gesicht, dass so blass ist wie der Nebel ... es ist mein Gesicht ... aber nicht ganz ... meine Nase ist kleiner ... meine Züge sind weicher ... meine Haare sind blond ... ich habe nicht den Fuchskopf meines Vaters … ich bin schön geworden … ich atme nicht mehr … ich fühle, wie der Hund an meinem Bein zerrt … wieder und wieder … diesmal ist keiner da, der einen Stein nach dem Hund wirft … ich sehe, wie meine Lippen sich bewegen … und dann höre ich mich schreien … ich sehe wieder die Baumwipfel … und Filips, der mich an den Beinen aus den Brennnesseln zieht … ich schnappe nach Luft …

»Ich habe gedacht, ich würde dich verlieren, meine Liebste«, sagt Filips und wischt mir mit einem nassen Tuch über die Hände, um den Schmerz der Brennnesseln zu dämpfen. Ich atme noch immer die frische Herbstluft ein. Meine Nase prickelt.

»Wie kannst du bloß denken, dass alles deine Schuld ist«, fragt Filips.

»Ich habe Godfried nach Avignon geschickt, um beim Papst ein *interdict* zu erflehen, einen Brief, in dem er die Ehe verbietet«, flüstere ich und wage nicht, ihn anzuschauen. »Ich habe meinen Schwur gebrochen. In Avignon herrschte die Pest, und Godfried brachte die Krankheit mit nach Flandern. Alles stirbt in Flandern, und es ist meine Schuld.«

»Wie kann ein kleines Mädchen wie du das Ende von Flandern bedeuten«, sagt Filips.

»Man sagt, die Pest ist ein Mädchen«, flüstere ich.

»Du bist nicht das Ende von Flandern, du bist seine Zukunft«, sagt Filips.

Ich seufze. Er begreift es nicht.

Filips nimmt meine Hände. »Es ist nicht deine Schuld. Die Pest war in Avignon und hat sich überall verbreitet. Auch in Flandern. Gott straft die Menschheit, nicht ein fünfzehnjähriges Mädchen.«

»Ich bin noch nicht mal fünfzehn«, sage ich.

»Die Pestilenz ist nicht hier.« Filips streichelt meine Haare. »Hier sind wir sicher. Hier, in meinem versteckten Tal. Wir sind dem Zugriff des Todes entkommen. Du hast dein Versprechen an Gott gebrochen, indem du Edmund nicht geheiratet hast. Aber als du das Versprechen gegeben hast, hattest du Edmund noch nie gesehen. Du konntest nicht wissen, wer er war. Ich weiß es. Ich habe den Dolch gespürt, den er mir in die Seite stieß. Wie sollte Gott dir nicht vergeben? Wie könnte Gott dein Glück nicht wollen?«

Filips schweigt. Ich fühle seine Finger unter meinem Kinn. Er dreht meinen Kopf zu sich.

»Und dein Glück, meine Liebste«, flüstert er, »das bin ich.«

Ich stoße ihn weg. »Hör auf! Tu nicht so männlich. Sage doch nicht immer solche dummen Sprüche.«

Ich erhebe mich und steige mühsam auf mein Pferd.

»Was soll ich denn tun«, schreit Filips mit ausgebreiteten Armen. Er ist nun wirklich verzweifelt. »Was soll ich tun, um Eure Liebe zu gewinnen?«

Ich reite mit Palframand auf ihn zu. Mein Pferd stößt fast gegen seine Brust. Ich beuge mich vor. Ich gebe ihm einen Kuss auf den Mund.

»Um meine Liebe zu gewinnen, musst du schweigen«, sage ich lächelnd.

Er schweigt. Zumindest kurz.

»Ich will noch einen Kuss«, murmelt er.

»Nur wenn du es schaffst, schneller als ich zu reiten und als Erster auf dem Schloss anzukommen«, antworte ich und drücke mit einem lauten »Juuu« meinem Pferd die Stiefel in die Flanken. Palframand fliegt los. Filips rennt hinter seinem eigenen Hengst her und zieht sich in den Sattel. Er hat einen gehörigen

Rückstand, schießt es mir durch den Kopf. Es ist, als sei ich zum Leben erwacht. Mein Bauch wird warm. Meine Brüste prickeln. Ich beuge mich über Palframands Rücken, um so schnell wie möglich zu galoppieren. Die dunklen Gedanken werden aus meinem Kopf geweht. Beim Galoppieren bete ich. Gott, lass mich glücklich sein. Das wiederhole ich, bis wir auf den Innenhof des Schlosses stieben. Die beiden Gänsehüterinnen im Innenhof rennen zur Seite. Die Gänse schnattern und flattern erschreckt auf. Eine landet im Wassertrog für die Pferde. Ich reite auf Palframand zu Filips' Hengst hin. Unsere Pferde streifen einander. Ich gebe ihm dort, auf dem Innenhof des Schlosses von Rouvres, unter dem Geschnatter wütender Gänse, einen zweiten Kuss. Der Küchenmeister hat uns ankommen gesehen und auf dem Innenhof ein Feuer angezündet. Er ruft, er wolle heute ein Festmahl richten. Und ich beschließe, mich an diesem Abend Filips hinzugeben.

Gott, lass mich glücklich sein. Ich zupfe mir die Härchen aus der Stirn und aus den Augenbrauen. Ich wasche meine Haare mit Regenwasser, in dem eine Handvoll Rosenknospen und Majoranblätter treiben. Ich ziehe ein sauberes weißes Hemd an und darüber ein Unterkleid. Es gibt so viele Schnüre an dem Kleid, dass Filips, wenn er sie heute Abend löst, viel Arbeit haben wird. Gott, lass mich glücklich sein. Ich stecke meine Haare fest und verstecke unter einem Schmetterlingshut die blaue Perle der Treue. Wenn Filips mir heute Abend die Kopfbedeckung abnimmt, werden meine Haare wie ein Wasserfall auf meine Schultern fallen. Ich wähle ein kirschrotes Kleid mit breiten Ärmeln und lasse es in einem Bad aus Nelken, Jasmin und Moschus einweichen. Danach lasse ich das Kleid in der Abendsonne trocknen und ziehe es an. Das Kleid klebt an meiner Haut. Gott, lass mich glücklich sein. Ich binde ein schwarzes Band unter meinen Brüsten fest, damit sie nach oben gedrückt werden. Ich reibe meinen Hals und die sichtbare Rundung meiner Brüste mit Mehl ein, damit meine Haut noch weißer aussieht als sonst. Ich betrachte mich selbst in dem metallenen Spiegel und mache ein paar Tanzschritte. Ich stehe auf einem Fuß und drehe mich um meine eigene Achse. Mein Kleid öffnet sich von selbst, wie eine Blume. Noch bevor die Abendglocke läutet, laufe ich über die Mauer, die die Schlosstürme miteinander verbindet. Und da sehe ich Filips. Er betrachtet die untergehende Sonne. Seine Hände stützen sich auf die Zinnen. Er hat mich noch nicht gesehen. Gott, lass mich glücklich sein. Auf Zehenspitzen laufe ich auf ihn zu. Der Saum meines Kleides raschelt über die Steine. Ich stehe jetzt nur noch einen Meter von ihm entfernt. Er hat mich noch immer nicht gesehen. Ich werde meine Hände über seine Augen legen und ihn überraschen. Er dreht sich um und sieht mich. Er erbricht sich.

Das Geräusch kommt aus der Tiefe seiner Eingeweide. Ich sehe, wie viel Mühe es ihn kostet, aufrecht stehen zu bleiben. Er spuckt schwarzen Schleim aus, der in Schlieren auf seiner Kleidung hängen bleibt. Ich sehe, wie ihn eine Welle von Übelkeit überspült. Erneut erbricht er sich und schaut mich mit wahnsinnig gewordenen Augen an. »Mein Gesicht«, keucht er. »Schau mein Gesicht an.« Ich sehe die purpurnen Flecken auf seinem Gesicht und weiche einen Schritt zurück. Meine Bewegung lässt ihn alles verstehen. Die Pestilenz ist uns gefolgt.

Ich werde nicht glücklich sein.

20

In derselben Nacht wird eine Klause gebaut. Es ist noch dunkel, als uns alle Menschen des Schlosses mit Fackeln zu einer Lichtung im Wald begleiten. Die Soldaten, Diener und Jagdaufseher halten sich in großem Abstand. Jedes Mal, wenn ich mich umdrehe, um sie etwas zu fragen, weichen sie zurück. Mit einem Stock werden uns Fläschchen mit Mohnsaft gegen Schmerzen zugeschoben. Filips hat Mühe, aufrecht zu gehen. Sein Gesicht ist dunkel und geschwollen. Die Flecken in seinem Gesicht sind in wenigen Stunden eiförmige Geschwüre geworden. Aus seinem rechten Ohr läuft Eiter. Er zittert vor Fieber und scheint nicht mehr richtig zu sehen. Ich halte seine Hand fest, um ihn zur Klause zu führen. Ab und zu ziehen sich seine Muskeln zusammen, er schlottert. Die Klause ist ein kleiner hölzerner Würfel auf einer Lichtung. Es gibt zwei abgeteilte Räume, einen für Filips und einen für mich, die Frau, die er geküsst hat und die dieselbe Luft eingeatmet hat wie er. Die Frau, die sich zweifellos angesteckt hat. Die Frau, die vom Tod keinen Aufschub mehr bekommen hat. Die Frau, die von Gott gestraft ist, weil sie beim Kreuz geschworen hat, den Prinzen von England zu heiraten. Die Frau, die ihren Eid gebrochen hat.

Noch vor dem ersten Tageslicht kommt ein Priester. Wir sind steif gefroren, weil wir die ganze Nacht draußen gestanden haben. Tau hängt in unseren Haaren. Wir beichten beide am Eingang der Klause. Filips ist so schwach, dass er kaum die Hände falten kann. Ich helfe ihm. Unsere vier Hände sind ineinander gekreuzt vor dem Priester, der uns Vergebung für unsere Sünden schenkt. Ich sehe seine rechte Hand, die uns segnet. *In Nomine Patris et Filii et Spiritu Sancti.*

Wir betreten die Klause. Jeder durch einen eigenen Eingang. Das Letzte, was ich von Filips sehe, sind seine geschwollenen Lippen, die meinen Namen zu bilden scheinen. Dann kriecht er in die Klause. Ich gehe auf der anderen Seite hinein. In der Mitte der Klause befindet sich eine Trennwand. Hinter der Wand ist Filips. Seine Diener nageln hastig beide Eingänge zu. Wir sind nun von der Außenwelt abgeschlossen. Die Klause wird unser Sarg werden. Das Kleid, das ich für die Liebe angezogen habe, wird mein Sterbehemd.

»Marguerite«, höre ich Filips flüstern. Ich höre seine Kleidung an der Trennwand schaben. Er stöhnt. »Es ist nicht gerecht, es ist nicht gerecht.«

Was kann ich ihm sagen? Dass Gott unser Glück nicht will? Den ganzen Morgen höre ich ihn stöhnen. Er wird von schrecklichen Fieberträumen geplagt. Erst gegen Abend scheint es ihm besser zu gehen. Er hat von dem schmerzstillenden Mohnsaft getrunken. Er atmet schwer, spricht jetzt aber ganz ruhig.

»Ich bin erst fünfzehn«, sagt er. »Ein Mann sollte nicht mit fünfzehn sterben.«

Er erzählt mir sein Leben. Alles, woran er sich erinnern kann. Seinen ersten Unterricht im Ringen. Seine Mutter, die ihm Lieder von früher vorsang und allein für ihn sorgte, weil sein Vater einen Monat vor seiner Geburt von einem Pferd totgetrampelt wurde. Seine Mutter ist im letzten Jahr gestorben. Er erzählt mir von der Landschaft, in der er aufgewachsen ist, dem Land von Auvergne im Süden von Burgund. Es ist das Land der erloschenen Vulkane. Hier können die Hirten ihre Schafe in den Schlaf singen. Die Bergbewohner lernen schon als Kinder, auf den Fingern zu pfeifen. Sie können mit diesem Pfeifen enorme Entfernungen überbrücken, um sich gegenseitig vor einem nahenden Unwetter zu warnen oder um sich Glück zu wünschen. Sie haben ein ganzes Alphabet an Pfeiftönen, und nur die echten Bewohner der Berge wissen, wie man sie entziffert. Die Berge sind hoch und seltsam geformt, und dort ist man so nahe bei Gott, wie es überhaupt möglich ist. Es gibt sogar ein Kloster, das »Unsere Liebe Frau vom Schnee« heißt, aber die Hirten nennen es das »Kloster der Himmel«. Filips erzählt, dass er als Junge dort einmal ausruhen durfte, nach einer langen Bergwanderung mit seiner Mutter. Die Nonnen gaben ihm Ziegenmilch mit Honig. Er hat nie etwas getrunken, das ihm besser geschmeckt hätte.

Filips fragt, ob ich ihn liebe. Was kann ich anderes als »ja« sagen, dort, in den Momenten völliger Dunkelheit, in den Stunden unermesslicher Verzweiflung, in der Nacht, in der Filips nichts anderes tun kann als dahinzusiechen und zu sterben. Ich weiß auch, dass ich ihn liebe, an diesem letzten Tag. Ich fühle mich eins mit ihm, meinem Ritter in Hemdsärmeln. Wir werden zusammen ins himmlische Jerusalem reisen, wo wir wieder über Felder voller Blumen galoppieren werden. Ich verspreche ihm, dass wir zusammen Rosen auf die Erde regnen lassen werden.

Filips stirbt, als die ersten Sonnenstrahlen durch die Ritzen der Klause dringen. Ich sage es den Männern, die mittags mit Essen kommen. Sie schieben die Schüsseln mithilfe eines Brotschiebers durch eine kleine Luke in der Wand herein. Sie sagen, dass sie es nicht wagen, Filips Leichnam anzurühren. Sie werden warten. Bis auch ich gestorben bin.

Ich hoffe, dass es schnell geht. Ich warte ungeduldig auf die Pestilenz. Jede Stunde betaste ich mich im Halbdunkel, um zu fühlen, ob die Beulen schon auf meiner Haut erscheinen. Bei jedem Aufstoßen beuge ich mich vor, bereit, mich zu erbrechen. Bei jedem Husten erwarte ich, Schleim zu spucken. Drei Tage gehen vorbei, und es passiert nichts. Ich friere in der Klause so sehr, dass ich mich in mein Kleid gerollt habe. Filips liegt noch immer hinter der Wand. In der Klause fängt es an, nach Fäulnis zu stinken. Ich lege mich auf den Boden und rühre mein Essen nicht mehr an. Ich bitte Gott um Erlösung, aber es geschieht nichts. Es wird nur immer kälter. Und am fünften Tag wird die Tür aufgestoßen, und ein Mann steckt eine Fackel herein. Ich schaue hoch, und im Licht der Fackel betrachtet der Mann mein Gesicht. Er dreht sich um und sagt nach draußen: »Die hat die Pestilenz nicht.« Ich krieche auf Händen und Knien aus der Klause, und meine Augen werden geblendet durch das grelle Licht. Ich fühle kein Gras unter den Händen, sondern Schnee. Es ist Winter geworden.

Ich werde im Schloss gebadet und will noch am selben Tag abreisen, in den Süden. Ich lasse alles in Rouvres zurück. Zwei von Filips' Dienern führen mich auf meinem Pferd aus dem Schloss. Sie werden mich zu dem Ziel bringen, an dem ich beschlossen habe mein Leben zu beenden. Ich will klein sein wie ein Insekt und mich in einer Fuge zwischen Steinen verstecken. Ich will nicht mehr an diesem Leben voller Leid, Schmerz und Angst teilnehmen. Ich will unsichtbar sein. Während wir durch das verschneite Tal reiten, wird die Klause in Brand gesteckt. Ich schaue mich ein letztes Mal um und sehe, wie schwarzer Rauch über dem weißen Wald aufsteigt. Wir reiten fünf Tage lang und übernachten in verlassenen Herbergen. An den Türen hängen Gämsenschädel, um das Unheil abzuhalten. Am Morgen des vierten Tages gewahre ich hoch auf einem Berg, der sich in der Landschaft erhebt, das Kloster, von dem Filips mir erzählt hat. Das Kloster Unserer Lieben Frau vom Schnee. Das Kloster der Himmel.

Filips' Diener lassen mich am Eingang zurück. Ich stehe vor der Mutter Oberin des Klosters. Sie ist eine Frau von ungefähr vierzig Jahren. Sie ist mager, und die Linien ihrer Kiefer zeichnen sich unter ihrer blassen, blau geäderten Gesichtshaut ab. Sie hat eine seltsam dicke Unterlippe und Augen, die alles sehen. Ich habe noch immer mein kirschrotes Kleid an und sage ihr, dass ich ins Kloster eintreten will. Dass ich das Leben der Klosterschwestern teilen will. Dass ich nicht vorhabe, in die Welt zurückzukehren, die bald zu Ende ist. Ich will ihr meine Geschichte erzählen, aber sie hebt ihre knochige Hand.

»Jede Frau, die hier ist«, sagt die Mutter Oberin, »hat eine Geschichte, und diese ist vielleicht noch schmerzlicher als Eure.«

Ich weiß nicht, was ich sagen soll.

»Erzählt die Geschichte Unserer Lieben Frau in der Kapelle«, fährt sie fort. »Wir leben in Stille.«

Ich werde zum Waschraum geführt. Ich ziehe meine Kleider und mein Hemd aus und werde, schlotternd vor Kälte, von zwei Schwestern gewaschen. Meine langen rotbraunen Haare werden mit einer großen, stumpfen Schere geschnitten. Meine Kleider werden verbrannt. Meine Juwelen sind ein Geschenk für den Klosterschatz. Ich ziehe die Kappe und das weiße, ungefärbte Habit der Schwestern von Unserer Lieben Frau vom Schnee an. An den Füßen trage ich einfache Sandalen. Ich werde zur Kapelle geführt und kniee vor dem Altar, hinter dem ein merkwürdiges Marienbild steht, das aus schwarzem Gestein gehauen ist. Über dem Altar prangt das einzige Buntglasfenster der Kapelle. Im Glas ist Unsere Liebe Frau abgebildet, zwischen den wichtigsten Bildern ihres Lebens. Die Schwestern nennen das Fenster die »Gläserne Bibel«. Unsere Liebe Frau vom Schnee ist in blaue Gewänder gehüllt. Für die leidende Frau ist dies die Farbe des Schmerzes und der Trauer. Hier will ich sein. Im Kloster der Himmel. Weit entfernt von der Menschheit, weit entfernt von allen. Umringt von Stille. Hier werde ich nicht mehr in der Brandung des Lebens strampeln müssen. Hier bin ich eine Schwester zwischen anderen Schwestern. Ich will nur noch für Gott leben. Das ist mein Los. Meine Aufgabe ist es nicht, zu lieben, Kinder zu gebären und das Haus Flandern fortzusetzen. Meine Aufgabe liegt nicht mehr in der Außenwelt voller Schmerz, Angst und Tod. Ich bin sicher hier in diesem Haus auf den Wolken, inmitten dieser geweihten Steine und dieser innigen Stille. Ich bin nun ganz nahe beim heiligen Jerusalem, nahe beim Geist meiner Mutter und nahe bei Filips. Hier werde ich geduldig warten, bis ich mich zu ihnen fügen darf. Hier werde ich sterben und, in ein weißes Laken gehüllt, zum Friedhof am Fuß des Berges getragen werden. Auf diesem Acker stehen keine Namen, denn vor dem Angesicht Gottes sind alle Schwestern gleich.

Im Laufe der Zeit wird Flandern mich vergessen. Erst später, viel später, falls die Welt bestehen bleibt, werden nur die ältesten, die zahnlosen Alten ohne Verstand behaupten, sie hätten mich noch gekannt. Die Braut von Flandern, die im Nebel Frankreichs verschwunden ist. Kaplan van Izeghem hatte mehr als recht. Die Frau bringt den Mann in Verwirrung. Sie ist eine ständige Quelle von Unlust, ein ewiger Krieg, eine tägliche Verwüstung und ein Haus voller Stürme. Und was für die meisten Frauen wahr ist, gilt doppelt und dreifach für mich. Ich, die Erbin von Flandern, bin durch und durch schuldig. Ich werde gestraft für meinen Leichtsinn, für meine Prahlsucht und für meine gebrochenen Versprechen. Ich, die Grafentochter, die ich in Morvas Hände geboren wurde, der Hexe vom Moerland. Ich bin verflucht. Ich bin ein Spielzeug des Teufels.

21

Die Reiter kommen während eines Schneesturms. Sie werden an einem dunklen Morgen, als sich der Tag noch kaum von der Nacht unterscheiden lässt, von einem langgedehnten Pfeifsignal eines Hirten im Tal angekündigt. Erst am Ende des Nachmittags, als wir beim letzten Tageslicht unsere Abendmahlzeit einnehmen, erzählt eine der Schwestern, dass sie die Reiter vom Turm des Pförtnerhauses aus gesehen hat. Die Mutter Oberin sagt, wir sollen ruhig weiteressen und uns auf die Vesper vorbereiten. Wir gehen durch das Paradies, den Innenhof des Klosters mit seinen vier offenen Außengängen. Das Paradies schaut auf die Kapelle. Dort beten wir die Vesper, während wir durch das blaue Glasfenster über dem Altar sehen, dass die Welt dunkel wird.

Nach der Vesper kommt eine der Schwestern zur Mutter Oberin und sagt, dass sie Fackeln auf dem Bergpfad an der Westseite gesehen hat. Die Ostseite des Klosters klebt am Rand der Wolken und schaut auf eine Schlucht hinunter. Das Kloster hat nur wenige Fenster. Es ist aus Naturstein und hartem Holz gebaut. Es ist eine Burg. Doch die Reiter kommen näher. Sie sind abgestiegen und führen mit Fackeln ihre Pferde zum Kloster. Die Mutter Oberin beruhigt uns. Wir wissen nicht, wer die Reiter sind. Vermutlich haben sie keine bösen Absichten. Trotzdem beten wir alle um Schutz. Lange Zeit hören wir nichts, außer dem Winterwind, der über die Mauern streicht. Die Stille dauert so lange, dass einige von uns schon glauben, die Fackeln wären nie da gewesen. Die Reiter wären eine Luftspiegelung gewesen.

Wir machen uns zum letzten Gebet des Tages bereit. Wir versammeln uns in der Kapelle, um die Komplet zu beten. Wir bekreuzigen uns mit Weihwasser und knien auf dem Boden. Wir versenken uns in uns selbst und beten in Stille. Doch genau in diesem Augenblick, in der heiligen Besinnung des Abendgebets, schlägt eine Faust ans Klostertor. Die Schwestern stehen auf, schauen sich erschrocken an, murmeln einige Gegrüßet-seist-du und lassen Rosenkränze durch ihre Finger gleiten. Ich höre die Faust erneut an das Tor schlagen.

Die Mutter Oberin geht zum Tor. Wir folgen ihr. Wir stehen hinter ihr, als sie die kleine Luke in Augenhöhe öffnet. Der Mann vor dem Tor kann nur ihre Augen sehen.

»Frau«, sagt der Mann am Tor, »wir ersuchen Euch, das Tor für uns zu öffnen.«

Wir haben seine Worte kaum verstanden, weil der Wind so heult.

»Unter dieses Dach, Herr, ist seit zweihundert Jahren kein Mann getreten«, antwortet die Mutter Oberin kurz, »außer den Priestern der Umgebung, um einer unserer Schwestern die letzten Sakramente zu spenden. Und soweit ich sehen kann, seid Ihr kein Priester.«

»Natürlich nicht, Frau«, schreit der Mann, um das Brausen des Windes zu übertönen. »Ich bin der Graf von Flandern, und ich bin gekommen, um meine Tochter zu holen.«

Die Schwestern schauen mich an. Ich schlage die Augen nieder. Ich trete einen Schritt vor. Die Mutter Oberin hebt ihre knochige Hand. Die Schwestern ziehen mich zurück.

»Die Frau, die Ihr als Eure Tochter betrachtet, gibt es nicht mehr«, antwortet die Mutter Oberin. »Hier leben nur Bräute des Herrn.«

»Frau«, schreit der Mann ungeduldig. Er kann das Heulen des Windes kaum übertönen.

»Ich will meine Tochter sehen«, höre ich meinen Vater schreien, »ob sie nun tot ist oder noch lebt.«

Mein Herz zieht sich zusammen. Ich schlage ein Kreuz.

»Herr von Male«, antwortet die Mutter Oberin, »Eure Tochter hat ihr Leben Gott gegeben, und sie will Euch nie mehr sehen.«

Sie hat mit kräftiger Stimme gesprochen, aber ich sehe, dass ihre Unterlippe zittert. Sie schließt die Luke. Draußen bleibt es einen Moment still, und ich stelle mir vor, dass mein Vater nun wohl alle Heiligen verflucht.

Die Schwestern halten sich an den Händen. Sie stehen um mich herum, als wollten sie mich vor dem Unheil beschützen. Einen kurzen Moment lang ist es still. Wir hören nur, wie der Wind über das Kloster pfeift, und unser eigenes Atmen. Die Stille dehnt sich immer länger. So lang, dass wir uns fragen, ob die Reiter nicht wieder hinunter ins Tal gezogen sind. Aber wir wissen, dass dem nicht so ist. Es ist verrückt, bei diesem Wind, in dieser dunklen Nacht den Berg hinunterzusteigen. Doch es bleibt still. Bis wir plötzlich einen enormen Schlag hören und sehen, wie das Tor in den Scharnieren dröhnt. Die Schwestern schreien. Ich fühle, wie sich meine Haut zusammenzieht. Dann folgt ein zweiter Schlag. Ich frage mich, womit sie die Tür zu rammen versuchen, und erinnere mich, dass auf dem Weg Felsbrocken liegen. Wenn drei Mann einen Felsbrocken aufheben und gegen das Tor anrennen, könnte das tatsächlich einen derartigen Lärm machen.

Die Mutter Oberin starrt das Tor an, als könne sie nicht glauben, was hier passiert. Als sei sie fest überzeugt, dass das dicke

Holz, die Nietnägel, die Stahlbänder die Männer von ihrem Kloster fernhalten können. Beim nächsten Schlag hören wir Holz krachen. Die Mutter Oberin dreht sich um und schreit, wir sollen machen, dass wir fortkommen. Aber es gibt keinen Weg, aus diesem Haus zu entkommen, das an den Rand eines Abgrunds gebaut ist. Unsere Habite rascheln, und unsere Sandalen quietschen, als wir in die Gänge des Klosters rennen. Es kommt noch ein Schlag, und noch einer.

Das Krachen hallt durch das ganze Kloster. Es scheint, als wolle jemand diese Mauern, die schon seit Jahrhunderten schlafen, mit Gewalt wachrütteln. Die hohlen Echos hallen durch die Säle. Wir fliehen über schwarz und weiß geflieste Böden, durch Gänge mit bemalten Decken und bunten Mosaiken. Wir rennen hinaus durch die Klostergänge, die um das Paradies herumführen. Die Kälte schlägt uns ins Gesicht. Der Wind reißt an unseren Kappen. Der Schnee prickelt auf unseren Nasen. Wir eilen in die Kapelle. Weiter können wir nicht. Hinter dem Altar liegt der Abgrund. Hier hat es seit hundert Jahren nicht mehr solch einen Lärm gegeben.

Wir drängen uns vor der schwarzen Statue Marias zusammen. Sie hat feine Züge, und ihre Hand ist erhoben, um die Menschen zu segnen, die vor ihr knien. Aber die schwarze Jungfrau beruhigt die Schwestern nicht. Sie fragen mich, was für ein Mann mein Vater ist. Ist er ein Anhänger Gottes oder des Teufels? Wie kann er es wagen, ein Kloster zu entehren? Es ist eine der schwersten Todsünden, die ein Mensch begehen kann. Jemand sagt, dass das dicke Holztor ihn zurückhalten wird, aber ich weiß, dass selbst ein Dutzend Tore meinen Vater nicht zurückhalten können. Er will mich zurückbringen nach Flandern.

Aber ich werde hier bleiben, zwischen meinen Schwestern, nahe bei Gott. Niemand kann sich gegen den Willen des Herrn stellen. Sogar mein Vater nicht.

Das Krachen geht weiter. Bei jedem dröhnenden Schlag wächst die Hoffnung in unseren Herzen. Vielleicht ist das Tor doch stark genug. Es ist aus schweren Balken gemacht, was können eine Handvoll Waffenträger dagegen ausrichten? Das Kloster hat auch kein Fenster, durch das sie eindringen könnten. Doch vor allem vertrauen wir auf Unsere Liebe Frau, die uns beschützen wird. Wir hören nicht auf zu beten, dort, vor dem pechschwarzen Bild. Der kalte Atem dampft aus unseren betenden Mündern. Das Tor wird standhalten. Hier sind wir sicher. Dann hören wir ein Krachen, als würde die Welt in Stücke gerissen.

»Fort mit Euch!«, hören wir die Mutter Oberin schreien. »Dies ist das Haus Gottes!« Doch das sind hoffnungslose Worte einem Menschen gegenüber, der schon den ganzen Abend gegen das Tor rammt.

»Frau«, klingt die Antwort, und mein Herz setzt einen Schlag aus, als ich meinen Vater schreien höre, »ich habe hunderte von Meilen zurückgelegt, um meine Tochter zu sehen, und ich werde sie sehen!«

Eine kurze Zeit lang hören wir keine Stimmen mehr. Nur das Klirren von Schwertern an Waffengürteln und das Knarren von Zellentüren, die eine nach der anderen aufgestoßen werden. Wir schauen uns an. Sind alle Schwestern hier bei uns? Oder hat sich eine in der Küche oder im Badehaus versteckt? Die Antwort erfolgt sofort. Ein lauter Schrei steigt aus der Richtung des Badehauses auf, wo die halbtaube Schwester Anna-Francisca in aller

Ruhe ihr monatliches Bad nimmt. Nun ist Schwester Anna-Francisca eine kräftige Frau. Sie hat einen kupfernen Waschkrug in der Hand, mit dem sie die Eindringlinge auf der Stelle in die Flucht jagt. Die Tür geht wieder zu, und die Soldaten kommen immer näher. Ich stehe hinter dem Altar, zwischen meinen Schwestern. Ich habe die Hände gefaltet und schaue nach oben, zum Bild der heiligen Maria. Die Schritte der Soldaten werden immer schneller, je näher sie kommen. Es scheint, als könnten wir sie auf der anderen Seite der Kapellentür schon atmen hören. Die beiden Türen schwingen auf. Sie schlagen gegen die Wände. Der Winter weht herein. Meine Schwestern und ich ducken uns und drücken unsere Körper aneinander. Ein Mann tritt vor, und ich erkenne meinen Vater. Seine Kleidung ist nass vom Schnee. Die Ärmel seines Panzerhemds glänzen vor Feuchtigkeit. Der mit Schlamm beschmierte Saum seines Kapuzenmantels schleift über den Boden. An seinem Gürtel hängen ein Anderthalbschwert und ein Rapier. Ich erkenne den Knauf in Form einer Margerite. Es ist mein Rapier.

»Schwestern«, ruft mein Vater, »wir wollen Euch nichts Böses antun! Ich bin nur gekommen, um meine Tochter zu holen.«

In der Kapelle wird es still. Die Kerzen zischen. Die Soldaten bleiben an der Tür stehen. In diesem Moment läutet die Alarmglocke. Die Mutter Oberin ist auf den Glockenturm gestiegen und fängt an zu läuten. Der Klang der Glocke schallt über das Tal und verkündet allen, dass das Kloster der Himmel in Gefahr ist. Mein Vater blickt sich verärgert um, und zwei Soldaten rennen zurück, in Richtung Pforte. Ich löse mich aus den Armen meiner Schwestern und trete einen Schritt vor. Mein Vater schaut mich an.

»Schwester«, ruft er, »ich will meine Tochter.« Mein Vater

hat mich nicht einmal erkannt. Ich nehme meine Kappe ab und sehe, wie mein Vater voller Abscheu meine kurz geschnittenen Haare anstarrt.

»Was haben sie mit dir gemacht?«, stammelt er.

»Hier gehöre ich her, Vater«, höre ich meine Stimme in der Kapelle hallen. Mein Vater sagt nichts.

»Ich tue Buße für meinen Leichtsinn, für meine Prahlsucht und all das Böse, das ich angerichtet habe. Mein Leben gehört von nun an Gott und diesen Schwestern der Gnade. Gott hat mich zu sich gerufen, und ich bitte Euch, seinen Willen zu respektieren.«

»Tochter, Gott wird Euch zu sich rufen, wenn ich es ihm sage«, lästert mein Vater, und die Schwestern bekreuzigen sich.

»Solange du lebst, bist du meine Tochter«, faucht mein Vater. »Und du hast deine Pflichten zu erfüllen.«

»Ich bin nicht mehr Eure Tochter«, fauche ich zurück. »Gott sei Dank.«

Mein Vater knurrt. Die Glocke läutet noch immer. Einer der beiden Soldaten, die er zur Pforte geschickt hat, ist zurückgekommen.

»Herr, die Äbtissin hat sich im Glockenturm verschanzt«, stammelt er.

»Worauf wartest du, um die Tür einzurammen und ihr das Seil aus den Händen zu nehmen?«, ruft mein Vater. »Muss ich denn alles selbst machen?«

Der Soldat nickt und rennt zurück.

»Lasst die Äbtissin in Ruhe, Vater«, sage ich, »Ihr habt keine Chance. Alle Menschen im Tal haben die Glocke gehört und sind schon auf dem Weg zu uns. Was wollt Ihr mit Euren sechs Soldaten ausrichten?«

Mein Vater kommt näher. Das Rapier an seinem Gürtel tippt gegen sein Bein. Wir stehen einen Meter voneinander entfernt. Ich rieche den Wein im Atem meines Vaters. Seine Augen sind groß und wild, sein Bart ist seit Tagen nicht mehr geschnitten worden, und seine Kleider stinken nach Pferdeschweiß.

»Es gibt zwei Arten, mit mir zu kommen, Tochter«, sagt er und versucht, Ruhe zu bewahren. »Zwei, eine harte und eine weiche.«

»Dies ist geweihter Boden, Vater«, rufe ich. »Wir sind im Haus des Herrn. Wenn Ihr hier Gewalt anwendet, beleidigt Ihr Euren Schöpfer.«

Seine Hand landet mit gewaltiger Kraft auf meiner Wange. Einen Moment lang bin ich wie betäubt, im nächsten packt mein Vater meine Handgelenke. Die Nonnen schreien. Ich lasse mich fallen und versuche, gegen seine Beine zu treten, aber nichts hilft. Er zerrt mich über den Kapellenboden hinter sich her. Ich schreie und schreie. Die Nonnen bekreuzigen sich, und ihre Klagen hallen von den Gewölben wider.

»Ich verfluche den Tag, an dem Ihr mich gezeugt habt«, brülle ich. »Ich verfluche Flandern und Eure Vorfahren. Ich schäme mich vor Gott und der Welt, dass ich Eure Tochter bin.«

Mein Vater hört erst am Eingang der Kapelle auf, mich weiterzuziehen. Er schaut auf mich nieder, während ich noch auf dem Boden liege, zwischen seinen Beinen. Ich keuche. Ich falte meine Hände wie zum Gebet, und einen Moment lang glaubt mein Vater, ich würde ihn anflehen. Dann werfe ich meine ineinander verflochtenen Fäuste nach oben. Ich treffe etwas Weiches, und mein Vater klappt mit einem langgedehnten Aufstöhnen zusammen. Im nächsten Moment reiße ich das Rapier aus seinem

Gürtel. Die Soldaten hinter ihm machen einen Satz nach vorn, bleiben aber stehen, als sie meine Schwertspitze sehen. Mein Vater hebt den Arm hoch, versucht etwas zu sagen, aber aus seinem Mund kommt nur ein unverständliches Gurgeln. Die Glocke läutet immer noch, und die Soldaten werden nervös. Sie stützen meinen Vater. Ich fühle die Lederriemen des Griffs an meinem Puls. Mein Schwert zittert nicht. Es gibt mir Mut. In der Ferne hören wir Lärm und Geschrei. Die Glocke läutet nicht mehr. Die Männer haben die Mutter Oberin überwältigt.

»Du hast gerade bewiesen, Tochter, dass du nicht dazu gemacht bist, eine Nonne zu sein«, sagt mein Vater. »Du bist wie ich. Du bist eine Kämpferin.«

»Ich bin nicht wie Ihr«, schreie ich, ziehe das Schwert zurück und halte es hinter mir hoch, bereit, den ersten Tölpel, der sich mir zu nähern wagt, vernichtend zu treffen. Einer der Soldaten scheint sich auf mich stürzen zu wollen, um mich zu entwaffnen, aber der Graf hält ihn zurück.

»Du bist mein Blut«, ruft mein Vater, »du hast das Blut der Grafen von Flandern, du bist eine Kämpferin.« Er tritt drohend näher, ungeachtet des Schwerts, das ich bereithalte. Bei jedem Schritt, den er näher kommt, gehe ich einen zurück. »Du bist nicht dazu geschaffen, hier zu vertrocknen, in einem gottverlassenen Kloster auf einem Felsen. Du bist dazu geschaffen, Gräfin von Flandern zu werden. Du bist dazu geschaffen, die Gildemeister auf ihren Platz zu verweisen und den dummen französischen Rittern zu erklären, wie sie einen Krieg führen müssen. Du gehörst nicht hierher. Ich kenne dich.«

»Du weißt nichts von mir«, rufe ich zurück. »Du hast mich mein Leben lang abgelehnt, du hast meine Mutter verrückt gemacht, du hast mir Willem weggenommen, du hast mir Edmund aufgedrängt … Gibt es einen Augenblick in deinem Leben, einen einzigen Augenblick, in dem du nicht an dich gedacht hast, sondern an mich?«

»Es hat dich zu dem gemacht, was du jetzt bist!«, ruft mein Vater. »Es gibt nur einen Menschen, der über Flandern herrschen kann, wenn ich nicht mehr bin, und das bist du. Du bist aus Eisen, und ich habe dich geschmiedet.«

»Ich bin nicht aus Eisen«, fauche ich zurück. »Ich gehöre Gott. Hier bin ich zu Hause. Hier. Ich werde lieber sterben, als mit Euch zu gehen.«

Mein Vater starrt mich an. Ein keuchendes Mädchen mit einem Schwert.

»So sei es«, ist das Letzte, was mein Vater sagt. Dann zieht er sein Schwert.

22

Ich habe fünfzig Unterrichtsstunden von Andrea Tagliaferro bekommen, aber ich begreife nun, dass ich noch nie Auge in Auge mit einem blanken Schwert gestanden habe. Tagliaferro hat mich mit Schwertern unterrichtet, die in straffen Lederhüllen steckten. Es waren Waffen, die höchstens einen blauen Fleck verursachen konnten. Aber vor mir sehe ich ein Schwert, dessen Schneide und Spitze so scharf sind, dass sie bei der geringsten Berührung durch Stoff, Haut, Fleisch, Sehnen und Muskeln dringen. Ich werde sterben. Hier in dieser Kapelle, unter den Augen Gottes und seiner Dienerinnen. Kämpfen hat keinen Sinn. Ich muss mein Schwert fallen lassen, schießt es mir durch den Kopf, ich muss mit ihm gehen. Ich will es gerade tun, als ich das Aufblitzen im Gesicht meines Vaters sehe. Sein Schwert saust mit einem seitlichen Schlag auf mich zu. Ich tue unwillkürlich das, was mich Tagliaferro gelehrt hat. Ich pariere den Schlag, indem ich einen Schritt zurück mache und sein Schwert mit einem vertikalen Schlag abwehre. Mein Vater verändert blitzschnell die Haltung, und die Spitze seines Schwerts kommt jetzt von unten direkt auf meine Stirn zu. Auch diesen Stoß pariere ich. Dann kommt ein Schlag von rechts. Einer von links und noch mal einer von rechts. Ich pariere sie alle drei. Und schließlich richtet sich die Spitze direkt auf meine Brust, und auch diesen Schlag wehre ich ab. Bei jeder Berührung unserer Schwerter – das schmale Rapier, das ich ihm aus dem Gürtel genommen habe, und das schwere Schlagschwert, das er in der Hand hält – fliegen Funken. Dann wird es still. Mein Vater tritt zwei Schritte zurück. Das erste Scharmützel ist so schnell gegangen. Ich habe keine Zeit zum Nachdenken gehabt. Mein Instinkt, gestärkt durch den Unterricht von Jan van Vere und die fünfzig Stunden auf dem Holzboden von Tagliaferros Schule, hat mir den Arm geführt. Ich sehe die Soldaten, die mich mit offenem Mund anstarren, und auch die Schwestern hinter dem Altar sind verblüfft. Ich fühle jeden Muskel meines Körpers. Ich ziehe die Zehen in meinen Sandalen zusammen, ich drehe meine Knöchel, um sie zu wärmen, ich lockere meine Handgelenke, ich strecke die Finger meiner Schwerthand und schließe sie wieder fest um den Griff.

Mein Vater grinst. »Du kämpfst gut, Tochter.«

»Und du kämpfst wie ein Stümper!«, rufe ich. »Ist das alles, was du kannst?«

»Du, Tochter, du denkst, dass das Feuer, das in dir brannte, erloschen ist. Du denkst, dass du niemanden mehr lieben wirst, weil dein Filips das Zeitliche mit der Ewigkeit vertauscht hat. Aber glaub mir, es ist mehr nötig, um das Feuer in dir zu löschen, Dame von Flandern.«

»Hör doch auf!«, kreische ich. »Was weißt du von dem, was ich will und fühle. Du weißt nichts.«

»Du«, ruft er und streckt sein enormes Schwert in meine Richtung, »du willst dich hier verkriechen wie ein Kaninchen in seiner Höhle. Du willst dich vor der Sonne verstecken wie eine Fledermaus unter dem Dach. Du willst weg von der Welt, aber die Welt will nicht weg von dir.«

»Steck dir die Welt in den Hintern, Vater!«, rufe ich und greife ihn an. Ich mache kurze, schnelle Schritte. Meine Füße schaben über den Boden, und mein rechter Arm schießt nach vorn. Die Spitze meines Schwerts schwirrt zum Bauch meines Vaters. Sie verfehlt sein Kettenhemd um Daumesbreite, und mein Vater tritt erschrocken einen Schritt zurück. Er steht noch immer in Verteidigungshaltung, als ich ihn wieder angreife. Immer wieder kommen meine Stöße, und mein Vater geht einen Schritt nach dem anderen zurück. Er ist größer, stärker und besser geübt. Aber ich bin kleiner, bewege mich schneller und habe ein leichteres Schwert. Ich lasse die Schläge auf ihn regnen, mein rechter Arm hackt, schwingt und sticht, und es gelingt ihm, jeden Angriff zu parieren. Aber er findet keine Möglichkeit zu einem Gegenangriff. Schließlich macht er einen Sprung und dreht sich um, das gestreckte Schwert in Verteidigungshaltung.

Mein Habit ist schweißnass und klebt an mir. Die Nonnen und die Soldaten sind nun ganz still. Sie verstehen, dass sie Zeugen eines sehr eigenartigen Kampfes sind. Mein Vater ist gut, sehr gut. Er hat noch nie einen Zweikampf verloren. Er ist der Einzige, der Andrea Tagliaferro je besiegt hat. Ich begreife, dass er mich angreifen ließ, um mich zu ermüden. Aber meine Schläge sind seinem Körper gefährlich nahe gekommen. Eine falsche Berechnung, und meine Schwertspitze wird sich durch sein Panzerhemd bohren. Doch da ist noch etwas anderes. Etwas, was ich nie gedacht hätte. Etwas, was ich vielleicht immer gefürchtet habe. Etwas, was ich ihm gegenüber nie zuzugeben wagen würde: Ich genieße diesen Kampf.

Mein Vater greift an. Sein langes Schwert schießt mit unglaublicher Geschwindigkeit auf mich zu. Es verblüfft mich, wie jemand mit einem so schweren Schwert so schnell hantiert. Ich kann dem Schlag kaum ausweichen und weiß, dass der Schmerz kommen wird, noch bevor ich ihn fühle. Die Spitze schneidet schräg durch mein Habit und schrammt meine Seite. Der Schmerz fährt mir durch den Körper. Ich schreie. Ich fluche. Ich stampfe auf den Boden. Mein weißes Habit ist rot vom Blut. Ich fühle einen grellen Schmerz.

»Sollen wir es dabei belassen, Tochter, oder willst du mehr?«

Ich brülle wie ein wildes Tier und stürze mich auf ihn. Ich mache mir nicht einmal die Mühe, mein Schwert in Abwehrhaltung zu bringen, für den Fall, dass er frontal zustößt. Ich weiß, dass er zögern wird, mich in meiner anstürmenden Raserei niederzustechen. Und er zögert wirklich. Mit einem Seitwärtssprung schlage ich ihn in die Seite. Er pariert gerade noch rechtzeitig. In einer Bewegung drehe ich mich um meine Achse und stoße gegen seine Hüfte. Er pariert wieder und geht zum Gegenangriff über, mit einem Stoß zu meiner Schulter. Es ist ein sehr vorhersehbarer Stoß. Ich habe gewusst, dass er angreifen würde, und pariere nicht. Ich tauche unter seinem Schwert durch und sehe die Überraschung in seinen Augen. Ich stoße nach oben, zur Brust meines Vaters, und fühle, wie meine Schwertspitze seine Tunika zerschneidet und über sein Kettenhemd rutscht. Ohne dieses Kettenhemd hätte ich sein Fleisch aufgeschnitten. Jetzt begreift er, dass ich wirklich gefährlich bin. Er wird kein Risiko mehr eingehen. Hat er zu Beginn des Kampfs noch seine Kräfte gespart und seine Bewegungen zurückgehalten, tut er es jetzt nicht mehr. Er geht zum Gegenangriff über.

Was für ein unvorstellbar guter Kämpfer er ist! Seine Angriffe sind präzise und kommen mit einer verblüffenden Schnelligkeit. Aber ich wehre seine Schläge mit meinem leichten Rapier ab. Ich weiche aus, zurück, zur Seite, laufe die Altarstufen hinauf, sodass die Schwestern auseinanderstieben, und halte stand. Ich verstehe, dass mein Vater mich nicht töten will, er will mich entwaffnen. Ich gehe rückwärts zum Altar, während unsere Schwerter klirrend aufeinanderprallen. Ich stoße gegen die schwarze

Marienfigur, und sie fällt mit einem schweren Schlag auf den Boden. Die Schwestern schreien auf. Ich springe die Stufen hinunter, ich kann nicht mehr. Meine Arme zittern von der Anspannung, meine Beine wanken. Mein Vater kommt langsam auf die Treppe zu. Er weiß, dass er mich hat. Aber eines weiß er nicht, schießt es mir durch den Kopf: Mein Herz liegt links. Ich sehe wieder die Spitze von Tagliaferros Schwert, das auf den Punkt zwischen meinen Augen gerichtet ist. Ich höre ihn wieder sagen, beim ersten Unterricht, dass ein Kampf nicht durch Kraft gewonnen wird, sondern durch Klugheit. Aber wie kann ich jetzt noch klug sein? Mit einer blutenden Seite und einem Gegner, der noch nie geschlagen wurde? Dann weiß ich es.

Ich trete drei Schritte zurück. Ich lasse meine Schwertspitze über den Boden schleifen. Mit der linken Hand taste ich nach der Mauer. Eine der Schwestern schreit gellend auf. Ich fühle die Wand im Rücken. Ich keuche. Ich stöhne. Ich kann nicht mehr ausweichen. Mein Vater kommt auf mich zu. Er streckt sein Schwert vor. Er ist auf der Hut. Ich schaue ihn an, beiße die Zähne zusammen, verziehe mein Gesicht. Er sieht, dass ich am Ende bin. Er weiß, dass ich meine Kraft für einen letzten verzweifelten Angriffsversuch sammle. Ich hebe mein Schwert in die Höhe. Ich lasse meinen Arm zittern. Ich will das Schwert mit einem Seitwärtsschlag auf ihn fallen lassen. Es ist ein Schlag, der leicht abzuwehren ist. Mein Schwert saust auf ihn zu. Ich sehe, wie er dasteht, bereit zu parieren, doch im letzten Augenblick werfe ich mein Schwert in die Luft. Mein Vater muss erstaunt ausgesehen haben, als sein Schwert nicht den Stahl meines Rapiers trifft, sondern ins Leere geht. Ich sehe die Verblüffung auf seinem Gesicht nicht. Dafür geht alles viel zu schnell. Im nächsten Moment habe ich den Griff meines Schwerts mit der linken Hand aufgefangen. Ich stütze mich auf meinen rechten Fuß, beuge das linke Knie, und mein ganzer Körper wird ein einziges langes Schwert. Mein linker Arm schießt vor. Die Spitze meines Schwerts dringt durch Stoff, durch sein Panzerhemd, durch Haut, Fleisch, Blutgefäße und Sehnen. Die Spitze trifft auf den Knochen. Ich durchbohre meinen Vater und ziehe mein Schwert zurück.

Mein Vater schreit auf vor Schmerz. Aus seiner rechten Schulter quillt Blut. Ich sehe die auseinandergerissenen Ringe seines Panzerhemds und das aufgeschnittene rote Fleisch. Die Spitze seines Schwerts schlägt auf den Boden, aber seine rechte Hand umklammert immer noch den Griff. Er lässt sich nicht fallen. Mit der linken Hand nimmt er das Schwert aus der halb gelähmten rechten. Die Soldaten springen hinzu und wollen ihn stützen. Er schiebt sie mit den Schultern weg. Er packt das Schwert mit der linken Hand und richtet es auf mich. Das Blut quillt weiter aus seiner Wunde. Die Verletzung ist wohl nicht tödlich, aber sie wird ihn schnell schwächen. Ich kann meinen Triumph kaum verbergen. Ich habe Lust, meinen Sieg hinauszuschreien. Mein Vater ist von seiner eigenen Tochter geschlagen worden. Er, der nie einen Zweikampf verloren hat. Ich fühle den Schweiß über mein Gesicht laufen. Ich fühle die bleierne Müdigkeit, die meine Muskeln langsam steif werden lässt.

»Ich glaube, Ihr solltet jetzt lieber gehen, Vater«, keuche ich und spüre, wie die Wunde an meiner Seite wieder anfängt zu klopfen. Ich drücke mein Habit dagegen, um die Blutung zu stoppen.

»Und ich fand, dass Tagliaferro dich zu viel bezahlen ließ für seinen Unterricht«, murmelt er.

»Tagliaferro? Woher wisst Ihr, dass ich …«

»Ich habe es doch gesagt«, sagt mein Vater, und ich sehe, wie er sich den schrecklichen Schmerz verbeißt, »ich weiß alles von dir. Ich weiß auch, dass du diesen Kampf nicht gewinnen kannst.«

Mein Vater bewegt sich zurück in die Angriffsstellung, mit dem Schwert in der linken Hand. Seine ganze Tunika ist blutgetränkt. Zum ersten Mal fange ich an zu zittern. Und sein Schwert kommt. Es sind harte, hackende Schläge, ich versuche, sie so gut wie möglich aufzufangen, und mir wird klar, dass auch das Herz meines Vaters links liegt.

Ich schaue in die kalten Augen meines Vaters und er in meine. Wir achten auf jedes Flattern der Lider, jede Bewegung der Pupillen … während unsere Schwerter sich fast instinktiv berühren. Die Schwerter sind zu Verlängerungen unserer Körper geworden. Die Schläge meines Vaters werden immer härter. Ich verstehe, was er tun will. Er will mit seinem Schlagschwert mein viel leichteres Rapier zerbrechen. Aber jedes Mal schlage ich sein Schwert seitlich weg. Dann holt er aus … ein Ausholen, das seinen Augen nicht anzusehen war … Plötzlich ist das Schwert nicht mehr, wo es sein sollte, und noch bevor mich die Panik ergreift, trifft mich die flache Seite seines Schwertes an der linken Schläfe. Es ist, als würde ich von einem Stein getroffen. Ich falle zu Boden, lasse mein Rapier fallen und muss mich erbrechen.

Ich liege flach auf dem Kirchenboden. Mein Körper saugt die Kühle auf. Ich versuche, meinen Armen und Beinen zu befehlen, sich zu erheben. Aber sie hören nicht auf mich. Ich bin gelähmt. Ich drehe mich auf den Rücken. Ich versuche, meinen Kopf vom Boden zu heben. Die ganze Kapelle ist in roten Nebel gehüllt.

Ich sehe, wie zwei Soldaten ein Tuch gegen die Wunde meines Vaters drücken. Die Schwestern stehen zusammengedrängt am Altar und wagen nicht, zu mir zu kommen. Ich fühle meine Finger wieder. Ich versuche, mich zu erheben und falle wieder um. Dann kommt mein Vater zu mir. Ich frage mich, was ich jetzt zu erwarten habe. Den Gnadenschlag? Er nimmt mich an den Handgelenken und zieht mich hoch. Meine Füße finden kaum einen Halt. Ich taumele so heftig, dass ich gegen seine Brust falle. Ich will nicht ohnmächtig werden. Ich will wach bleiben. Und doch. Die Dunkelheit des Vergessens schließt die Arme um mich. Sie hängt wie ein steinernes Totenhemd um meinen Körper. Ich spüre im Mund das Blut meines Vaters auf seinem Wams. Das Blut klebt an meinen kurzen Haaren. Ich versuche, mich von seiner Brust abzustoßen, aber jede Kraft ist aus meinen Armen gewichen.

»Ich bin verloren«, murmele ich und huste Speichel und Stückchen meines Mageninhalts aus.

»Ich muss an meinen Ruf denken, Tochter«, knirscht mein Vater. »Es ist schon schlimm genug, dass du mich an der Schulter verletzt hast.«

»Selber schuld«, murmele ich fiebrig.

Meine rechte Hand klammert sich am Wams meines Vaters fest. Einen Moment lang habe ich das Gefühl, rückwärts zu Boden zu stürzen. Aber ich halte mich fest. Meine Hand lässt das Wams nicht los.

Mein Vater verbeißt sich den Schmerz. »In dir ist so viel Feuer und so viel Leben«, sagt er. »Wirf es nicht weg. Halte das Leben fest. Ich sage ja nicht, dass es leicht sein wird. Es wird Krankheit, Tod und Krieg geben. Aber auch Schönheit! Wie auch immer.«

Dann falle ich in einen schwarzen Ozean. Meine Faust hat sich in seinem Wams vergraben. Ich höre den Stoff reißen. Dann ist nichts mehr.

23

Die Mutter Oberin ist es, die mich pflegt. Ich werde mit Mohnsaft und mit Branntwein betäubt. Dennoch schreie ich mir die Seele aus dem Leib, als die Wunde an meiner Seite mit Messwein gesäubert und dann mit Katzendarm zugenäht wird. Ich bleibe fünf Tage lang in einer dunklen Klosterzelle. In meinem Kopf hallt der Schlag vom Schwert meines Vaters nach. Ich habe eine dicke Beule an der linken Schläfe. Meine Seite brennt. Trotz der Decken und trotz des Kaminfeuers zittere ich vor Kälte und Fieber. Erst am sechsten Tag geht es mir besser. Die Mutter Oberin setzt sich zu mir und erzählt, dass mein Vater im Tal gepflegt werde. Ein Medicus habe seine Wunden versorgt. Mein Vater habe während der Behandlung einen Haufen Holzstücke zerbissen.

»Der Medicus meint, er wird seinen rechten Arm nie mehr wie früher gebrauchen können«, sagt die Mutter Oberin. Ich betrachte ihr knochiges Gesicht und die volle Unterlippe. Ich fühle ihre mageren Finger, die meine Hand festhalten. Die scharfen Augen liegen tief in den Höhlen.

»Euer Vater weigert sich, liegend in einer Kutsche zurück nach Flandern zu fahren«, sagt sie, während sie mir meine Wunde säubert. »Er will aufrecht zu Pferd nach Hause zurückkehren. Der Medicus meint, dass die Heilung noch lange dauern wird.«

Die Mutter Oberin säubert die Wunde langsam. Ich gebe mir Mühe, nicht laut zu schreien vor Schmerz.

»Euer Vater hat ein Kleid besorgen lassen«, sagt sie.

»Ich will es nicht sehen, ich werde es erst tragen, wenn ich weggehe.«

»Ich bestehe darauf, Schwester«, spricht die Mutter Oberin weiter, »dass Ihr erst nach Flandern zurückkehrt, wenn der Winter vorbei ist.«

»Wenn er vorbei ist?«, frage ich. »Nach Meinung des Kaplans von Male wird er nie aufhören. Das ist der letzte Winter, das Ende der Welt. Der Schnee, die Kälte und das Eis werden anhalten bis zum Tag des Jüngsten Gerichts.«

Die Mutter Oberin scheint meine Worte nicht gehört zu haben. Sie verbindet meine Wunde mit sauberer Seide und hilft mir dann, ein Hemd über den zitternden Körper zu ziehen. Es ist kalt im Kloster, obwohl die dicke Schicht Schnee auf den Dächern dafür sorgt, dass das Wasser im Gebäude nicht gefriert.

»Der Winter hört bestimmt auf, Schwester«, versichert mir die Mutter Oberin.

»Es tut mir leid, dass ich Euch so viel Beschwernis mache«, sage ich und seufze.

»Mir tut etwas anderes leid«, antwortet die Mutter Oberin mit einem Lächeln. »Nämlich dass ich den Kampf nicht gesehen habe. Die Schwestern können gar nicht genug davon erzählen.«

»Und das bei einem Orden von Schwestern, die Stille suchen«, scherze ich.

Die Mutter Oberin streichelt mir über die Wange.

»Jetzt ruht aus und versucht, an den Frühling zu denken, der kommt bestimmt«, flüstert sie mir zu.

Sie steht auf. Die Tür meiner Zelle fällt zu.

Am nächsten Tag gehe ich vorsichtig zur Kapelle. Bei jedem Schritt schmerzt die Wunde in meiner Seite. Die Beule an meiner Schläfe ist violett verfärbt. Ich gehe zu den offenen Klostergängen des Paradieses. Die Winterluft prickelt in meinen Nasenflügeln. Im Innenhof liegt noch immer dick Schnee. Ich schaue nach oben, am Himmel ist keine Wolke zu sehen. Ich starre hinauf und kann nur an die Tage des Sommers denken. Ich sehe die Farben vor mir, wenn der Mai sich dem Ende zuneigt. Das Gras flüstert unter unseren Zehen. Ich fühle den warmen Schlamm, in den wir unsere Füße tauchen. Ich sehe die ausgedehnten Polderflächen, die Mühlen, die Deiche, die Kornfelder, die Getreidespeicher und die Dörfer auf den sandigen Hügeln. Ich bin ungeduldig, mein Moerland wiederzusehen. Mein Land voller Moore und Wasserläufe. Ich will das Nordmeer wiedersehen, den salzigen Wind atmen. Ich kann es nicht mehr erwarten, das Kloster von den Himmeln zu verlassen und in die Welt zu gehen. Ich will das Hufeklappern auf den Straßensteinen von Brügge hören, das Knarren der Aushängeschilder vor den Handelshäusern. Ich will sogar den Geruch von Schwefel riechen, mit dem die Gerber die Schweinehäute abbrennen. Ich will mein Leben zurück.

Drei Wochen sind vergangen. Wir haben die Messen gebetet. Ich lege mein Habit ab und ziehe das grüne Kleid an, das mein Vater für mich besorgen ließ. Gleich werden die Soldaten meines Vaters kommen und mich abholen. In wenigen Augenblicken steige ich aufs Pferd. Meine Haare sind schon länger geworden. Ich nehme Abschied von den Schwestern und von der Mutter Oberin. Ich kann die Welt draußen schon riechen. Die Riegel werden zurückgeschoben. Ich öffne die Klosterpforte und sehe die Pferde vor mir. Sie schnauben. Sie trappeln.

Marguerite von Male, 13. März 1361

Jean-Claude van Rijckeghem, geb. 1963 in Gent, war als Junge verrückt nach alten Filmen. Seiner Mutter und Inspektor Maigret hat er seine Liebe zur Literatur zu verdanken. Neben Kinder- und Jugendbüchern schreibt er Drehbücher.

Pat van Beirs, geb. 1954, las bereits als Kind gern und viel. Sein Lieblingsautor ist Raymond Chandler. Wenn er nicht gerade Bücher schreibt, arbeitet er als Übersetzer und synchronisiert Filme.

Jean-Claude van Rijckeghem und Pat van Beirs verbindet eine fruchtbare Zusammenarbeit an mehreren Jugendbüchern. Bei Gerstenberg erschien zuletzt *Galgenmädchen*.
Schwertkämpferin wurde mit dem Thea-Beckman-Preis 2005 für das beste historische Jugendbuch ausgezeichnet.

Mirjam Pressler, geboren 1940 in Darmstadt, studierte an der Akademie für Bildende Künste in Frankfurt und Sprachen in München und lebte für ein Jahr in einem Kibbuz in Israel. Sie hat drei inzwischen erwachsene Töchter und lebt heute als freie Autorin und Übersetzerin bei München.
Für ihre Bücher und Übersetzungen wurde sie mehrfach ausgezeichnet, unter anderem mit dem Sonderpreis des Deutschen Jugendliteraturpreises für ihr Gesamtwerk als Übersetzerin, mit dem Deutschen Bücherpreis für ihr Gesamtwerk als Übersetzerin und Autorin und der Corine – Internationaler Literaturpreis.

Herbert Günther
Zeit der großen Worte

272 S., geb. ISBN 978-3-8369-5757-1

1914. Der Erste Weltkrieg bricht aus. Paul lebt in einer Zeit, in der es schwer ist, kein »Held« zu sein. Die Schrecken des Krieges machen auch vor seiner Familie nicht halt. Doch von den Frauen in seiner Umgebung, von der Mutter, von Helene, Louise und Ida, fliegt ihm eine Ahnung zu, dass das Leben ganz anders sein könnte ...

»Ein packender Jugendroman«
Deutschlandfunk, Die besten 7

»Das Buch vermittelt fundiert historische Kenntnisse, ist gleichzeitig aber auch ein anrührender Roman, der zu einer spannenden Zeitreise einlädt.«
RBB

www.gerstenberg-verlag.de

Die Übersetzung dieses Buchs wurde gefördert vom Flämischen Literaturfonds (Vlaams Fonds voor de Letteren – www.flemishliterature.be)

Flemish
Literature
Fund

1. Auflage 2015

Die Originalausgabe erschien unter dem Titel *Jonkvrouw* bei Uitgeverij Manteau, Antwerpen.

Die deutschsprachige Erstausgabe erschien 2008 unter dem Titel *Die Erbin von Flandern* im Gerstenberg Verlag.
Übersetzung: Mirjam Pressler
Umschlaggestaltung: init.büro für gestaltung, Bad Oeynhausen
Umschlagfotos: © thinkstock/getty images (Mädchen, Schwert)
Satz: psb, Berlin
Druck und Bindung: GGP Media GmbH, Pößneck
Printed in Germany

www.gerstenberg-verlag.de

ISBN 978-3-8369-5869-1